BRETONISCH MIT AUSSICHT

Gabriela Kasperski war als Moderatorin im Radio- und TV-Bereich und als Theaterschauspielerin tätig. Heute lebt sie als Autorin mit ihrer Familie in Zürich und ist Dozentin für Synchronisation, Figurenentwicklung und Kreatives Schreiben. Ihre Sommerferien verbringt sie seit vielen Jahren in der Bretagne.
www.gabrielakasperski.com

GABRIELA KASPERSKI

BRETONISCH MIT AUSSICHT

Kriminalroman

emons:

Bibliografische Information der Deutschen Nationalbibliothek
Die Deutsche Nationalbibliothek verzeichnet diese Publikation in der Deutschen Nationalbibliografie; detaillierte bibliografische Daten sind im Internet über http://dnb.d-nb.de abrufbar.

MIX
Papier aus verantwortungsvollen Quellen
FSC® C083411
FSC
www.fsc.org

Umschlagmotiv: shutterstock.com/LOUIS-MICHEL DESERT
Umschlaggestaltung: Nina Schäfer
Gestaltung Innenteil: DÜDE Satz und Grafik, Odenthal
Lektorat: Susann Säuberlich, Neubiberg
Druck und Bindung: CPI – Clausen & Bosse, Leck
Printed in Germany 2021
ISBN 978-3-7408-1158-7
Originalausgabe

Für Franz

Hélas! Je sais un chant d'amour
Triste et gai, tour à tour.

Ach! Ich kenne ein Liebeslied,
traurig und froh, mal so, mal so.
Altes bretonisches Liebeslied

Prolog

Camaret-sur-Mer, 23. Juni 1940

Bernard Sonnetts Hände stanken, obwohl er sie geschrubbt hatte. Im Laufen wischte er sie an der kurzen Hose ab, immer und immer wieder. Seine Mutter hatte ihn Scholle ausgräten lassen, ausgerechnet am wichtigsten Tag seines Lebens. Als er den alten Leuchtturm erreichte, war niemand da.

»Marie?« Er hatte sich die Seele aus dem Leib gerannt, und nun war sie weg. Mittlerweile kannte sie den Weg. Aus dem verwöhnten Pariser Mädchen, das Ende des Winters mit seiner Familie in Morgat angekommen war, war eine Waldelfe geworden.

Den ganzen Frühling über hatten Bernard und Marie in der Turmruine gespielt. Heimlich, für sich, nicht beachtet von den Soldaten, die zwischen der Landspitze von Gouin und dem verfallenen Turm einen Bunker fertiggestellt hatten. Der Bunker aus Beton.

Die Frauen im Dorf sahen mit düsterem Blick zu, wenn die Lastwagen Material auf die Klippe karrten und dafür einen Umweg fahren mussten. Bernard und Marie machten sich einen Spaß daraus, schneller zu sein als die Autos.

Bernard liebte diesen Platz auf den Klippen. Von hier aus hatten sie den Blick über die Welt. Links die Erbsenfelsen, die Tas de Pois, am gegenüberliegenden Ufer der berühmteste der bretonischen Leuchttürme, der Phare du Petit Minou. Und dazwischen das Meer, tintenblau, türkis oder dunkelgrau wie heute.

Bernard und Marie hatten sich eine Hütte gebaut, eine *cabane*, an eine windschiefe Kiefer gelehnt. Pinienäste bildeten das Dach, der Boden war mit Holzlatten belegt, darauf zwei auseinandergeschnittene Säcke. Heute würden sie die *cabane* einweihen.

Als er seiner Mutter eben erklärt hatte, dass er spät heimkehre, hatte sie nicht zugehört. Sie hatte in der Fischsuppe gerührt und sich Sorgen gemacht. In Brest sollte heute ein Kriegsschiff auslaufen. Wieso das so schlimm war, verstand Bernard nicht. Ständig liefen irgendwelche Schiffe aus, dafür kamen andere an. Brest war ein stolzer Hafen. Das wusste Bernard von seinem Vater. Im Salon, der eigentlich bloß eine Verlängerung der engen Küche war, hatte seine Mutter mit den anderen Frauen geklagt und leise geweint. Es war bizarr. Sonst weinten sie nie, dafür war keine Zeit.

Bernard dagegen fühlte sich voller Zuversicht. Eines Tages, schwor er sich, eines Tages werde ich eine Villa in Morgat haben. Mit einem hellen Salon, wo die Sonne den ganzen Tag scheint. Ich werde maMère Brioche anbieten und süßen Apfelsaft, und nie mehr im Leben, wirklich gar nie mehr, werden wir eine Fischsuppe mit Kartoffeln und Lauch essen.

Bernard fasste in seine Hosentasche. Warm und weich war da ein Stück Kuchen. Ein Kouign'amann, darin eingebacken die feine Goldkette. Dafür hatte er viele Wochen gespart. Beim Abholen in der Bäckerei hatte ihm die Lehrtochter zugezwinkert.

»Geburtstag«, hatte er gemurmelt und den Blick des deutschen Wehrmachtssoldaten hinter sich gemieden, der Mann war ihm unheimlich gewesen.

»Sie geben uns auf«, hatte maMère gesagt. »Bald kommen immer mehr Deutsche.«

Bernard keuchte, gleich würde er die *cabane* erreichen. Der Schmugglerpfad war verwachsen und kaum zu erkennen.

Plötzlich vernahm er die Kirchenglocken, obwohl der Wind in Böen blies. Bernard blieb stehen. Etwas war passiert. Letztes Mal hatten sie so geläutet, als der Krieg ausgebrochen war. Der Krieg. Er hatte den Vater verschlungen. Den Onkel. Den Nachbarn. Seinen Papie. Er hatte maMère Falten ins Gesicht geschnitzt und machte, dass sie sich kein Brot mehr leisten konnten.

Über den schmalen Grat der Felszunge kletterte Bernard zur

Hütte. Unter ihm brandete das Meer an die Klippen, dennoch tänzelte er schnell und sicher. Am Ziel angekommen, klaubte er den Kuchen aus der Hosentasche. Ob ihr die Kette gefallen würde? Sie wollte ihm auch ein Geschenk geben. Ein ganz besonderes Geschenk, hatte sie angekündigt. Wenn er daran dachte, wurde ihm heiß.

»Marie?« Er blieb stehen. »Marie?«

Keine Antwort. Bestimmt spielte sie mit ihm. Sie wollte ihn nämlich zum Singen bringen.

»Sing mir das Chanson, Bernard, und ich komme immer zu dir«, hatte sie gesagt.

Das Lied war ihr Erkennungszeichen. Bernard fand es ein wenig kitschig. Er hatte mit dem Banjo seines Vaters, an dem es nur noch zwei Saiten gab, geübt. Ohne Begleitung klang seine Stimme dünn und unsicher.

Er räusperte sich und fing an. *»Hélas! Je sais un chant d'amour …«*

Plötzlich hielt er inne. »Marie?« Was machte sie da oben auf der Klippe?

Er lief los, hinunter zum Strand, auf der anderen Seite wieder hinauf, vorbei am Manoir des Schriftstellers Saint-Pol-Roux. Dessen Tochter kam manchmal ins Dorf zum Einkaufen, eine scheue Frau.

»Halte dich fern von ihr«, hatte maMère gesagt. »Diese Familie schaut in den Abgrund.«

Marie jedoch fand die Tochter geheimnisvoll, das Manoir zauberhaft, Saint-Pol-Roux hochinteressant.

Als Bernard das schlossartige Gebäude mit den fünf kleinen Türmen erreichte, hörte er eine wütende Stimme und duckte sich hinter die Steinmauer, die den schmalen Weg säumte. Nun kam eine zweite Stimme dazu.

»Nein, lassen Sie mich.« Es war Marie, ihr elegantes Pariser Französisch war unverkennbar.

Bernard wollte reagieren, aber Beine, Füße und Zehen waren wie eingefroren. Aus dem Augenwinkel sah er Marie auftauchen. Schnell wie der Wind lief sie den Weg entlang, in den Armen ein Bild mit Rahmen, viel zu groß für die zierliche Person. Durch eine Spalte sah sie Bernard direkt in die Augen und warf ihm das Bild über die Mauer zu.

In diesem Moment bemerkte er den Mann, der hinter Marie aufgetaucht war, den Helm tief in die Stirn geschoben, eine Machete in der erhobenen Hand. Bernards Schrei implodierte. Doch Marie wich aus. Ein Sprung, dann jagte sie durch die Büsche auf der anderen Seite davon.

Endlich splitterte die Eisschicht um Bernard. Er nahm das Bild, lehnte es dicht an die Mauer, trat hinter der großen Eiche auf den Weg und stürmte geradewegs auf den Mann zu. Es war der Wehrmachtssoldat aus der Bäckerei.

»Hast du eben ein Mädchen gesehen?«, fragte er.

»Sie ist zum Manoir gelaufen, das Manoir von Saint-Pol-Roux. Ein alter Schriftsteller, ein wenig wunderlich.«

Bernard sprach wie ein Wasserfall. Er tat alles, um den Mann abzulenken. Es gelang, er eilte davon.

Danach wartete Bernard viele Stunden. Aber Marie kam nicht mehr. Es war der 23. Juni 1940, sein Geburtstag. Er wurde vierzehn Jahre alt.

1

Camaret-sur-Mer, 18. Juni

»Casse-toi du bout du monde« prangte in zuckerrosa Schönschrift auf der Fensterscheibe des »DEJALU«, der einzigen deutsch-englischen Buchhandlung der Bretagne, die ich vor gut einem Jahr eröffnet hatte.

»Verpiss dich doch selbst«, murmelte ich und reckte einen Stinkefinger.

Unser Hund Merguez, eine verspielte Trottoirmischung, bellte wie verrückt, obwohl die Straße menschenleer war. Und doch musste kürzlich jemand hier gewesen sein, die Farbe war noch feucht. Die Schmierereien am Schaufenster waren so selten geworden, dass ich gehofft hatte, mein Widersacher hätte aufgegeben.

Ich hinterließ eine Nachricht bei Commissaire Gabriel Mahon von der Police nationale, beruhigte den Hund und öffnete das verrostete Gartentürchen. Es war Montagmorgen, meine Laune ließ ich mir nicht verderben.

Dem Winter in Zürich war ein harter Frühling in der Bretagne gefolgt. Stürmisches Wetter, kaum Touristinnen, verstaubte Bücher, Ebbe in der Kasse, aber seit einigen Tagen war der Sommer da, windig, warm und weit.

Ich deponierte die Tüte mit den Croissants, dem Chèvre frais und den bunten Kirschtomaten auf dem rostigen Messingtisch und ging an der Hausmauer entlang in den hinteren Garten, wo ich die Badesachen auf die Leine hängte. Wegen der hohen Wellen war das Schwimmen eine Herausforderung gewesen. Es war mir, als ob ich die Berührung des Wassers immer noch spürte, den Druck im Nacken, wenn die Welle sich über mir brach, die Leichtigkeit meines Sprungs, das Landen auf Sand, das Eintauchen in die eisige Helle. Es war Sport und Meditation gleichzeitig, der perfekte Ersatz fürs Surfen, das ich mir nicht zutraute, trotz der Überredungsversuche meiner Freundin, der Surflehrerin Ayala. »Nein, sorry, vielleicht nächstes Jahr. Zu viele Dellen, zu wenig beweglich.«

Mit den Fingern streifte ich über den Lavendel. Der Duft vermischte sich mit dem der Orangenblüten, gleich würde ich das »DEJALU« aufschließen.

Nachdem ich die Schaufensterschmiererei entfernt hatte, hängte ich ein Plakat über die Stelle.

»Les Bergamottes de Camaret & ARMELLE«.

Es war Reklame für das große Konzert an der Hafenmole, das am Samstag zu Mittsommer die Saison eröffnen würde. Auf dem Foto sah man die fünf singenden Nonnen, Les Bergamottes de Camaret, und dazu Armelle, den französischen Superstar. Ein echter Clou. Ihre Mischung aus bretonischer Folklore und modernem Chanson gefiel durch alle Generationen, ein großer Publikumsaufmarsch war dem Dorf gewiss, die wenigen Hotels waren genauso ausgebucht wie der Zeltplatz, die Gästezimmer und die Airbnbs.

In meiner frisch bemalten Küche vermischte sich der Farbgeruch mit dem Duft nach frischem Kaffee.

»Chante la vie, chante, comme si tu devais mourir demain!«

Den Ohrwurm hatte ich seit letztem Sommer nicht mehr gehört, heute passte er perfekt.

Ich füllte den Hundenapf mit Wasser aus der Gallone. Es war immer eine vorrätig, denn ab und zu gab es Probleme mit der Wasserversorgung. Meine »Villa Wunderblau« hing am selben Kreislauf wie das fertig renovierte Rathaus ein paar Querstraßen weiter. Ein Dorfgerücht besagte, dass die Fehlplanung mit der Abwesenheit des Bürgermeisters zusammenhing. Er war im Urlaub, in einer Auszeit, krank oder tot, je nachdem, mit wem man sprach.

Der Milchschäumer surrte. Ein Geschenk von Kai, meinem Sohn. Er war vor einer Woche angekommen, um der Küche den letzten Schliff zu verpassen.

Ich goss die Milch in die taubenblaue Tasse, den Kaffee mischte ich darunter, malte ein Herz in den Schaum.

»*Coucou*, Tereza.«

Sylvie Meerwein, im gleichen T-Shirt wie ich. »DEJALU« leuchtete in blauer Schrift quer über die Brust. »Alles fit im Schritt?«

Ich lachte. Sylvie war eine Perle, genau wie ich in Camaret-sur-Mer gestrandet. Jeden Morgen radelte sie von ihrem Wohnwagen auf dem Campingplatz zu mir.

Merguez fraß sie fast auf vor Begeisterung, dabei hatte er sie vorgestern zum letzten Mal gesehen. Sylvie wischte sich das Gesicht ab.

»Du stinkst, mein Lieber. – So ein Käffchen wäre wunderbar.«

»Steht in der Küche für dich bereit.«

Ich wunderte mich nicht, dass postwendend ein Schrei ertönte.

»Unglaublich. Ihr seid fertig?«

»Wir haben das ganze Wochenende geschuftet. Hast du die Durchreiche zum Laden gesehen? Nun sind wir auch ein Bistro.«

»Ausgesprochen toll.«

Sylvie klatschte mich ab, dass ihr Kaffee überschwappte. Den kleinen Finger schob sie in meinen und machte eine Bewegung vor, eine zurück. Und eine Drehung. Das bretonische Tänzchen geriet zu einem wilden Geschüttel, als meine Playlist auf Queen wechselte.

»Pardon, ist offen? Gibt's hier wirklich deutsche Bücher? In Quimper haben sie uns das erzählt.«

Zufrieden, rundum zufrieden, um nicht zu sagen glücklich, überließ ich Sylvie die beiden Kundinnen, rückte einen der Blechbuchstaben über der atlantikblauen Eingangstür zurecht und eilte die Treppe hoch ins frisch renovierte Bad, wo das Wasser der Dusche wunderbar warm aus dem Duschkopf pritschelte. Die Sonnenkollektoren funktionierten, die Waben auf dem Dach sorgten sogar für Aufsehen und fanden Nachahmer. Denn Les Femmes de Camaret, Camarets Frauencombo, rührten die Werbetrommel für Nachhaltigkeit. Eine verkehrsfreie Mole hatten sie fast hingekriegt. Der Verkehr rollte nur noch in einer Richtung an der Häuserzeile vorbei, die Restaurants hatten ihre Tische und Stühle bis ans Ufer vorgerückt, und von der Place de Gaulle aus zog sich eine nagelneue Promenade bis zum Hafengebäude.

Als der Wind das Fenster zuknallte, drückte ich vor Schreck zu viel Zahnpasta raus. Den weißen Fleck beseitigte ich mit Klopapier, schmiss es in die Schüssel und betätigte die Spülung. Da hörte ich ein Geräusch. Es war eine Art Gurgeln, ganz tief aus dem innersten Innern der »Villa Wunderblau« heraus.

Ich starrte auf die WC-Schüssel und auf das, was sich im hohen Bogen auf den hellen Plattenboden ergoss.

»Merde alors.«

***

Einen noch viel schlimmeren Fluch stieß Isidore Breonnec aus. »Das ist eine verdammte Scheiße, Tereza, es muss die *fosse septique* sein. Sie ist voll.«

Isidore ist Bretone, ein alteingesessener Camarétois, mein Tüftler in der Not, mein Handwerker fürs Grobe, der immer dann mit seinem Moped angetuckert kommt, wenn ich ihn brauche. Ein veritabler Fels in meiner Brandung. Ohne ihn wäre die »Villa Wunderblau« nicht das, was sie ist. Der graue Bart, das hellblaue Hemd, das rote Halstuch und sein verwaschenes Käppi, das er nun zerknautschte, sind seine Arbeitsuniform.

»Sylvie, Kai, macht ihr Kaffee? Ich muss mit Tereza besprechen, was zu tun ist.«

Sylvie und Kai zogen ab, eifrig diskutierend, warum die »Villa Wunderblau« über ihren eigenen Abwassertank verfügte, der nun vollgelaufen war und die stinkende Überschwemmung im Bad verursacht hatte.

Isidore fluchte, weil er das Schuhband nicht aufbekam. Linkisch, aber süß. Die Frauen mochten ihn, nicht zur Begeisterung seiner gegenwärtigen Freundin.

Ivy und Isidore waren erst seit wenigen Wochen ein Paar. Dass er mich mit *»Saludo«* und einem Küsschen grüßte, war ihr nicht geheuer. Dabei musste sie keine Angst haben, ich war nicht so weit. Mein Ex saß mir in den Knochen, obwohl die Scheidung über zehn Jahre her war.

»Was machen wir jetzt?« Überfordert und verzweifelt starrte ich Isidore an.

Er murmelte etwas, zog Plastikhandschuhe an, holte Eimer, Wischmopp und jede Menge Lappen und half mir beim Aufputzen. Es war eine widerliche Sache.

»Besser geht's nicht«, sagte er schließlich. »Du brauchst professionelle Hilfe.«

»Wird das teuer?«

»Zur Not erhöhst du den Kredit.«

Der doppelte Espresso, den Sylvie uns in der Küche bereitstellte, half mir kaum über meinen Schock hinweg. Und es wurde noch schlimmer, der Abpumpdienst war ausgebucht, wie sich herausstellte.

»Sie kommen morgen Nachmittag«, sagte Isidore, nachdem er eine halbe Stunde lang herumtelefoniert hatte. »Bis am Donnerstag ist alles wieder in Ordnung.«

Sylvie, Kai und ich standen auf der Straße und schauten zu, wie er den Werkzeugkoffer im Anhänger des Mopeds verstaute. »Jetzt muss ich los. Wir bauen die große Bühne auf. Gleich kommt das Fernsehen.«

Auf Sylvies Nachfrage erzählte er, dass ein TV-Team aus Paris angereist sei. »Eine Reportage soll es geben.«

»Alles wegen der Bergamotten und Armelle?«, fragte sie.

»Es geht auch um Bernard Sonnett. Er ist einer der ältesten Bürger der Halbinsel, eine bretonische Berühmtheit, weil er jahrelang den ›Gefährten der Bretagne‹ vorstand. Sogar ein Buch ist über ihn erschienen.«

Davon hatte ich noch nie gehört. »Was ist das für ein Verein?«

»Sie setzen sich für die Belange der Bretagne ein, wirtschaftlich, politisch und kulturell. Bernard wird zum Granit-Ritter gekürt. Eine große Ehre.«

»Das klingt nach Asterix und Obelix.« Kai grinste.

»Auf die sind wir auch stolz. Aber noch mehr auf Bernard. Er feiert bald den Fünfundneunzigsten. Ehemaliger Admiral, er hat noch den Zweiten Weltkrieg erlebt. Sein Sohn ist Musikproduzent. Er hat Armelle eingeladen.« Isidore reckte beide Arme. »Wir werden berühmt. Und dann rollen die Euros, auch im ›DEJALU‹. *Saludo, mes chers*, bis morgen.«

Er winkte uns zu, schwang sich auf das Moped und verschwand in Richtung Dorf.

»Eine Fernsehreportage?«, sagte ich zu Sylvie. »Ob da vielleicht noch ein wenig Sendezeit für unsere Buchhandlung drin ist? Das wäre schlagkräftige Gratiswerbung. Ich muss zusehen, dass ich das Team kennenlerne.«

Ich überlegte, trotz der vollen Kloake geöffnet zu bleiben, aber Sylvie redete es mir aus.

»Gestank und Bücher, das geht nicht zusammen.« Damit brauste sie auf ihrem Rad davon, während Kai sich in den VW-Bus setzte. Er hatte spontan bei Ayala einen Surfkurs gebucht.

Hauten die alle ab? »Du wolltest mir doch helfen?« Wenn ich meinen Sohn schon mal hier hatte … »Wir könnten später am Hafen Galettes essen.«

Er lachte mich durch das heruntergekurbelte Autofenster an. »Ich übernachte bei Ayala.«

»Ist das Haus fertig? Vielleicht hat sie kein Klo.«

»Mama, echt.« Kai fand meinen Scherz nicht lustig.

Ayala Ngkachana war vor Kurzem in ihr Holzhaus eingezogen, nachdem die Surfbude letztes Jahr abgebrannt war. Sie hatte die arbeitslosen Monate genutzt und das Haus eigenhändig gebaut. Mit Aussicht auf den Ozean. Stürmisch romantisch.

»Brauchst du einen Schlafsack?«

»Sie hat ein Gästebett.«

Was Ali dazu sagen würde, Kais Freund in Berlin? Oder war er nicht mehr sein Freund? Kai war weg, bevor ich die Frage ausgesprochen hatte.

»Bye, Mam«, rief er im Davonfahren.

Als ich den Laden betrat, zuckte ich zusammen. Der Gestank hatte sich überall ausgebreitet, das hielt niemand aus. Bis auf Merguez. Der wedelte erfreut mit dem Schwanz.

Ich hängte ein Schild ins Fenster, *»Closed«* stand darauf. Ayalas Tochter Mathilde hatte es gemalt. Die Kleine war zehn, sie wohnte seit Dezember bei Ayala, nachdem sie die Kleinkindjahre bei ihrer Oma in einem Township in Südafrika verbracht hatte. Zwischen Mathilde und mir war es Liebe auf den ersten Blick gewesen. Wegen ihr hatte ich eine Kinderecke mit englischsprachigen Büchern und dunkelhäutigen Heldinnen eingerichtet.

Draußen klingelte es. Sœur Nominoë, Dirigentin der Bergamottes und Oberin des Leuchtturmklosters, stieg von ihrem Elektrobike. Ihr Gesichtsausdruck wirkte heiter, die Haube auf den luftigen grauen Haaren saß trotz des stürmischen Windes tadellos. Nach der Begrüßung kam sie auf ihr Anliegen zu sprechen.

»Das Fernsehteam macht heute Aufnahmen im Kloster und will zum Abendessen bleiben. Ich habe Krankenbesuche eingeplant und keine Zeit zum Vorbereiten. Können Sie einspringen, Tereza?«

»Als Sängerin?«

»Als Köchin.«

»Als Köchin? Nie im Leben.«

2

Über den Küstenwanderweg stieg ich hinauf in Richtung Klosterleuchtturm, Merguez lief voraus. Es windete heftig vom Meer her, so sehr, dass ich mich immer wieder festhalten musste.

»Am späten Nachmittag bin ich da«, hatte ich Nominoë versprochen. Es war eine echte Notlage, wenn sie auf mich zurückgriff. Meine Kochkünste beschränkten sich auf das Auspacken des Chèvre frais und das Waschen der Kirschtomaten. Sehr begabt war ich auch im Aufschneiden eines Baguettes.

Plötzlich stolperte ich. Vergeblich stützte ich mich am Holzgeländer der kleinen Plattform ab, ich verlor das Gleichgewicht, bis der Hund mich nach hinten zog.

»Danke, Merguez.«

Mit klopfendem Herzen begutachtete ich das Geländer. Das hellgraue Holz war zersplittert, die beiden Teile baumelten herunter, ich war schlicht zu schwer für diese Konstruktion.

Mein Handy klingelte.

»Wo bleiben Sie, Tereza?«, fragte Sœur Marie Claude, eine von Sœur Nominoës Mitschwestern. »Ich soll Ihnen von Nominoë ausrichten, dass sie zur Sicherheit eine Fischsuppe bestellt hat, eine Godaille bretonne. Sie müssen also nicht so viel kochen.«

»Nicht so viel« hieß in Frankreich immer noch genug. Unter einem Dreigangmenü kam man auch bei einem improvisierten Klosterpicknick nicht davon.

»Ich bin gleich da, es ist mir etwas dazwischengekommen. Eine Kleinigkeit.«

Von wegen. Meine Beine hörten nicht mehr auf zu zittern. Tief durchatmen, Tereza.

Karibikgrün schimmerte das Wasser durch die Kiefern, die Wellen waren klein und nervös, von glitzernden Spritzern gekrönt. Eine Reihe von Minikatamaranen fuhr vorbei, einer hinter dem anderen, die violett-weißen Segel gebläht. Am Horizont kam ein Tanker in Sicht, er sah aus wie ein Kriegsschiff, düster, mit bulliger Seitenfront. Die Stimmen, die ich vernahm, erklangen aber nicht von da, sondern von einem mit Touristen gefüllten Motorboot, das von Camaret her die Küste entlangtuckerte und offenbar den kleinen Klosterstrand unter mir ansteuerte. »Les Méduses« war neonpink auf schwarz an die Seitenwand gepinselt.

»*Attention!*«

Erst jetzt wurde mir klar, dass ich für die Bötchenfahrer so gut zu sehen war wie sie für mich. Sie zeigten zum Strand und zu den zerklüfteten Felsen unter mir.

»*Au secours!* Hilfe! So helfen Sie doch!«

Es gab nichts mehr zu überlegen. »Komm, Merguez.«

Der Pfad war so steil, dass ich manche Stellen nur auf allen vieren schaffte. Ein Sprung und ich prallte auf den weichen Sand, wo ich umknickte.

»Au! Merguez, warte.«

Aber der Hund war weg. Hier unten rauschte der Wind so stark, dass er mir den Atem nahm. Die Flut hatte eingesetzt, die heranrollenden Wellen schoben Steine vor sich her, in wenigen Stunden wäre vom Sandstrand kaum mehr etwas zu sehen. Ich hörte ein Bellen und folgte ihm. Merguez war dabei, die Möwen zu verscheuchen, bis er den Schwanz einzog und steif vor einem Kleiderhaufen stehen blieb, der sich beim Näherkommen als Nachthemd entpuppte, hellblau, mit weißen Rändern.

Erst auf den zweiten Blick bemerkte ich, dass darunter zwei dünne Beine mit Wanderschuhen herausragten. Es war ein Mann. Er lag mit dem Gesicht nach unten, die eine Hand zur Faust geballt, daneben ein winziger, versteinerter Fischkopf und eine dünne Goldkette mit einem Kruzifix in der Form eines Triskels, des keltischen Symbols, das in der Bretagne so häufig zu sehen ist und für Erde, Luft und Wasser steht.

Merde, dachte ich. Was wird Gabriel Mahon dazu sagen?

***

»Zum Kloster?« Prüfend sah mich Commissaire Gabriel Mahon an, die Füße fest in den Sand gestemmt. Graue Strähnen fielen ihm in die Augen, und der Ledermantel flatterte im Wind.

Mahon war ein Schotte im Dienste der Police nationale, im Winter in Brest, im Sommer auf der Halbinsel Crozon stationiert. Ich liebte das Brummen seines Motorrads, einer Royal Enfield Bullet. Ansonsten war unsere Beziehung durchwachsen.

Das Touristenboot war weggefahren, soeben war der Tote abtransportiert worden. Zwei Rettungskräfte hatten den Mann auf die Bahre gelegt, waren damit durchs Wasser gewatet und hatten ihn ins Sanitätsschiff verladen.

»Wenn Sie zum Kloster wollten, was machen Sie dann am Strand?«

»Den Kopf lüften. Und den da ausführen.« Ich deutete auf Merguez.

Wie immer streichelte Gabriel Mahon Merguez' weißen Fellwirbel am Nacken.

»Und dabei sind Sie über eine Leiche gestolpert? Schlechte Gewohnheit, Madame Berger.«

Unser Blickwechsel wurde von der Dienstärztin unterbrochen.

»Können Sie mal herkommen, Monsieur le Commissaire?«

Mein Französisch war ausreichend, um den Austausch zwischen den beiden zu verstehen. Ein schrecklicher Unfall, wie es aussah. Der Küstenwanderweg war steil, zu steil für mich, noch schlimmer für einen alten Mann. Hatte ich nicht eben darüber nachgedacht? Die Natur hier war traumhaft, und manchmal verkehrte sie sich in einen Alptraum.

Ich ertappte mich dabei, dass ich über den kleinen Kiesel in Fischkopfform strich, den ich eingesteckt hatte – schönem Strandgut konnte ich nicht widerstehen. Plötzlich hielt ich inne. Wäre das ein Beweis gewesen, verwischte ich hier Spuren? Es war zu spät, den Kiesel zurückzulegen,

Mahon trat erneut zu mir, nachdem er die Ärztin verabschiedet hatte, und wies mich an, den Ablauf zu beschreiben.

Als ich fertig war, schaute er von meinen abgelatschten Stoffturnschuhen zu den Felsen. »Lebensgefährlich, damit zu klettern.«

Darauf ging ich nicht ein. »Was denken Sie, warum kam der Mann hierher? Zum Spazierengehen? Er war alt.«

»Diese Überlegungen überlassen Sie mir.« Noch charmanter als sonst. Das konnte heiter werden.

»Ah, bonjour.« Der Commissaire ging auf einen Mann zu, der den Weg herunterkletterte. Er trug den perfekten Küstenlook, mit Trekkingsandalen, einem marineblauen Poloshirt und einer Ray-Ban-Sonnenbrille. Er schien sehr aufgeregt.

»Es ist mein Vater. Wo ist er? Kann ich ihn sehen?«

Mahon wehrte ab. »Es tut mir leid. Er wurde bereits nach Morgat überführt.« Er sprach Alain Sonnett, so hieß der Mann, sein Beileid aus. »Sie sind sehr spät. Wir haben so lange wie möglich gewartet …«

Sonnett rang die Hände. »Ich war in Brest unterwegs und habe das Handy nicht gehört.« Er setzte sich schwer auf einen Stein. »Mein Vater … die Nachricht sollte mich eigentlich nicht überraschen … er ist in letzter Zeit oft ausgebüxt und durch die Gegend gewandert. Der Klosterstrand war sein absolutes *chouchou*. Und doch … außer ihm …« Ein trockener Schluchzer. »Am Samstag hätte er seinen fünfundneunzigsten Geburtstag gefeiert.«

Mahon wirkte behutsam. »Die Ehrenfeier, ich weiß. Viele wollten kommen und ihn beglückwünschen.«

Mir wurde etwas klar. »Bernard Sonnett? Der Marineadmiral, der zum Granit-Ritter geschlagen werden sollte? Er ist der Tote? Was für eine traurige Nachricht.«

Alain Sonnett wandte sich zu mir, durch die Sonnenbrille waren seine Augen nicht zu sehen. »Wer sind Sie?«

Mahon stellte mich vor. »Madame Berger. Sie leitet die deutsche Buchhandlung vor Ort.«

»Das ›DEJALU‹? Davon habe ich schon gehört. Ich wäre längst vorbeigekommen, wenn Sie auch französische Bücher hätten.«

Unter anderen Umständen hätte ich Alain Sonnett erklärt, dass ich keine Konkurrenz zur hiesigen Buchhandlung schaffen wollte.

»Sie hat Ihren Vater gefunden«, fügte Mahon an. »Und uns benachrichtigt.«

Sonnett bedankte sich bei mir. Einen Moment lang standen wir alle drei zusammen, vor uns das gleißende Meer, um uns der Wind, der unsere Gedanken davontrug.

»Ein großer Festakt war für meinen Vater geplant«, sagte Alain nach einer Weile. »Hunderte von Zuschauern haben wir erwartet. Eben habe ich Armelle am Bahnhof abgeholt, sie hätte ein bretonisches ›Happy Birthday‹ gesungen. Nun wird sie wohl ein Trauerlied intonieren.«

Spontan griff ich nach seiner Hand, während der Hund wedelte wie verrückt. »Das tut mir leid. Ich frage mich, wieso Ihr Papa hier runtergestiegen ist. Es ist gefährlich, ich selbst habe es kaum geschafft.«

»Er war ein alter Kletterer. Auf der Halbinsel Crozon kennt er jeden Stein. Bei zunehmendem Mond zog es ihn raus. Seine langen Spaziergänge sind berühmt, manchmal blieb er Tag und Nacht weg.« Er ergänzte, dass seinem Vater eine Villa in Morgat gehörte.

»Von Morgat bis hierher ist er gelaufen? Das sind bestimmt zehn Kilometer.«

»Er wohnt meistens im Altersheim in Camaret.« Er schüttelte ungläubig den Kopf. »Das Personal hatte den Auftrag, gut auf ihn aufzupassen. Die haben ihn überall gesucht.«

»An der Aussichtsstelle sind mir abgeknickte Äste aufgefallen. Und das Geländer ist kaputt. Monsieur Sonnett könnte gestürzt sein. Oder haben Sie Fußspuren im Sand gefunden, die darauf hindeuten, dass er hier unten gestolpert ist?« Ich sah Mahon an, dann wieder Sonnett. »Sie sagten, dass er den Strand geliebt hat. Vielleicht wollte er ihn ein letztes Mal besuchen.«

»Ein letztes Mal?« Beide Männer wirkten irritiert.

Warum hatte ich auch so eine blöde Formulierung gewählt?

»Meine Oma hat immer zu mir gesagt: ›Vielleicht mach ich das zum letzten Mal‹, wenn sie heimlich eine geraucht hat. Verstehen Sie?« Das war gelogen, meine Oma war gestorben, als ich ein Kleinkind war.

Alain nahm seine Brille ab. Er hat schöne Augen, dachte ich. Dunkelbraune.

»Ihre Oma und mein Vater hatten vieles gemeinsam.«

»Madame Berger …«, Mahon zog das weiche »Sch« der französischen Aussprache meines Namens penetrant in die Länge, »Sie dürfen gehen. Ich habe gehört, dass sich die ›Villa Wunderblau‹ in eine Kloake verwandelt hat.«

»Ah, die Buschtrommel. Neuigkeiten reisen schnell auf Crozon. Wieso erwähnen Sie nicht, dass wieder mal meine Scheibe beschmiert wurde? Hiermit erstatte ich Anzeige gegen unbekannt. Den Fall sollten Sie endlich lösen, Monsieur Mahon.«

Mahon ignorierte die Aufforderung. »Wo finde ich Sie, falls ich noch Fragen habe?«

»Im Kloster. Ich bin als Köchin engagiert.«

»Sie können kochen?«

»Ich plane Galettes complètes. Kommen Sie vorbei? Dann geb ich eine Extraportion Arsen dazu. Soll ja ein Geschmacksveredler sein.«

Der Commissaire würdigte mich keines Blickes mehr, nur den Hund streichelte er zum Abschied. Während ich wieder hochkraxelte – ohne Merguez hätte ich es kaum geschafft –, fiel mir etwas ein. Das Kruzifix des alten Mannes, in dieser besonderen Form des Triskels. Es war mir bekannt vorgekommen. Nun wusste ich auch, wieso.

3

»Hatten Sie das schon immer?«

Ich starrte auf das goldene Schmuckstück, das an Sœur Nominoës Hals baumelte. Sie war früher als geplant zurück von ihren Kommissionen, ich hatte sie bei den Erdbeeren im hinteren Klostergarten angetroffen.

Sie fasste sich an die Tracht. »Das Kruzifix? Es gehört zum Leuchtturmorden.«

Der Leuchtturmorden war ein Mysterium. Manche behaupteten, Sœur Nominoë sei eine Weltliche, der Orden reine Phantasie. Andere wiederum meinten, es seien Benediktinerinnen, die sich von der Kongregation abgewendet hatten. Die helle Tracht und die weiße Haube sprachen für Letzteres, die Lebensform für Ersteres. Fragte man bei Sœur Nominoë nach, legte sie einen Finger an die Lippen und erinnerte an das Schweigegelübde. Eine sehr praktische Geste, die sie immer dann anwandte, wenn es ihr passte.

Noch ganz unter dem Eindruck der Ereignisse am Strand, goss ich dem hechelnden Merguez Wasser in eine Schale und erzählte Nominoë von dem Toten. Als ich seinen Namen nannte, passierte etwas ganz und gar Außergewöhnliches: Die Nonne wurde kalkweiß. Besonders deutlich zu sehen, weil sich ihre Haut normalerweise sandfarben von der abgenutzten Haube abhob.

»Der alte Bernard ist tot?« Sie packte mich bei den Schultern. »Das ist nicht möglich, ich habe ihn eben noch gesehen.«

Ich gab ihr eine Zusammenfassung der Ereignisse. »Wieso trug Bernard Sonnett das Kruzifix des Ordens bei sich?«

»Ich weiß es nicht, möglicherweise habe ich einige verschenkt. – Er ist wirklich tot. Ich muss sofort …« Sie murmelte vor sich hin und eilte in Richtung Kloster, kam noch mal zurück. »Wieso denkt die Polizei, dass es ein Unfall war?«

»Bernard Sennett ist gestürzt.«

»Weiß der Sohn Bescheid?«

»Alain?« Ich bejahte. »Der Klosterstrand sei das ›*chouchou*‹ seines Vaters gewesen, hat er gesagt. Was heißt das?«

»Sein Lieblingsstrand. Wo ist der Sohn jetzt? Immer noch da unten?«

»Bei Gabriel Mahon im Kommissariat, er gibt seine Aussage zu Protokoll.«

»Gabriel Mahon? Das heißt, die Police nationale ist involviert. Was für eine Katastrophe! Bitte, Tereza, Sie dürfen den anderen noch nichts davon erzählen.«

»Sœur Nominoë?« Ayalas Stimme klang aus dem weit geöffneten Fenster des Speisesaals und unterbrach unser leises Gespräch. »Wo bleiben Sie?«

Einen Moment war ich abgelenkt. Ayala, das einzige weltliche Mitglied des Bergamotten-Chors, war hier und dementsprechend nicht mit Kai unterwegs. Vielleicht hatte ich die Dinge zwischen den beiden überinterpretiert.

»Sie kommt gleich!«, rief ich. Doch als ich um mich blickte, war Nominoë weg. Nanu, konnte sie zaubern?

Ayala winkte mir zu. »*Coucou*, Tereza, ich hab's schon gehört. Du kochst für uns?«

»Ich plane höllische Galettes, mach dich auf was gefasst.«

Ayala schüttelte ihre dunkle Zopffrisur. »Zur Not greifen wir auf Butterkekse zurück.«

Es war ein Scherz, Ayala hasst Butter.

»Alle mal herhören!«

Auf ihren Ruf hin kamen die Nonnen herbeigeeilt. Ich erkannte Sœur Jeanne, die stumme Schwester, die ganzjährig bei Nominoë lebte, und die beiden anderen, Sœur Marie Claude, die mich angerufen hatte, sowie die hagere Sœur Marthe, die ich noch nie getroffen hatte.

»Nicolette hat Bescheid gegeben.«

Sofort setzte ein Wispern ein.

»Das ist die Regisseurin der Filmcrew«, erklärte mir Ayala.

Dann zu den anderen drei: »Es gibt eine Planänderung. Wir sollen sofort zur Probebühne im Hof.«

Sœur Marthe war erzürnt. »Ich weiß genau, was Nicolette im Schilde führt. Sie will uns aus dem Konzept bringen. Armelle kommt nämlich einen Tag früher, stellt euch vor. Und sie wird nicht nur ihre Solos, sondern auch zusammen mit uns singen. Die Berühmtheit Armelle begleitet die Bergamotten.«

»Woher weißt du das?« Sœur Marie Claude, rund und rosig, sah aus, als ob eine Bombe eingeschlagen hätte.

»Hat mir eine Möwe zugeflüstert.«

Marie Claude begann zu zittern. »*Mon Dieu*, wenn Armelle kommt, trau ich mich nicht mehr, da bring ich keinen Ton raus.«

»Entspann dich, Marie Claude, Armelle hat auch als Chorsängerin angefangen«, antwortete Ayala. »Hier auf Crozon übrigens.«

»Es ist eine stupide Idee. Man mischt keine Laien und Profis. Altes bretonisches Sprichwort.« Das kam von Marthe.

»Nichts gegen einen vielfältigen bretonischen Chor. Ein Glaube, eine Sprache, ein Herz. Auch ein Sprichwort.« Ayala zwinkerte mir zu. »Nicht alle von uns finden es gut, dass Armelle mit uns singt, wie du merkst.«

»Nenne uns ruhig beim Namen«, sagte Marthe. »Ich, Marie Claude und Jeanne sind absolut dagegen.«

Das war mehr als die Hälfte der Bergamotten.

»Wir sollten streiken.«

»Und das Publikum enttäuschen?«, fragte Ayala.

»Sie werden unserer Meinung sein.«

»Die verkaufen uns für ein Butterbrot, wenn sie Armelle haben können.«

»Die Leute hier oben lieben die Bergamotten. Im Frühling war das Konzert ausverkauft.«

»Du sprichst von den zwanzig Leuten im Gemeindesaal? Nominoë braucht Geld, schon vergessen? Sonst ist das Kloster bald eine Ruine.«

»Damit hat Ayala recht.« Marie Claude schien bekümmert.

»Heute Morgen ist der Herd ausgestiegen. Nur noch der Holzofen ist intakt. – Ich helf dir beim Feuermachen«, ergänzte sie, als sie meinen Blick sah.

Also hatte Nominoë Geldsorgen? Warum sprach sie nie darüber?

Ayala versuchte hartnäckig, die Nonnen von Armelle zu überzeugen. »Ich bin sicher, wir können nur profitieren. Alain Sonnett will das Beste für uns. – Das ist Armelles Agent.« Die Erklärung ging an mich.

Er war also nicht nur Musikproduzent, sondern auch Agent, und nun lag sein Vater tot unten am Klosterstrand. Was für eine traurige Ironie des Schicksals.

Wir gingen gemeinsam in den Klosterhof, wo die kleine Bühne mit den fünf Mikrofonständern aufgebaut war. Hier probten die Nonnen für das große Konzert am Samstag. Es war ein Grasplatz, eingerahmt vom Hauptgebäude, einer leicht verfallenen Steinmauer und einem Turm sowie einem weit geöffneten Holztor. Das ganze Ambiente wirkte wie ein mittelalterliches Schloss, bereit für Ritterspiele.

Da parkte ein Jeep vor dem Tor, dem eine junge braunhaarige Frau mit Stirnfransen entstieg, ihr Cowboylook wurde unterstrichen von einem breiten Hut, einer Cargohose und dem halblangen Safarigilet. Als sie sich nach ihrer Ledertasche bückte, wurde am unteren Rücken ein Tattoo sichtbar, zwei ineinander verschlungene zarte Blüten.

Ihr folgten zwei ältere, glatzköpfige Herren, beladen mit Kameras, Stativen und Lampen, der eine übergewichtig, der andere mager. Zum Abschluss ein verjazzter Tonmann und eine ältere Frau mit Klemmbrett. Das musste die Regisseurin sein.

»Sie wohnen alle zusammen im ›Thalassa‹-Hotel, das Kloster war ihnen zu popelig«, flüsterte mir Ayala zu.

Das war meine Chance, die Buchhandlung ins Gespräch zu bringen. Ich trat zur Klemmbrett-Frau und stellte mich vor.

»Vielleicht wäre das ›DEJALU‹ etwas für Ihre Reportage. Ich habe viele Bücher über Chöre auf meinem Aktualitäten-Tisch.«

Sie sah nicht von ihrem Brett hoch. »Auf Deutsch? Wir drehen für ›France 1‹.«

»Und auf Englisch.«

Ohne zu antworten, ging sie weiter.

Ich ließ nicht locker und folgte ihr. »Das ›DEJALU‹ ist wunderschön. Es ist doch wichtig, dass Camaret in dem Film vielseitig gezeigt wird.«

»Nett, dass Sie mir meinen Job erklären.«

Ich holte sie ein und drückte ihr einen Flyer in die Hand. »Wir haben auch ein kleines Bistro. Und eine italienische Kaffeemaschine.«

Sie blieb stehen und musterte mich. Die Leuchtschrift auf der Brust, den Flatterlook, die Windjacke, die randvolle Boule-rouge-Tasche. »Nicolette, kommst du mal?«, sagte sie schließlich.

Das Tattoomädchen schoss herum. »Was ist? Ich will anfangen.«

»Hast du in deiner Repo Platz für einen Werbespot über eine deutsche Buchhandlung?«

War die Klemmbrettfrau nicht die Regisseurin?

Das Tattoomädchen stellte sich vor. »Nicolette Ginsberg, Regie. Sie sind nicht die Erste, das ganze Dorf hat bei uns angeklopft.« Ihre Stimme war unerwartet rauchig, sie sprach Französisch und Englisch gemischt. »Sorry, aber wir haben alles abgedreht. Es fehlen nur noch Probenbilder und dann natürlich das Konzert.« Sie nickte mir zu. »Sie können ja versuchen, am Samstag einen Stand am Hafen aufzustellen. Machen die anderen auch.«

»Was für einen Stand?«

»Mit Ihren Büchern. Vielleicht kommen die so mal ins Bild. Garantieren kann ich nichts.« Nicolette pfiff durch die Zähne, so scharf, dass Merguez aus seinem Nickerchen aufschreckte. »Alle mal herhören. Wir starten.«

Der dicke Kameramann arrangierte die drei Nonnen auf der Bühne, während der Dünne Ayala filmte, wie sie eine schwarze Jacke überzog.

»Wo ist Nominoë?«, fragte Nicolette plötzlich.

»Sie kommt gleich, ich übernehme solange«, sagte Marthe.

Sie wäre gern die Nummer eins, dachte ich, als ich bemerkte, wie Marthe Marie Claude, die sich jedes Mal aufplusterte, wenn der dicke Kameramann in ihre Richtung sah, einen ermahnenden Blick zuwarf.

Nicolette pfiff erneut. »Macht mal Probenstimmung und lasst den Schmus weg. Mich interessiert der Blick hinter die Kulisse, die Ecken und Kanten. *Go!*«

In diesem Moment war ein Motor zu hören.

»Cut!«, rief Nicolette. *»Fuck!«*

Alle sahen zum Eingang. Ein Auto mit offenem Verdeck war vorgefahren.

»Ein Citroën Traction Avant Cabriot«, platzte der dicke Kameramann heraus. »Von 1945 oder früher. Nach dem Krieg haben die aufgehört zu produzieren. Geil.«

Alain Sonnett, ich erkannte ihn sofort, stieg aus, ging auf die andere Seite, öffnete die Tür und half einer Frau. Das Auffallendste war ihre Mähne, wie gemacht für den bretonischen Wind. Bemerkenswert war auch ihr Kleid von leuchtendem Violett, der Ausschnitt tief, die Sandalen hoch, die Lederjacke voller Fransen, die Lippen von dunkelstem Burgund, das Gesicht weiß gepudert.

»Armelle«, erklärte Ayala überflüssigerweise. »Seit bekannt ist, dass sie kommt, sind die Ticketverkäufe durch die Decke geknallt.«

»Gut fürs Kloster«, sagte ich.

Wir sahen beide zum Hauptgebäude, das mit den ockerfarbenen Mauern und den riesigen Fenstern wunderschön und nicht die Spur baufällig aussah.

»Nominoë hat nie erwähnt, wie schlimm es steht.« Erst jetzt wurde mir bewusst, dass die Kinder fehlten. »Findet denn dieses Jahr kein Sommerlager statt?«

Ayala schüttelte den Kopf. »Leider nein. Auch Mathilde wäre hierhergekommen.«

Natürlich, es wäre ideal gewesen. Nun musste die Kleine für die Zeit, in der ihre Mama rund um die Uhr Surfkurse gab, woandershin in die Ferien fahren.

»Wie geht's Mathilde in Quibéron? In dem Sportcamp da ist es bestimmt auch schön.«

Ayala wirkte bedrückt. »Sie sagt, es sei alles in Ordnung. Aber ihre Stimme klang eigenartig am Telefon. Ich bin unruhig.«

Ayala war im Kern dieselbe Glucke wie ich. »Es sind ja nur drei Wochen«, tröstete ich sie.

»Trotzdem. Ich hätte sie hierbehalten sollen.«

»Es ist am Anfang immer schwierig. Morgen wird's besser. Eine wichtige Erfahrung für sie, dass sie es allein schaffen kann.«

»Sie war jahrelang allein, Tereza.«

»Aber du musstest arbeiten, es war existenziell. Das haben wir doch schon mehrfach besprochen. Bitte Nominoë um Absolution, wenn du dir selbst nicht verzeihen kannst. Wo bleibt sie denn?«

Ayala zuckte die Achseln. »Sie kommt sicher gleich. Sieh dir mal die Hühner an.« Wir beobachteten, wie die Crew und die restlichen Nonnen sich um Armelle scharten.

Ich musste lachen. »Angesichts der Feindin werden sie milde, wie es sich für Nonnen gehört.«

Ayala streckte sich, die traurige Stimmung von eben war verflogen. »Nie im Leben würde jemand wie Armelle freiwillig mit ein paar Nonnen singen.« Sie beugte sich zu meinem Ohr. »Sie muss ihren Ruf kitten. Es gab da eine Geschichte mit einem Minderjährigen. War in den sozialen Medien. Armelle braucht positive Schlagzeilen. Da kommen ihr so ein paar Dorfnonnen und eine Benefizgala für die Erhaltung eines morschen Klosters gerade recht.«

Das klang plausibel. »Nicht zu vergessen die Ehrenfeier für Bernard Sonnett«, fügte ich an.

»Der Alte, der zum Granit-Ritter ernannt werden soll?«

Trotz Nominoës Verbot erzählte ich Ayala von den Ereignissen am Strand.

Mit der Arroganz der Jugend fand sie den Tod Bernards nicht so tragisch. »In dem Alter muss man damit rechnen.« Etwas anderes hingegen erstaunte sie. »Du hast *wieder* eine Leiche entdeckt?«

»Diesmal steckt kein Verbrechen dahinter, zum Glück. Bernard Sonnett ist gestolpert und abgestürzt.«

Den Moment suchte sich Armelle für eine Kostprobe ihres Könnens aus und ließ uns verstummen. Sie sang von Liebe und Verrat, von Sehnsucht und Leidenschaft, Töne von unglaublicher Wärme, die sie aus der Tiefe dieser Erde am Ende der Welt schöpfte und direkt in unsere Seelen sandte. Und was soll ich sagen, sie packte mich ganz und gar.

Ayala machte ein Daumen-hoch-Zeichen, Marie Claude wischte eine Träne weg, Marthe faltete die Hände, die Kameramänner täuschten eine Ohnmacht vor, der Tonmann ließ den Galgen sinken, die Aufnahmeleiterin verzog anerkennend den Mund, sogar der Hund setzte sich aufrecht hin, dazu das Licht der sinkenden Sonne, das sich wie ein oranger Filter über alles legte … Die Szene war filmreif, ein Tableau vivant voller Symbolkraft.

Als der letzte Ton verklang, klatschten alle. Plötzlich bemerkte ich einen Schatten. War das Nominoë, auf dem Weg zum Leuchtturm? Ich wollte ihr hinterhereilen, als sich Alain Sonnett mir in den Weg stellte.

»Nun habe ich Sie erkannt, bonjour, Tereza.« Er wirkte besorgt. »Ich wäre Ihnen dankbar, wenn Sie den anderen nichts vom Tod meines Vaters sagen. Die Probe soll nicht behelligt werden.«

»Aber Ihr Vater ist gestorben, niemand erwartet, dass Sie an dem Tag arbeiten.«

»Es ist unermesslich wichtig, Armelles erstes großes Konzert in der Heimat. Davon hängt ihr Erfolg hier ab. Die Bretagne kann auch ein steiniges Pflaster sein, Armelle gilt als Abtrünnige.«

Unser Gespräch wurde von Nicolettes Pfeifen unterbrochen.

»Bergamotten! Bitte begebt euch auf die Bühne, Armelle stellt sich dazu, findet eure Plätze, folgt der natürlichen Ordnung. Wir filmen euch dabei.«

Die Atmosphäre verlor die Magie, es wurde technisch, Nicolette dirigierte die Kameramänner in verschiedene Richtungen, gab flüsternde Anweisungen, war mal hier, mal da.

Die Aufnahmeleitung kam auf mich zugeeilt. »Können Sie die Chefnonne holen? Sie ist verschwunden. Wie vom Erdboden verschluckt.«

Über den steilen Weg ging ich durch ein kleines Stück Wald bis zum Leuchtturm hoch. Vielleicht bereitete Nominoë ja eine Sendung vor. »Presqu'île Sophie« war ein illegaler Piraten-Radiosender, Kult auf der Halbinsel. Dass Nominoë dessen Moderatorin war, wurde als ein offenes Geheimnis gehandelt, das niemand aufdeckte. Das Mysterium sollte bestehen bleiben.

Die metallene Eingangstür, die einen Spaltbreit offen stand, quietschte, als ich sie ganz aufmachte, und fiel mit einem Knall hinter mir ins Schloss. Es wurde stockdunkel.

»Nominoë?« Meine Stimme klang hoch und dünn in dem schmalen Treppenhaus. Sollte ich hinaufsteigen und im Lampenraum nachsehen? »Nominoë, sind Sie hier?«

Keine Antwort. Schnell ging ich wieder hinaus, froh, dem Turm zu entrinnen, in dem ich vor einem Jahr fast eine Prügelei mit Mahon gehabt hätte, und eilte zurück in den Klosterhof. »Sie ist nicht hier.«

Die Aufnahmeleiterin gab sich mit meinem Bescheid nicht zufrieden. »Können Sie in ihrem Zimmer nachschauen, wir brauchen sie wirklich dringend.«

Auch im Kloster war niemand, weder in der Eingangshalle noch in der Küche. »Nominoë?«

Plötzlich hörte ich Schritte, die schnell wieder verklangen. Ich musste sie mir eingebildet haben. Ich betrat das Refektorium, das ich nur erfüllt von Kinderstimmen kannte. Nun wirkte es verlassen, die Tische waren zusammengeschoben, die

Stühle in einer Ecke aufgestapelt. Daneben im Singsaal war auch alles dunkel.

Schon wieder die Schritte. Ich glaubte, eine Kapuze auszumachen, so wie sie mir in manchen Alpträumen erschien. Ich lief zum Ausgang, blieb mit klopfendem Herzen stehen. Aber da war niemand.

Nimm dich zusammen, Tereza, du siehst Gespenster, nur weil der Schmierant wieder mal zugeschlagen hat. Finde die Nonne, koch die Galettes und geh wieder heim. Vermutlich war der Anblick des Toten doch zu viel gewesen. So was steckt man nicht einfach so weg.

Ich fröstelte und setzte meine Suche fort. Nominoë war weder im Büro noch in der Kapelle.

Ein verschlossenes Zimmer erregte meine Aufmerksamkeit, den Schlüssel fand ich an einem Haken davor. Der Raum enthielt Vitrinen mit kirchlichem Schmuck, goldenen Kelchen, violetten Soutanen, einer Messglocke, einer Hostienschale und einer geschmückten Monstranz. In der letzten Vitrine befand sich ein Waffenarsenal – mehrere Pistolen, Säbel, ein Enterhaken. Es erinnerte mich an Kais Piratenphase, als er acht Jahre alt gewesen war. Leise schloss ich ab und legte den Schlüssel zurück.

Nun blieb nur noch der dritte Stock. Es fühlte sich verboten an, in die privaten Gemächer von Nonnen einzudringen.

»Sœur?«

Vorsichtig öffnete ich Tür um Tür. Große Fenster, glatte Holzböden, dunkelgrüne Tapeten, es roch nach Möbelpolitur und Zitrone. Die Einrichtung war überall gleich. Ein schmales Bett, ein Schrank, ein kleiner Schreibtisch. Zierliche Kruzifixe in der Triskelform an der Wand, identisch mit dem Kreuzchen auf Nominoës Brust. Die verfolgen mich, die Dinger, dachte ich.

Im letzten Zimmer erblickte ich endlich Nominoë. »Sœur? Ich habe Sie gesucht. Die anderen wollen mit der Probe anfangen.«

Sie lehnte am offenen Fenster und starrte aufs Meer hinaus.

Das durchsichtige Türkisblau in Ufernähe ging in tintenblaue Weite über, ein Segelschiff kämpfte mit den Wellen. Am Horizont bemerkte ich wieder den Tanker. Diesmal kam er von rechts.

»Nominoë?« Auf Zehenspitzen trat ich näher. »Ich habe das Schiff schon mal gesehen. Woher kommt es?«

»Aus dem Hafen von Brest vermutlich. Wie viele Kamine zählen Sie?« Nominoë rieb sich die Augen, sie wirkte erschöpft.

»Zwei oder drei.«

»Dann ist es ein Zerstörer.«

War das ein Scherz? »Ein Kriegsschiff?«

»Nicht alles ist so schön, wie es scheint, Tereza, auch nicht in der Bretagne.«

Sollte ich darauf antworten, dass ich das wohl wusste? Aber Nominoë war so sehr in den Anblick des Meeres versunken, dass ich es nicht wagte, sie zu stören. Als ob sie die Aussicht ein letztes Mal genießen würde, dachte ich.

»Wenn irgendetwas passiert«, sagte sie nach einer Weile, »machen Sie sich keine Sorgen, Tereza. Ich werde immer in der Nähe sein. Und ich komme wieder.«

Bevor ich nachfragen konnte, erschallte von unten eine Stimme.

»*Hé!* Ich bringe die Fischsuppe!«

Nominoë gab sich einen Ruck. »Ich komme!«, rief sie und eilte an mir vorbei. »Beeilung, Tereza, gleich wollen zwanzig Personen futtern. Sie müssen mithelfen. Suppe und Galettes kochen sich nicht von selbst.«

Ich blieb noch einen Moment stehen. Durchs Treppenhaus hörte ich zwei Stimmen und Teile ihrer Unterhaltung.

»Die Godaille bretonne?«

»Nach Ihrem Lieblingsrezept. Die Kräuter kommen am Schluss dazu, denken Sie daran.«

»Ich bezahle bar.«

Die Unterhaltung klang herrlich normal. Wieso spürte ich dann einen Klumpen in der Brust?

Ich ging nach unten in die Küche, wo es aus einem messingfarbenen Topf auf dem Holzherd nach Rosmarin und Fisch duftete, daneben gab es einen Teller voller Kräuter. Ich sah einen kräftigen Arm und einen pinkfarbenen Lappen durch die Tür ins Refektorium verschwinden.

»He, Moment, hallo! Monsieur? Sind Sie der Koch? Was genau soll ich mit den Zutaten machen? Wo ist Nominoë?«

Doch ich fand den Mann nicht mehr, er musste das Haus bereits wieder verlassen haben.

Zurück in der Küche, war der Teller mit den Zutaten leer und Nominoë dabei, den Ofen zu feuern. »Sie können die Galettes aus Ihrer Tasche holen, Tereza.«

***

»Schmeckt hervorragend, Tereza.«

»Ich wusste nicht, dass du so gut kochen kannst.«

Das Essen war in vollem Gang. Und was soll ich sagen, alle waren zufrieden. Die stressige Probe, in der Marthe rumgezickt und Marie Claude sich offen gegen ihre Glaubensgenossin gestellt hatte, war vergessen. Armelle war guter Dinge, die Crew ebenso, und Alain Sonnett sah nicht mehr so bedrückt aus wie eben.

»Diese Galettes, *merveilleuses*. Sind die selbst gemacht?«, fragte die Aufnahmefrau, die das Klemmbrett zur Seite geschoben hatte.

Ich weiß nicht, was in mich fuhr, auf jeden Fall ließ ich mich, anstatt die Wahrheit zu sagen, zu einer detaillierten Beschreibung des Backvorgangs hinreißen. Der Applaus ging mir runter wie bretonische Butter. Ayala bedankte sich überschwänglich, als ich ihr eine vegetarische Variante brachte, hier oben hatte sie als Veganerin normalerweise das Nachsehen.

»Lecker, Tereza. Wirklich. Hast du gut gemacht.«

Sie zwinkerte mir zu und machte Nominoës Schweigegelübde-Geste.

Eine SMS kam herein. Isidore. Der Pumpdienst hatte ihn angerufen. Morgen sei unmöglich. Markt in Crozon. Was der Markt mit dem Abpumpen von Scheiße zu tun hatte, war mir ein Rätsel. »*Jeudi matin.* Früher geht's nicht.«

Sei's drum, dann würden sie den Tank halt erst am Donnerstag leeren.

»Ich brauche einen Schnaps. Mögen Sie in den Keller gehen, Tereza?«, fragte Sœur Marie Claude und unterdrückte einen Damen-Rülpser. »Ich bin so vollgefressen, ich schaffe es nicht mehr. Gleich beim Eingang lagern wir einen Dessertwein. Einen Muscat. Der würde wunderbar passen.«

Von der Küche aus ging ich durch den Flur, als ich aus der halb offenen Tür des Refektoriums eine Stimme hörte. »Wo ist es? Du bist verpflichtet, es mir mitzuteilen.«

Die Stimme klang tief und hasserfüllt. Sie passte nicht zu der Stimmung, sie war wie aus einer anderen Welt.

War das einer der Kameramänner? Aber sie sprachen Englisch. Alain Sonnett? Nein, seine Stimme war weich und warm. Der unbekannte Suppenmann? Oder mein Kapuzenmann? Waren die vielleicht identisch? Da kam ein Luftzug auf, und die Tür knallte zu. *Merde.* Auf keinen Fall wollte ich als Horcherin dastehen.

Eilig ging ich zurück in die Küche, beugte mich tief über die Spüle. Gleich darauf vernahm ich ein Geräusch. Heute war der Abend der verstohlenen Schritte. Ich rechnete damit, dass sie in die Küche kommen würden.

»Hallo?«

Keine Reaktion. Hatte ich mich erneut geirrt? Mein Blick blieb an einem Stück Stoff am Boden hängen. Vorsichtig hob ich es hoch. Es war die Haube von Sœur Nominoë, federleicht und von verblichenem Weiß. Ich steckte sie ein.

***

Stunden später war die Küche fertig geputzt. Die Filmcrew und Armelle waren ins Hotel gefahren, die Nonnen in ihren

Kammern verschwunden. Bis auf Sœur Nominoë, die ich den ganzen Abend nicht mehr gesehen hatte. Die anderen Nonnen hatten mich beruhigt.

»Sie schläft bestimmt. Sœur Nominoë steht mit den Vögeln auf und geht mit den Vögeln ins Bett.«

Ein letztes Mal fuhr ich mit dem Lappen über die Armaturen. Alles glänzte und funkelte, der Suppentopf war blitzsauber, bei dem hatte ich mir extra Mühe gegeben. Mein Magen knurrte, das typische Los des Küchenpersonals, das den ganzen Abend ackert und es sich erst zum Schluss schmecken lassen darf. Aber Suppe und Galettes waren weg, auch das Brot, sogar die bretonischen Kekse und die Schokolade. Die hatten alles weggefuttert, kein Krümel war übrig.

»Dann müssen wir halt hungrig schlafen gehen«, sagte ich zu Merguez.

Er wedelte mit dem Schwanz und drängte zur Tür.

»Nein, mein Lieber, wir übernachten im Kloster. Zu Hause ist eine Kloake.«

Merguez verstand mich falsch. Gleich geht's los, sagte seine Haltung.

Unentschieden blickte ich zur Treppe. Der Gedanke an ein Klosterbett erfüllte mich mit wenig Freude. Die Zimmer waren zu schmal, zu hoch und die Tapeten zu dunkelgrün. Als ich einen Fuß auf die breite Holzstufe setzte, jaulte Merguez auf.

»Also gut, du hast gewonnen.« Entschlossen packte ich meine Boule-rouge-Tasche und die Leine.

Es war nach Mitternacht. Im Westen leuchtete der Himmel in schimmerndem Nachtblau, im Osten türmte sich eine Wolkenwand. Meine Füße fanden den Weg ohne Probleme.

Die Straße, die zum Dorf hinunterführte, war schmal und geteert, gesäumt von Büschen und Ästen, die Armen gleich in den Himmel ragten. Das Meer rauschte weit entfernt, mittlerweile war es ziemlich finster, die Beleuchtung war aus.

Plötzlich war mir, als hätte ich hinter mir etwas gehört. Nicht schon wieder. Ich drehte mich um. Nichts.

Vorsichtig ging ich weiter, um bei der nächsten Weggabelung erneut herumzuschießen. Ich lauschte in die Stille. Ein Kiesel kullerte den Abhang hinunter, und aus Merguez' Kehle ertönte ein tiefes Knurren.

»Bonsoir.« Vor mir stand Alain Sonnett. »Was spielen Sie für ein lustiges Spiel? Von Weitem wirkte es, als fühlten Sie sich verfolgt.«

»Wieso? Haben Sie jemand gesehen?«

»Nein, wobei ...«

»Einen Mann mit einer Kapuze vielleicht?«

Er schüttelte den Kopf. »Da war nur ein Schatten, es könnte auch ein Ast gewesen sein. Vielleicht haben Sie geträumt?«

»Oder es sind Halluzinationen. Ich habe seit dem frühen Morgen nichts mehr gegessen.«

Er zog eine Tafel Schokolade aus der Tasche, die mit Fleur de Sel. »Wie wär's damit?«

Dankbar nahm ich ein Stück. »Was machen Sie hier, Monsieur Sonnett?«

Er wirkte verwirrt. Natürlich, in der Dunkelheit erkannte er mich nicht.

»Tereza Berger. Ich habe Ihren Vater gefunden und gekocht.«

Mein Französisch war um Mitternacht einfach nicht mehr auf der Höhe. »Ich meine, heute Mittag am Strand, ich war die Erste, die ...«

»Und dann haben Sie ihn ›gekocht‹?« Ein Lächeln huschte über sein Gesicht. Für einen Moment war die Trauer weggeblasen.

Nun musste ich auch lachen. »Nicht Ihren Vater natürlich. Das Essen. Die Galettes waren von mir.«

»Und die Godaille bretonne? Die war sehr lecker.«

»Nein, die Suppe war von Sœur Nominoë. Also, von einem ihrer Freunde, der sie nach ihrem Rezept zubereitet hat.«

»Stimmt, sie ist bekannt dafür.«

Das hatte ich nicht gewusst.

»Doch, doch«, sagte er. »Im Altenheim meines Vaters kam

ihre Suppe regelmäßig auf den Tisch. ›Alltagsessen‹ nannte sie es. Mein Vater mochte es nicht. ›Zu viel Fisch in meiner Kindheit‹, hat er immer gesagt.«

»Ist er hier aufgewachsen?«

»In Camaret-sur-Mer.«

»Dann ist er nicht weit gekommen. Von Camaret nach Morgat.«

»Und wieder zurück.«

»Es tut mir sehr leid. Wirklich. Sie haben meine größte Hochachtung, niemand hat Ihnen etwas angemerkt.«

Er seufzte. »Danke, dass Sie das sagen.«

Eine Weile gingen wir nebeneinander her, Merguez zwischen uns.

»Wieso sind Sie zu Fuß unterwegs?«, fragte ich. »Sie hatten doch den schönen Wagen?«

»Ich habe Armelle ins Hotel gefahren. Danach bin ich noch mal zum Klosterstrand gelaufen, es ließ mir keine Ruhe.«

Das konnte ich gut verstehen.

Den Rest des Weges schwiegen wir einvernehmlich. Unten bei der Place de Gaulle stieg er in sein geparktes Auto. Nun war kein Mensch mehr da. Nur der Mond, der sich in einer silbernen Straße über das ruhig gewordene Meer ergoss. Tief atmete ich ein. Was für ein Tag.

Erst viel später, kurz vor dem Einschlafen, fiel mir ein, was mich verwundert hatte. Wenn Alain Sonnett am Klosterstrand gewesen war, wieso war er dann nicht aus der Richtung des Klosters gekommen? Gab es da vielleicht noch einen anderen Zugang?

4

Camaret-sur-Mer, 19. Juni

Am frühen Morgen weckten mich die Rolling Stones mit »Jumpin' Jack Flash«, meinem aktuellen Klingelton. Ich lag zusammengerollt auf der Campingliege im fensterlosen Kabuff, wo ich schlafe, weil es so klein und gemütlich ist. Hier war der Gestank erträglich, der Rest des Hauses war davon durchdrungen und nicht bewohnbar.

Erst verstand ich die aufgeregte Stimme nicht. Sie stellte sich als die von Emil Vanderbrouke heraus, dem Gendarm von Crozon, der bei vielen Fällen mit Gabriel Mahon zusammenarbeitete.

»Tereza, Sie müssen sofort zum Kloster kommen. Es gibt ein Problem.«

***

»Magenverstimmung mit Verdacht auf Lebensmittelvergiftung.«

Sprachlos starrte ich Gabriel Mahon an. Wir standen auf dem Klosterhof, es war neblig und kühl, der Himmel grau. Mahon hatte seinen Mantel zugegürtet, die langen Haare waren zusammengebunden.

Eben war die Ärztin aus dem Schlafzimmer-Stock heruntergekommen und hatte sich mit Mahon unterhalten. Nach einem schwer lesbaren Blick auf mich war sie weggefahren.

»Lebensmittelvergiftung? Sie meinen, die sind alle tot?« Vor Schreck kippte meine Stimme ins Falsett.

Mahon schüttelte den Kopf. »Sie haben leichte Symptome. Bis auf Armelle, die Sängerin. Sie musste ins Krankenhaus gebracht werden.«

»Ins Krankenhaus?«

Nach Emils Anruf war ich mit meinem Velo zum Kloster hochgefahren. Ich war im Flatterrock und T-Shirt von gestern, ungewaschen und verschwitzt. So sollte mich kein Mensch sehen, schon gar nicht der Commissaire.

»Nach Brest. Sie ist stabil, liegt jedoch auf der Intensivstation.«

»Was?« Ich war fassungslos. »Und wieso wissen Sie, dass es eine Lebensmittelvergiftung ist?«

»Die Symptome sind eindeutig. – Sie haben gekocht?«

»Ich war als Köchin engagiert. Denken Sie, ich hätte die alle vergiftet?«

Dass er meine Frage überhörte und nicht, wie er es sonst tat, mit einer Retourkutsche auf meine Provokation reagierte, machte mir noch mehr Angst als seine Miene.

»Das hier ist kein Witz, Tereza«, sagte er leise. »Es könnte ein Anschlag auf das Leben von neun Menschen gewesen sein. Also, was war das Menü?«

Ich schluckte. »Eine Godaille bretonne.«

»Sie haben sich an eine bretonische Fischsuppe gewagt?«

»Nein.«

»Aber Sie waren doch fürs Kochen zuständig?«

»Für die Galettes complètes. Mit Käse, Schinken, Ei und Pilzen. Die Fladen habe ich fertig gekauft.«

»Die Nonnen sind der Ansicht, dass sie von Ihnen stammen.«

»Das ist eine Fehlinterpretation.«

»Sœur Marie Claude sagt, ich zitiere: ›Madame Berger hat beschrieben, dass sie den Buchweizenteig nicht mit Milch, sondern mit Wasser macht. Dazu Salz aus der Guérande. Genau die richtige Menge, damit der Teig schon dickflüssig wird.‹«

Ich schwieg.

»Wie eine echte Puristin«, fügte Mahon an.

»Die Fladen hat Aileen hergestellt.« Aileen war Emil Vanderbroukes Frau, dazu Galette-Spezialistin. Außerdem führte sie bei mir den englischen Buchklub. »Ich habe …«

»Gelogen.«

»Die Wahrheit ein klein wenig verdreht. Aber nur, weil die

anderen mir die Worte sozusagen in den Mund gelegt haben. Kochen ist nicht meine Spezialität.«

»Trotzdem arbeiten Sie als Köchin.«

»Eine Ausnahme, weil die TV-Crew gestern hier gegessen hat.« Ich hatte eine Befürchtung. »Sind die auch alle krank, die von der Crew?«

»Das geht Sie nichts an.«

»Wenn ich sie vergiftet haben soll, muss ich das wissen.«

»Ob Sie erfolgreich waren?«

»Ob ich mich entschuldigen soll.«

»Weichen Sie nicht aus. Sie haben mir gestern Arsen angekündigt.«

Merde. Die Unterhaltung mit Mahon am Klosterstrand. »Das war ein Witz. Ich verstehe nicht, warum Sie über ein Verbrechen nachdenken. Lebensmittelvergiftungen passieren doch öfter, wenn es um Meeresfrüchte geht.«

»Womit wir wieder bei der Suppe wären.«

»Die ich nicht gekocht habe. Sie wurde gebracht.«

»Von wem?«

»Einem Bekannten Nominoës.«

»Wie hieß er?«

»Ich weiß es nicht. Ich habe nur einen Arm gesehen und den Topflappen. Er war pinkfarben.«

Mahon gönnte mir eine Pause und konsultierte sein Notizbuch. »Laut verschiedener Aussagen kocht Nominoë ihre Fischsuppe immer selbst. Wieso sollte sie sie von einem Unbekannten liefern lassen?«

»Fragen Sie doch die anderen.«

»Die sind zurzeit nicht vernehmungsfähig. Bis auf Sœur Marie Claude. Und Sœur Jeanne, aber die ist keine Hilfe.«

Ich verstand seinen frustrierten Ton. Auch für Mahon würde Jeanne ihr Schweigen nicht brechen.

»Hat der Unbekannte vielleicht die Pilze zubereitet?«

Wie kam er plötzlich auf die Pilze? »Die habe ich auf dem Markt gekauft, bei Bauer Francis. Und zu Hause gesäubert.«

»In der ›Villa Wunderblau‹? Da gibt's doch ein Abflussproblem.«

Dachte er, ich würde die Pilze im Klo waschen? »Davor, es war davor, als noch alles in Ordnung war.«

»Gibt's Zeuginnen?«

»Ich war allein. Später habe ich Eier gekocht, den Käse in Scheiben geschnitten und die Pilze geschnippelt.«

»Und dabei ist Ihnen das Arsenpulver in die Quere gekommen.«

»Das Sel de Guérande und die Pfeffermühle.«

»Kann es sein, dass Sie vielleicht die falsche Dose erwischt haben? Sie sagten gestern, es habe wieder Schmierereien gegeben. Die entfernen Sie doch immer.«

»Mit Isidore Breonnecs Mischung.«

»Die Aceton enthält. Aceton kann in gewissen Mengen giftig sein, tödlich sogar.«

»Sie meinen, die Nonnen leiden an einer Acetonvergiftung?«

»Wie kommen Sie darauf?« Er fixierte mich.

Halt die Klappe, gib nur Antworten auf die Fragen, die er stellt, hörte ich im Geiste die Stimme meiner Freundin Brigitte. Sie lebte in Zürich, war Anwältin, im Rollstuhl mit brillantem Geist. Dass ich wieder mal verdächtig war, würde sie amüsieren.

»Sie schweigen? Also, noch mal von vorn. Wieso haben Sie nichts von der Suppe gegessen?«

»Ich hatte keine Zeit.«

»Sie? Keine Zeit zum Essen?«

»Was wollen Sie damit sagen?«

»Nichts. Ich wundere mich nur, dass Sie als Einzige gesund sind, während alle anderen an einer Lebensmittelvergiftung leiden.«

In diesem Moment fuhr das blaue Auto der Gendamerie auf den Klosterhof, und Emil Vanderbrouke stieg aus. Er war eine respektvolle Erscheinung: klein, kantiges Kinn, seit Kurzem mit Schnauzbart, zum Béret trug er die volle Uniform, samt Litzen.

»C'est une putain de merde«, sagte er, als er bei uns war. »Eine verdammte Scheiße.«

Damit traf er den Nagel auf den Kopf. Umso mehr, wenn man meine »Villa Wunderblau« mit dem übervollen Abwassertank dazurechnete.

Normalerweise plauschten Emil und ich ein wenig miteinander. Nun war er dienstlich drauf, einzig das flüchtige Zwinkern war ein Ausdruck unserer Bekanntschaft.

Die beiden traten zur Seite und brachten sich flüsternd auf den neuesten Stand. Bis auf das Kreischen einer entfernten Möwe war es geradezu gespenstisch ruhig. Die Tische waren noch genauso arrangiert wie gestern, auf dem kleinsten gab es zwei verlorene Tassen und eine Kanne. Unauffällig schnupperte ich daran. Kamille. Jemand hatte versucht, den Magen zu beruhigen.

Da hatte ich eine Idee. Ein Rettungsanker, Licht am bretonischen Himmel, der so grau war wie meine Stimmung.

Ich zog mein Handy heraus und rief bei Ayala an.

»Mittagspause?«, fragte ich, als sie sofort abhob.

»Keine Wellen. Zumindest keine Surfwellen. Wir reparieren den Schuppen für die Longboards.«

»Wir?«

»Kai und ich.« Das klang leicht. So beschwingt, dass es mir den Magen zusammenzog, als hätte ich auch von der verdorbenen Suppe gegessen.

»Wie geht's Mathilde?«, fragte ich spitz.

Das verunsicherte Ayala. »Ich habe nichts gehört. Denkst du …«

»Da ist bestimmt alles in Ordnung. Deswegen rufe ich nicht an. Geht's dir gut? Du bist völlig gesund? Kein Bauchweh?«

»Wieso?«

»Keine Übelkeit?«

»Was willst du, Tereza? Ich bin nicht schwanger, falls es das ist, was du meinst.«

Um Gottes willen. Das wollte ich mir lieber nicht vorstellen. »Was hast du gestern gegessen?«

»Spinnst du?«

»Frag nicht, erzähl einfach.«

»Deine Galettes, mit Zucchini und Pilzen. Und hinterher zwei Stück vom Apfel-Karamellkuchen.«

»Pilze. Bist du sicher? Und keine Fischsuppe?«

»Nein. Was ist los, Tereza?«

»Ich erklär's dir später.« Ich trat zu den beiden Polizisten und unterbrach ihr Gespräch. »Ich bin vollkommen entlastet. Die Pilze ...«

Mahon schnitt mir das Wort ab. »Ich muss Sie mitnehmen. Bis wir die genaue Analyse des Mageninhalts von Armelle haben, bleiben Sie in Gewahrsam.« Er gab Emil ein Zeichen.

»Sie wollen mich nur erschrecken!«, rief ich, als Emil Handschellen zückte. »Ayala ist putzmunter. Und sie hat zwei vegetarische Galettes verdrückt. Mit extra viel Pilzen, weil sie weder Schinken, Käse noch Ei nimmt.« Ich hielt ihm das Handy hin. »Da, Sie können sie fragen, die letzte Nummer, die ich angerufen habe. Ayala ist vertrauenswürdig. Sie hat eine Tochter und wartet auf die Einbürgerung. Es kann nicht an den Pilzen liegen, Monsieur Mahon. Ich würde vorschlagen, dass Sie die Suppe untersuchen. Und den Mann, der sie gebracht hat.«

»Das sagen Sie schon zum dritten Mal. Erzählen Sie uns von diesem geheimnisvollen Jemand, den niemand außer Ihnen gesehen hat.«

Ich dachte nach, irgendetwas war doch gewesen, etwas, das den Verdacht weg von mir lenken würde. »Er hatte verschiedene Zutaten dabei, auf einen Teller gehäuft. Die sollten kurz vor dem Servieren reingeschmissen werden.«

»Wer hat das gemacht? Sie?«

»Nominoë.«

»Wissen Sie, wo sie ist?«

Ich schüttelte den Kopf.

»Mehrere Personen haben Sie gestern zusammen im Gespräch gesehen. In der Küche und im Garten.«

»Wir haben den Ablauf besprochen.«

»Wann Sie wem die Suppe servieren? Hat Monsieur Bernard auch einen Teller voll bekommen? Im Altersheim, zum Mittagessen?«

Daher wehte der Wind. Das ganze Gespräch über hatte ich gemerkt, dass es noch eine zweite Richtung gab, eine Art Unterstrom. »Der Tote am Klosterstrand. Und nun die Lebensmittelvergiftung … Sie denken, dass es da einen Zusammenhang gibt? Und dass ich damit zu tun habe? Sie sind verrückt. Monsieur Sonnett war wie alt, vierundneunzig? Noch nie was von einem Motiv gehört? Warum sollte ich einen Unbekannten schubsen?«

»Also wissen Sie, dass er geschubst wurde.«

»Wenn Gewalt im Spiel war, was Sie ja andeuten … Die abgeknickten Äste auf der Plattform …«

»… die stammen von Ihnen. Am Geländer wurden Fasern Ihrer Jacke gefunden.«

»Aber die Äste waren davor schon kaputt. Ich habe es gesehen und Ihnen mitgeteilt.«

»Ja und? Dafür gibt es keine Zeugen. So wenig wie für die Suppe.«

»Suchen Sie doch nach dem unbekannten Koch, anstatt hier Ihre Zeit zu verschwenden. Ich würde es mit den Restaurants und den Bars probieren.«

»Sind Sie sicher, dass es ein Mann war?«

»Ich habe deutlich zwei Stimmen unterschieden.«

»Könnten beide von Nominoë stammen?«

»Sie denken, sie habe mit sich selbst gesprochen?«

»Sie ist eine Stimmenkünstlerin, singt gregorianische Choräle am Laufmeter, das weiß das ganze Dorf. Sie könnte Armelle als Einzige der Bergamotten musikalisch die Stange halten.« Mahon klappte erneut sein Notizbuch auf. »Wurde mir von der Regisseurin bestätigt.«

»Aber wozu?«, schrie ich, außer mir.

Er zuckte zusammen, mehr, als nötig gewesen wäre, demonstrativ: Sehen Sie, all das kann eine hysterische Stimme anrichten. Ab da prasselten die Fragen nur so auf mich ein.

»Wie wurde die Suppe angeliefert?«

»In einem großen Topf.«

»Sonst nichts? Kein Brot?«

»Baguette.«

»War der Herd an?«

»Er ist kaputt.«

»Die Nonne Marie Claude hat ausgesagt, dass sie sich den Mund verbrannt hat.«

»Und ich mir die Hand, als ich den Henkel anfasste.«

»Also war der Topf erhitzt. Er muss mit einem Auto transportiert worden sein. Niemand hat eines gesehen.«

»Die haben es nicht beachtet. Die Stimmung war ausgelassen.«

»Ein Auto wäre aufgefallen.«

»Vielleicht war's ein Motorrad. Isidore liefert ganze Dachgeschoss-Elemente mit dem Anhänger.«

Mahon atmete scharf ein. »Isidore Breonnec? War er es?«

Um Gottes willen. »Nein, und er hat auch ein Alibi. Er hat am Hafen unten die Bühne aufgebaut.«

»Haben Sie nun ein Motorrad gehört oder nicht?«

»Vielleicht war's ein Elektrobike, die sind lautlos.«

Mahon presste die Lippen zusammen. »Außer dem Topf und dem Baguette haben Sie Zutaten erwähnt.«

»Ein Teller mit Kräutern. Es duftete.«

»Was für Kräuter?«

»Lauch …«

»Lauch ist ein Gemüse.«

»Fein gehackt, dazu Rosmarin, Thymian, Sel de Guérande, Zwiebeln aus Roscoff.«

»Die haben Sie am Geruch erkannt?«

»Nein, ich …«

»Das war alles?«

»Ein wenig Fisch.«

»Fisch? Ich dachte, der war in der Suppe.«

»Hummer.«

»Da waren Schalentiere?«

»Bereits gekocht. Gehackt. Das soll das Tüpfelchen auf dem i sein, altes bretonisches Sprichwort.«

»Wieso wissen Sie das?«

»Nominoë hat mir das Rezept erklärt.«

»Also hat sie die Suppe gekocht.«

»Sie hat das Rezept weitergegeben.«

»Eine gute Köchin behält es für sich.«

»Sie ist eine Nonne. Sie teilt gern.«

»Wieso waren die Kräuter und der Fisch nicht in der Suppe?«

»Die schmeißt man erst am Schluss rein.«

»Wer ist ›man‹? Der Koch?«

»Der war ja bereits weg.«

»Also waren Sie es?«

»Ich bin einen Moment rausgegangen, um Galettes zu servieren, als ich zurückkam, stand der Teller in der Spüle und die Kräuter schwammen in der Suppe.«

»Die Küche war leer.«

»Nominoë war da.«

»Davor aber nicht.«

»Sie hat den Koch verabschiedet.«

»Haben Sie es gehört?«

»Nein …«

»Sie nahmen es an.«

»So wie sie ihn begrüßt hat.«

»Und dann kam sie in die Küche zurück. Vor Ihnen?«

»Ich habe den anderen ja Essen gebracht.«

»Wie lange?«

»Nur ganz kurz, sie haben mir die Teller vom Tablett gerissen.«

»Fünf Minuten?«

»Vielleicht drei.«

»In denen Nominoë allein in der Küche war.«

»Vermutlich.«

»Also hatte sie Gelegenheit, die Kräuter reinzuschmeißen. Wie Sie bereits zu Beginn des Gesprächs ausgesagt haben.«

Ich erstarrte. Oh Gott, was hatte ich da gemacht? »Sie haben mir die Worte im Munde verdreht. Ich ziehe meine Aussage zurück!«, schrie ich, obwohl ich mir eben vorgenommen hatte, nicht mehr laut zu werden.

»Monsieur le Commissaire.« Emil sah unsicher zwischen uns hin und her, die Handschellen nach wie vor griffbereit.

Mahon machte eine Bewegung, und Emil steckte die Dinger weg. Ich bekam die Order, mich nicht von der Stelle zu rühren, die beiden zogen Handschuhe an und verschwanden in der Eingangshalle Richtung Küche. Kurze Zeit später kam Mahon mit dem riesigen Messingtopf zurück.

Ich bejahte seine stumme Frage. »Das ist er.«

»Blank gescheuert. Jemand hat ganze Arbeit geleistet.«

Ich log. »Ich war's nicht.«

Nun riss Mahon das Handy hervor und bellte eine Anweisung in den Hörer. Sein Französisch, das wie Englisch klang, versetzte mich immer wieder in Erstaunen.

Als er aufgelegt hatte, packte ich ihn am Arm. »Sagen Sie mir, wie geht's den anderen?«

Einen Augenblick lang schimmerte ein anderer Mahon durch. »Die Nonnen sind in ihren Schlafkammern und pflegen sich gegenseitig. Armelle soll bald aus der Intensivstation entlassen werden, sie ist stabil. Die Leute von der Filmcrew sind so weit wiederhergestellt, nachdem diese *merde* …«, er suchte nach einem eleganteren Wort, »wie soll ich das sagen, das ganze Zeug wurde rausgeschwemmt.«

Eine Erinnerung überfiel mich, intensiv und sehr körperlich. »Bauchkrämpfe, Übelkeit. Das sind auch Symptome von Schwangerschaft.«

Mahon war sichtlich verdutzt. »Sie meinen, die Nonnen sind schwanger? Unbefleckte Empfängnis im Dreierpack?«

»Die Nonnen natürlich nicht. Aber vielleicht Armelle. Wenn sie als Einzige so überempfindlich reagiert hat.«

Er war irritiert, machte sich eine Notiz ins Buch, wurde jedoch aus seinen Überlegungen gerissen, als sein Handy brummte. Die Textnachricht löste ein Zucken seiner Mundwinkel aus. Er richtete sich auf, das Haar hatte sich gelöst und flatterte im Wind.

»Eine letzte Frage. Wo ist Nominoë?«

Die Erinnerung an ihre Worte ließ mich nicht los. *Ich komme immer wieder zurück.* Es war ein Abschied gewesen. Sie war gegangen und hatte mir ein Zeichen hinterlassen. Ein Vermächtnis, eine verdeckte Bitte.

»Keine Ahnung.«

»Sie lügen schon wieder.«

»Sie ist ein unabhängiger Geist, sucht ihr Zwiegespräch mit Gott in der Begegnung mit Menschen und in der Natur.« Ich zeigte um mich. »Sie könnte irgendwo sein auf unserer wunderbaren Halbinsel.«

»Verschweigen ist ein Strafbestand. Jemand hat diese Suppe vergiftet. Ich habe vom Labor erfahren«, er klopfte auf sein Handy, »was der Giftherd gewesen sein könnte. Der Hummer, den Nominoë laut Ihrer Aussage in die Suppe geschmissen hat.«

Merde. »Warum Nominoë?«

»Sie hatte die Gelegenheit, sie fand, dass Armelle die Bergamotten kaputtmacht. Und sie mochte Armelle nicht.«

Jetzt, da er es sagte. Es war Nominoës Blick gewesen, ihre Haltung, ihr Schweigen.

»Sie haben es auch bemerkt, nicht wahr?«

Mahon kam ganz nah. Es erinnerte mich an den Moment, diesen einen Moment vor einem Jahr, als wir uns in einer Umarmung fanden, getauft vom tosenden Meer! Mit einem Finger wischte er über meine Wange. »Sie haben da was.«

Wir starrten uns an. »Gehen Sie heim, Tereza, leeren Sie Ihren Tank und verkaufen Sie Ihre deutschen Bücher.«

***

Ich fuhr zur Place Saint-Thomas. Es war meine letzte Station, nachdem ich vergeblich alle einschlägigen Orte, an denen Nominoë regelmäßig verkehrte – die Mairie, die Bäckerei, den Supermarkt, den Fahrradhändler, die Bouquinerie, die Seefahrerkirche, den Fischmarkt, den Gemeindesaal –, aufgesucht hatte, um sie zu warnen. Sie musste Bescheid wissen, über meinen Fehler, der sie verdächtig gemacht hatte. Aber sie war nirgends aufzufinden. Ich brauchte dringend eine Aufmunterung. Und wo, wenn nicht hier, würde ich die bekommen?

Das »Café des Beaux Arts« ist für mich der friedlichste Ort der Welt. Es ist meine persönliche Stammkneipe, noch heute erledige ich meine E-Mails hier, obwohl mein WLAN bestens funktioniert. Wenn ich etwas herausfinden muss oder mich erholen will, tu ich das hier.

Unterwegs hatte ich genügend Zeit zum Nachdenken gehabt, und es schien mir durchaus plausibel, dass der Hummer, den der Koch mit den sehnigen Armen gebracht hatte, nicht vergiftet, sondern lediglich verdorben gewesen war. Hummer war ein Schalentier, *merde alors*, deswegen gab es jeden Tag irgendwo eine Magenverstimmung oder eine allergische Reaktion. Wenn ich den Mann fände, wäre Nominoë entlastet.

Auf dem Platz sang eine junge Frau mit Banjo bretonische Weisen, drei Kinder tanzten, vor einem Stand mit Honig, Gebäck und Marmelade hatte sich eine Schlange gebildet. Der Duft nach reifen Erdbeeren vermischte sich mit würzigem Tabak, darüber ein Hauch Jod und Lavendel, plaudernde Menschengruppen – ein typischer Dienstagnachmittag im Sommer. Sämtliche Tische waren besetzt. Basile, der Kellner mit Rastas und dem üblichen Tütchen hinter dem Ohr, zuckte bedauernd die mageren Schultern, als er mich sah.

»Mittagessenszeit, *désolé*.«

Basile war ein toller Junge. Einer der wenigen jungen Leute, die hierblieben und nicht abwanderten, nach Rennes, Nantes oder ans andere Ende der Welt. Wir mochten uns. Im Fall um den toten Künstler Severin Lukesch hatte er mir geholfen.

»Basile, kann ich kurz mit dir reden? Hast du Nominoë heute gesehen?«

Bevor Basile antworten konnte, wurde er von einer Touristengruppe, die gleich vier Tische belegte, unterbrochen.

»Pariser«, sagte er und verdrehte die Augen. »Die tauchen inflationär auf dieses Jahr.«

Die Pariser waren auf Crozon weniger gern gesehen als die übrigen Touristen.

»Garçon!« Der Befehlston kam nicht gut an bei Basile. Im Gehen drehte er sich noch mal um.

»Du bist unter die Köchinnen gegangen, habe ich gehört. *Chapeau!* Unser Chef hat gefragt, ob du auch hier mal zum Kochen kommen willst.« Er deutete auf die Pariser Runde, die mich fixierte. »Eine Fischsuppe à la Tereza.«

Was? Bevor ich die Dinge klarstellen konnte, war Basile bereits in eine komplizierte Bestellung verwickelt. Plötzlich machte mich die Atmosphäre des Platzes verrückt. Ich wollte etwas tun, Herrgott noch mal. Also auf zum »La Coquille«, der Bar Tabac an der Place de Gaulle, einem Kreisel direkt bei der Dorfeinfahrt.

Die Terrasse mit dem Stammtisch war wie ausgestorben. Die Wirtin, meine Freundin Magalie Kerouag, saß in ihrem üblichen geblümten Schürzenkleid und den hohen Sandalen drinnen am Tresen und zählte Lottoscheine. Als sie mich sah, erhellte sich ihr Gesicht.

»Es ist geschlossen. Mittagspause. Aber für dich mache ich eine Ausnahme.«

Nach einem Kaffee *avec énormément de lait* und zwei Croissants ging es mir besser.

»Hast du die Neuigkeiten aus dem Kloster gehört?«, fragte ich.

»*Naturellement*. Ganz Camaret weiß Bescheid.«

Magalie verzog ihre geschminkten Lippen. Das krasse Orange verstärkte den Gegensatz zu ihrem blond gefärbten Haar, und ihr Make-up war so dick, dass es sich in den Falten sammelte. Magalies Ex-Mann hieß Armand, er hatte sie geschlagen. Ich hatte ihn letztes Jahr im Verdacht gehabt, der

Kapuzenmann zu sein. Er war seit Monaten verschwunden, aber Magalie schminkte sich immer noch so, als ob sie ein blaues Auge überdecken müsste.

»Was erzählt man sich denn?«

»Dass die Nonnen vergiftet wurden. Und dass du gekocht hast.«

Es war unglaublich. Die Suche nach Nominoë hatte mich mehrere Stunden gekostet, in der Zeit hatte sich die Geschichte verbreitet, und nun brodelte die Gerüchteküche. Wenn ich nicht aufpasste, landeten Nominoë und ich zusammen im Gefängnis.

»Was ist los, Tereza? Du wirkst so hibbelig.«

Während ich Magalie ins Vertrauen zog, machte sie sich an der Kaffeemaschine zu schaffen.

»Beruhig dich«, sagte sie, als ich geendet hatte. »Erstens können sie dir gar nichts vorwerfen. Du hast lediglich Aileens Galettes serviert, die sind sozusagen von der Gendarmerie abgesegnet.«

Damit meinte sie Aileens eheliche Verbindung mit Emil, dem Gendarmen.

Ich winkte ab. »Mahon denkt weniger an die Galettes als an die Pilze. Und ich bin nicht das Problem, das war nur ein Vorwand. Ihm geht es um Nominoë, sie hatte die Gelegenheit und ein Motiv, Armelle zu vergiften.«

»Das nennst du ein Motiv? Mit Verlaub, Tereza, wir sprechen von einer Gottesdienerin. Nur weil jemand ihre Nonnen gesanglich durcheinanderbringt, würde sie die doch nicht vergiften. Im Gegenteil, für unsere Nominoë wäre das eine Herausforderung, sie würde versuchen, die Konfliktparteien an einen Tisch zu kriegen und alles harmonisch in ihrem Sinn über die Bühne zu bringen.«

Ich verbrannte mir am zweiten Kaffee die Zunge. Es fühlte sich vertraut an. »Bis gestern hätte ich das auch behauptet. Aber anstatt Friedenspolitik zu betreiben, ist sie entflohen und hat sich davor äußerst eigenartig verhalten.« Dann äußerte ich meine größte Befürchtung. »Hoffentlich ist ihr nichts passiert.

Was, wenn sie irgendwo im Keller des Klosters liegt, mit gebrochenem Hals?«

Magalie beruhigte mich auch in dieser Frage. »Ach was. Die kann für sich selbst sorgen. Der Commissaire hat das aufgebauscht, um dir eine Aussage zu entlocken. Es wird sich alles aufklären, glaub mir. Ein Blick aus Nominoës weisen Augen und Mahon wird kuschen. Sie hat keinen Grund, sich zu verbergen.«

»Und der Hummer?«

»Vielleicht war der ganz einfach verdorben. Das passiert schon mal mit Fisch.«

»Meine Rede. Leider ist das noch lange nicht alles. Ich war am Klosterstrand …«

»… und da hast du den alten Bernard gefunden. Auch das habe ich gehört. Weißt du was? Das hätte jedem auf der Halbinsel passieren können, Tereza. Bernard war ein Schlafwandler. Keine Ahnung, was für Dämonen ihn jagten … Besonders bei Vollmond und bei klarem Nachthimmel hielt ihn nichts in seinem Bett. Einmal ist er von Morgat bis nach Telgruc gewandert, das ist weiter als bis zum Klosterstrand.« Sie deutete auf die Lottoscheine. »Hätte ich Wetten laufen gehabt, wann er bei einem nächtlichen Ausflug stirbt, dann wäre jetzt eine große Summe zur Auszahlung gekommen.«

Das waren interessante Neuigkeiten. Mahon musste davon gewusst haben.

»Ich habe gehört, dass Bernard schon eine ganze Weile im Altersheim gelebt hat.«

Sie bejahte. »Viele sagen, es sei ein Skandal.«

»Wieso?«

»Normalerweise bleiben die alten Leute hier zu Hause. Als meine Mamie gebrechlich wurde, haben wir eine Haushaltshilfe engagiert. Niemals hätten wir sie in ein Heim verlegt.«

»Ist das nicht eine Frage des Geldes? Soweit ich verstanden habe, sind die Sonnetts reich. Ein Heim kostet bestimmt mehr als die häusliche Pflege.«

»Darum geht es nicht. Es ist Ehrensache. Mamie hat so viel für uns getan, sie hat Fürsorge durch die Familie verdient. Dass Alain Sonnett seinen Vater ins Altersheim verfrachtet hat, wird ihm von manchen schwer angekreidet.«

Das erstaunte mich. »Er schien sehr nett und traurig über den Tod seines Papas.«

»Ich mag ihn auch. Aber für viele ist er ein verwöhnter Pinkel aus Morgat.« Magalie füllte meine Tasse erneut auf. »*Voilà.* Ich glaube, dass sich alles auflösen wird. Bernard soll übrigens am Wochenende trotzdem zum Granit-Ritter geschlagen werden.« Sie lächelte stolz. »Es gibt nicht viele Menschen auf unserer Halbinsel, die in der ganzen Bretagne bekannt sind. Da muss man doch etwas auf die Beine stellen. Die Femmes de Camaret und die Groupe des Anciens sind sich für einmal einig: Wir organisieren gemeinsam eine Ehren-Totenfeier.«

»Denkst du, die Nonnen sind bis dann wieder fit?«

»Sie sind zäh. Eben habe ich mit Marthe telefoniert. Die Konzertprobe übermorgen Abend soll auf jeden Fall stattfinden.«

»Was ist, wenn Armelle nicht gesund ist? Wenn sie nicht singt?«

Magalie zögerte. »Soll ich ganz ehrlich sein? Das würde mich freuen, und manche andere auch. Diese Armelle benutzt das Ganze, um ihr, wie nennt man das, ihr Image aufzupolieren. Und von den üblen Gerüchten abzulenken.«

Sie ging nach hinten in die kleine Küche, um gleich darauf mit einer Zeitschrift zurückzukommen, ein schrilles Gesellschaftsmagazin.

»Sieh mal. Ist nur eine kleine Notiz. Von Juni. Sie soll schwanger sein. Nicht von ihrem Mann. Von einem jungen. Siebzehn.«

Die Geschichte hatte mir Ayala ähnlich erzählt. Und, was soll ich sagen, meine Laune hob sich. Meine Theorie über die Schwangerschaftssymptome wurde damit untermauert.

Als ich Magalie davon erzählte, nickte sie, dass die gesprayten Locken nur so flogen. »Da hast du es, Tereza. Armelle und das TV-Team werden abreisen, und die Bergamotten geben ihr Konzert.« Sie ging zur Garderobe und holte sich die abgetragene Jacke. »Ich muss los, meine Liebe. *Kenavo*.« Das bretonische »Auf Wiedersehen«. »Einkäufe erledigen. Und dann haben wir Sitzung mit den Frauen von Camaret. Bei der Gelegenheit werde ich Sœur Nominoë gleich nach dem neuesten Stand fragen.«

»Denkst du, sie kommt?« Ich war sehr skeptisch.

»Ganz sicher. Sie hat noch nie ein Versprechen gebrochen, seit ich sie kenne.«

Ich traute den neuen Wendungen dennoch nicht. »Gibst du mir Bescheid?«

»Mach ich, Tereza. Lass jetzt die Sucherei und geh nach Hause. Da wartet eine Überraschung auf dich. Und mach später das Radio an. Pünktlich um halb fünf, wie jeden Dienstag.«

Magalies Lächeln war breit. Sie war ein großer Fan der Sendung von »Presqu'île Sophie«, jede einzelne hatte sie auf Kassette aufgenommen. Auch wenn wir uns einig waren, dass Nominoë die Moderatorin war, niemals würden wir das laut aussprechen.

Ich mochte ihre Zuversicht nicht mit anzweifeln. »Wenn ›Presqu'île Sophie‹ heute sendet, ist alles in Ordnung.«

5

In der »Villa Wunderblau« war der Gestank weg, dafür lag auf dem Küchentisch ein Zettel. »Unerwartet hatten sie heute Vormittag doch Zeit. Deine *fosse septique* ist leer. *Saludo*, Isidore.«

So lief das hier. Ein Problem türmte sich auf wie die dunkelsten Regenwolken, und plötzlich war es vom Winde verweht. Bis ich das PS entziffert hatte: »Es war ein wenig teurer als geplant. Notfall-Auspumpen. Dafür habe ich einen Wartungsvertrag abgeschlossen. Die kommen ab jetzt auch an Weihnachten, eine gute Sache. Ich musste die Jungs bar entlohnen, du kannst mir das Geld beim nächsten Mal geben.«

Als ich die Zahl las, wurde mir schlecht. Noch schlechter, als sich herausstellte, dass der Wartungsvertrag für fünf Jahre galt. *Merde.*

Im Geiste zog ich den Rechnungsbetrag von meinem Konto ab, damit würde der Stand ins Minus rutschen.

Nachdem ich das große Hinweisschild »›DEJALU‹, die einzige deutsch-englische Buchhandlung der Bretagne« weiter vorn an der Straße aufgestellt hatte, rief ich Sylvie an.

»Wir sind wieder offen. Kannst du mir helfen?«

Sylvie gab mir einen Korb, den ersten, seit ich mich erinnern konnte.

»Morgen, ich komme morgen, Tereza. Heute Nachmittag habe ich andere Pläne, tut mir leid.« Dabei kicherte sie. Im Hintergrund hörte ich eine tiefe Stimme, die mir bekannt vorkam.

»Ist das Aimon?«

»Genau. Wir machen eine Spritztour.«

Aimon war ein Rocker und Wirt des »Épaulard«, einer Motorradbar in der Nähe der Tour de Vauban. Ab und zu trank ich ein Glas bei ihm, beobachtete, wie die Gauloise – blau, ohne Filter – mit seinem Zeigefinger verwuchs, und lauschte seinen

Reden über Motorräder. Gabriel Mahons Royal Enfield Bullet hatte einen Ehrenplatz im Schankraum, wo Aimon seine alljährliche Motorradausstellung machte. Er bekniete Mahon dauernd, ihm das Gefährt zu verkaufen. Es war seine große Sehnsucht. Und nun also Sylvie.

Ich wünschte ihr viel Spaß. »Und was ist mit deiner CO_2-Bilanz?«

Sylvie und ich waren sehr strikt, ich ging fast immer zu Fuß. Mit DD, meiner Ente, fuhr ich nur noch in Notfällen.

Sylvie kicherte. »Ich werde ihn schon noch umerziehen. Bis morgen.«

Na gut. Bei einer Mitarbeiterin, die für eine Packung Butterkekse, freie Bücherwahl und einen warmen Händedruck sechs Tage à achtzehn Stunden arbeitete, konnte ich nicht meckern, wenn sie sich freinahm für ein Rendezvous. Sylvie und Aimon, Kai und Ayala, das wird ein flotter Sommer, dachte ich. Sollte ich mich einsam fühlen?

Ich wählte eine Playlist auf meinem Handy und bestückte im Takt mit den Stones den einzigen Verkaufstisch vor dem Laden. »Bretonische Nacht«, »Der Sommer der Krebse«, »Little Women« … War es ein Zufall, dass ich nur Frauen-Selbstfindungs-Romane ausgewählt hatte? Die Krimis mussten her.

Ich drehte die Musik noch etwas lauter, sang zu »Jumpin' Jack Flash« und wartete auf Kundschaft. Aber die Rue des Beaux Arts war menschenleer, dabei war die Siesta vorbei. Hoffentlich änderte sich das bald, wenn ab morgen die Festbesucher anreisten und meinen Laden stürmten.

Ich betrachtete mein Haus, so wie ich das jeden Tag ungefähr hunderttausendmal machte. Meine »Villa Wunderblau«. Tante Annies Erbe. Viele Jahre lang hatte sie hier gelebt, die erste Surflehrerin Camarets, fast eine Einheimische und doch fremd geblieben. Ihr Neoprenanzug in verblasstem Orange hing im Keller an der Leine und wurde immer bröckliger, ihr Brief an mich, den sie dem Testament angefügt hatte, ruhte unversehrt bei den Unterlagen. Ich scheute mich davor, ihn zu öffnen.

Keine Ahnung, warum er mir jetzt einfiel. Die lange Nacht, der kurze Schlaf, die Ereignisse im Kloster …

Ich fühlte mich leicht schwindelig und verwegen und ging zur Haustür. In zwei Sätzen hatte ich die Halle durchquert und erklomm die neue Holztreppe, die Boule-rouge hatte ich mir umgehängt. Ein Stockwerk, zwei, am Aquamarin vorbei, am Turquoise, am Pétrole. Sämtliche Schattierungen von Blau hatten den Zimmern die Namen gegeben.

Der Dachstock war mein Reich. Das Atlantique. Fast drei Meter hoch erstreckte sich der Raum bis zum First, das Werk des Freundes meiner Tochter Lovis. Weiß gestrichen, keine Möbel bis auf einen Sekretär mit Laptop und eine Yogamatte. Und dann natürlich die Aussicht.

Das Meer war heute tintenblau, die Tour de Vauban ragte lachsfarben in den Himmel, die Gerippe des Schiffsfriedhofs wirkten düster. Dahinter der Abhang mit den Büschen, Eiben und Kiefern, an dessen Ende das Kloster lag.

Ich packte den Griff und öffnete das Bullauge einen Spaltbreit. Der Duft nach Meer war hier oben noch intensiver, salzig frisch, eine Art jodhaltige Champagnernote, vermischt mit Orangenblüte. Nach wenigen Atemzügen war ich bereit. Ich trat zum Sekretär und suchte den Brief heraus.

»Für Elektra«, so war er angeschrieben. Mein Vater hatte den Namen gewählt. Nach dem Tod meiner Eltern – sie waren bei einem Autounfall ums Leben gekommen – hatte ich auf Tereza gewechselt.

Ich hielt den Briefumschlag mit beiden Händen. Drehte ihn um. Mein Herz klopfte. In Ermangelung eines Öffners holte ich mein Schweizer Taschenmesser aus der Tasche, klappte es auf und schob es behutsam zwischen die beiden Umschlagseiten. Gleich würde ich wissen, was mir Tante Annie hatte mitteilen wollen, bevor sie starb.

»Madame Berger!«, schallte ein Ruf von unten. »Ist die Buchhandlung offen? Wir hätten gern Kaffee und die neueste Ausgabe von Bannalec.«

Ich trat zum Bullauge. Eine ganze Traube von Touristinnen drängte sich um den Verkaufstisch. Kundschaft, endlich. Den Brief legte ich weg.

***

Die Blechdose mit dem Bargeld – extragroß, dunkelrot, ursprünglich bestimmt für bretonische Butterkekse aus Pont Aven – war abends viertelvoll. Damit konnte ich Isidore eine Anzahlung für meine Schulden leisten und wieder mal ordentlich einkaufen.

Eine leere Kasse war keine schöne Sache. An den einen Moment im Frühling, als ich im Supermarché das Glas mit Pestosoße wieder zurückgestellt und mir eingeredet hatte, Penne mit Butter und Gartenkräutern seien ohnehin schmackhafter, erinnerte ich mich so ungern wie an den Moment, als ich DD, meine himbeerrote Ente, nach Kleingeld abgesucht hatte.

Beschwingt begutachtete ich die drei Bücherkisten, die unser belgischer Zwischenhändler geschickt hatte. Gegen Vorauskasse pflegte er einen direkten Draht zu seinen Kollegen in Aachen und im englischen Brighton – eine Art postalischer Schmugglerpfad, eine heimliche Bücherroute quer über den Ärmelkanal.

Ich riss den ersten Karton auf. Nanu? Alles Werke von Saint-Pol-Roux. Der einheimische Dichter, den keiner kannte, wie ich mal flapsig bemerkt hatte, was mir prompt eine Rüge von einem Kunden aus Berlin eingebracht hatte, der mich des Gegenteils belehrte. Daraufhin hatte ich die deutschen Übersetzungen von Saint-Pol auf die Wunschliste gesetzt. Ich meine, was gibt's Besseres für das Image eines Fischerdorfes als einen toten Surrealisten und die Ruine seines ehemaligen Manoirs, wo jeden Abend die Sonne glutorange im Meer versinkt?

Der nächste Karton war ebenfalls voll mit Büchern von Saint-Pol-Roux. Diesmal im französischen Original. Sogar in der dritten Kiste war der Dorfpoet die alleinige Nummer eins.

Sylvie musste betrunken gewesen sein, als sie die Bestellungen gemacht hatte.

Ich getraute mich, Kais Freund Ali anzurufen, der mir das System vor einem Jahr eingerichtet hatte.

»Hallo, Tereza.«

Er klang wie immer: freundlich, intellektuell, irritiert. Sollte ich ihn nach dem Stand der Dinge mit meinem Sohn fragen? Er nahm mir die Entscheidung ab.

»Wie geht's Kai? Lange nichts mehr von ihm gehört.«

Ein Seufzer der Erleichterung meinerseits rief bei ihm Entgeisterung hervor.

»Entschuldige«, stieß ich heraus. »Ich freu mich nicht, dass ihr nicht mehr zusammen seid, sondern weil ich endlich Bescheid weiß. Kai ist nicht gesprächig.«

»Du hättest bloß auf Facebook gehen sollen. Den Beziehungsstatus checken.«

Ali war verletzt, das hörte ich aus seinen Worten heraus. Dass er mir trotzdem half, rechnete ich ihm hoch an. Er loggte sich ins System ein und lotste mich durch. Bevor er auflegte, versetzte er mir allerdings einen Schlag.

»Du hast lauter Restposten bestellt, Tereza. Besonders billig, aber nicht remittierbar. Die ganze Lieferung nicht. Tschüs.«

Merde. Da saß ich nun mit Saint-Pol-Roux. In dem Moment klingelte mein Handy.

Magalie, außer sich. »Tereza! Du hast mit allem recht gehabt. Es ist eine absolute Katastrophe, ganz grauenhaft. Nominoë ist nicht zur Sitzung gekommen, ihr Handy hat sie ausgeschaltet. Dafür ist der Commissaire hereingeplatzt. Es scheint, dass Nominoë auch nicht zum Verhör erschienen ist.«

»Verhör? Hat er das Wort benutzt? Verhör?«

»Genau das. Und noch schlimmer, die Radiosendung wurde nicht ausgestrahlt.«

»›Presqu'île Sophie‹ hat nicht gesendet?«

»Das ist die Katastrophe der Katastrophen. Hast du es nicht gehört?«

Nein, vor lauter Saint-Pol-Roux hatte ich es vergessen.

»Hält Mahon es denn nicht für möglich, dass ihr etwas passiert ist?«

»Er denkt tatsächlich, sie hat alle vergiftet.«

»Was haben die anderen gesagt?«

»Wenig. Nicht alle mögen Nominoë. Sie hat etwas schwer Fassbares.«

»Das macht sie ja so spannend.«

»Für dich. Manche halten sie für eine Spinnerin, andere für eine Hexe.«

»Das Wort hast du gehört?«

»Leider ja.«

»Gott im Himmel. ›Die mordende Nonne‹, ich sehe die Schlagzeilen vor mir.«

Wie ein Film zog alles an mir vorbei. Die borstigen Härchen auf Bernards altersfleckiger Haut, Nominoë am Fenster mit der Aussicht aufs Meer, das verheerende Verhör mit Mahon, die Zutaten: Lauch, Zwiebeln, Salz. Der Hummer. Und dazu eine Hand, die Hand, die das Ganze in die Suppe schmiss.

Niemals würde Nominoë Menschen auf diese Weise gefährden. Und doch war sie mit dem Teller kurze Zeit allein gewesen. Drei verdammte Minuten. Es musste einen Grund haben, warum sie verschwunden war. Mahon interpretierte es als Eingeständnis ihrer Schuld. Um ihn vom Gegenteil zu überzeugen, brauchte ich Beweise. Diese zu finden, das war ich Nominoë schuldig. Schließlich war ich es, die sie da reingeritten hatte.

»Wir müssen etwas tun, Magalie. Kannst du mir helfen?«

In der Leitung war es still. Magalie war ein Herz, aber sie hatte großen Respekt vor Behörden. Alte weiße Männer schüchterten sie ein. Da zog sie sich lieber zurück, als sich zu wehren, hielt manchmal sogar die andere Wange hin.

»Magalie?«

»Für Nominoë würde ich all meine Stöckelschuhe hergeben.«

Kurz entschlossen packte ich meine Boule-rouge-Tasche.

»Ich habe einen Plan. Wir müssen zum Kloster. In Turnschuhen.«

***

Ich ging voraus. Sosehr ich das Gebiet tagsüber mochte, nachts war es mir nicht geheuer. Der Pfad zwischen den Kiefern war so dunkel, dass ich meine Füße kaum sah. Es windete weniger heftig als gestern. Ob Ebbe oder Flut war, konnte ich nicht beurteilen, das Meer war auf jeden Fall laut.

Eben hatten Magalie und ich die Stelle passiert, wo Bernard abgestürzt war, das gelb-schwarze Absperrband war deutlich zu sehen.

»Dieser Küstenweg …«, Magalie keuchte ein wenig hinter mir, »wäre eine gute Methode, um störende Touristen zu beseitigen.«

»Eine brutale Phantasie«, sagte ich. »Stammt sie von Armand?«

Magalies Schweigen war Antwort genug.

»Hast du mal was von ihm gehört?« Ich blieb stehen und drehte mich zu ihr um. »Nicht? Sucht denn die Polizei noch nach ihm?«

Magalie erzählte im Gehen von ihrem Ex, der irgendwo lauerte, wie ein Schatten. »Emil lässt dauerhaft eine Suchmeldung laufen. Vergeblich bis jetzt.«

»Bei mir im Laden gab's neue Schmierereien. Könnte Armand wieder in euer Haus gezogen sein?«

Vor einem Jahr hatte mich Armand aus dem gegenüberliegenden Haus heraus terrorisiert. Seitdem stand es leer, Magalie wollte es längst verkaufen, aber es gab ein Problem mit Armands Unterschrift, die sie für die Dokumente brauchte.

»Er ist nicht in Camaret. Auf keinen Fall. Er traut sich nicht mehr hierher.«

Eine Weile gingen wir schweigend weiter.

»Nominoë hat mir erzählt, dass dieses Stück des Küstenwanderwegs ein alter Schmugglerpfad ist, der eigentlich zu ihrem Landbesitz gehört. Wusstest du das?«

Maglie bejahte.

»Ich frage mich, warum sie finanzielle Probleme hat. Mit dem Land müsste sich doch Geld machen lassen.«

»Naturschutz. Hier darf man nicht bauen.«

Endlich erreichten wir das Plateau, auf dem der Leuchtturm thront, umgeben von Wald, über einen steilen Pfad mit dem Klostergelände verbunden. Vorsichtig trat ich an den Rand, sah hinunter und zuckte zurück.

»Ich habe gedacht, die Polizei sei längst weg. Aber da sind Menschen in Schutzanzügen. Der Hof ist mit zwei grellen Scheinwerfern beleuchtet.«

»Gehen wir wieder.« Magalie, die sich hinter meinem Rücken versteckte, riss mich am Ärmel. »Das hat Mahon gemeint, als er zu Emil Vanderbrouke sagte: ›Wir müssen das Kloster erneut untersuchen. Gründlicher.‹«

»Denkst du, dass die Nonnen zu Hause sind?« Ich beugte mich vorsichtig nach vorn. »In ihren Kammern ist es dunkel.«

»Die schlafen längst. Nach der Vesper-Messe hört ihr Tagwerk auf. Außerdem sind sie krank. Komm jetzt, Tereza.« In Magalies Augen schimmerte Panik.

»Gib mir eine Minute.« Ich robbte mich ganz an den Rand, um mir einen besseren Überblick zu verschaffen.

An der Steinmauer war ein weißes Zelt aufgebaut, das Erdgeschoss des Klosters leuchtete hell, Stimmen erklangen aus dem geöffneten Portal nach draußen und bis zu uns hoch.

»Geben wir auf«, flüsterte Magalie.

»Nicht so kurz vor dem Ziel.«

»Und wenn sie uns erwischen?«

Ich drehte mich um und zeigte auf den Eingang des Leuchtturms. »Ich wette, die waren schon hier. Lass uns nachsehen.«

An der Metalltür klebte eine amtliche Mitteilung, dass das Betreten der Anlage polizeilich verboten war, eine Strafe wurde angedroht, mit Datum und Uhrzeit.

»Vor drei Stunden. Das heißt, sie haben den Leuchtturm als Erstes untersucht, wir sind sicher.«

»Sicher wäre ich zu Hause in meinem Bett. Dein Plan ist nicht gut. Wenn es klappt, wird Mahon denken, Nominoë führt ihn an der Nase herum, und sich noch mehr auf sie kaprizieren.«

»Das macht er ohnehin. Gehen wir rein und nach oben zum Lampenraum. Hast du die Kassette dabei?«

Auf Magalie war Verlass. »Im Rucksack.« Sie folgte mir.

Die Metalltür war verschlossen, nicht wie am Vorabend. Ich suchte »bretonisch« und fand den Schlüssel unter dem Topf mit den hellblauen Hortensien, den wir nur gemeinsam hochheben konnten, so schwer war er.

Das Quietschen der Tür vermied ich mit dem vorsichtigen Öffnen, wir traten über die Schwelle, stiegen die stählerne Wendeltreppe hoch, bis zum Balkon, der rund um das Lampenhaus führte.

»Vorsicht. Das ist die einzige Stelle, wo sie uns von unten sehen könnten«, sagte Magalie.

Ich duckte mich, stieß die kleine Pforte auf, und wir huschten rein.

»Geschafft. Entspann dich, Magalie. Wenn sie uns erwischen, erfinden wir eine Ausrede.« Ich richtete mich auf.

Magalie war alles andere als überzeugt, dennoch zog sie die Kassette aus dem Rucksack und übergab sie mir. Sie hatte in ihrer Sammlung eine uralte Sendung von »Presqu'île Sophie« gefunden, in der Moderatorin Sophie die Bergamottes de Camaret vorstellte. Damals hatte Nominoë den Chor gegründet und den Namen dem Film »Le fabuleux destin d'Amélie Poulain« entliehen. Er war umso passender, weil Nominoë im Klostergarten auch Bergamotten zog.

Unser Plan war simpel. Wir würden eine Live-Ausstrahlung von »Presqu'île Sophie« vortäuschen, um damit Nominoë eine Nachricht zukommen zu lassen und den Commissaire zu verwirren.

Nach einigen Schritten zögerte ich. Der Lampenraum war

Nominoës Reich. Es fühlte sich an wie ein Sakrileg. Trotzdem ging ich zu dem Stehpult neben der Fensterfront mit Sicht aufs freie Meer, hob die Hand und zog die Bedeckung weg. Ein altmodisches Mikrofon kam zum Vorschein, davor ein kleiner brauner Kasten mit einem Knopf. »An« und »Aus«. Ein echter Piratensender, dachte ich und kramte in der Boule-rouge nach dem mitgebrachten Abspielgerät.

»Ich habe die Kassette auf Anfang gestellt«, flüsterte Magalie.

Draußen ratterte es, wir zuckten zusammen. Wind war aufgekommen.

Das Gerät platzierte ich vor dem Mikrofon. Es gab keine zweite Chance, es musste beim ersten Mal klappen, live war live.

»Haben wir an alles gedacht?«

»Ich glaube schon.«

»Dann starte ich jetzt.«

»Halt«, sagte Magalie. »Die Erkennungsmelodie.«

Natürlich. Der Jingle war das Wahrzeichen der Sendung.

»Wo ist sie?«

»Vermutlich in der Schublade. Nominoë ist gut organisiert.«

Ich fand zwei Kassetten, beschrieben mit »Intro« und »Extro«. Nachdem ich das Intro eingelegt hatte, fiel Magalie erneut etwas ein.

»Sophie nennt am Schluss immer Datum und Ort. Die Sendung stammt aus dem Jahr 2002. Das wird uns verraten.« Sie war verzweifelt. »Lass uns aufgeben. Mahon ist nicht dumm, Tereza, sein Verdacht gegen Nominoë muss begründet sein. Auch Emil ist dieser Ansicht.«

Hatte sie eine Kehrtwendung vollzogen? »Und Aileen? Sie ist häufig anderer Meinung als ihr Mann.«

»Sie sagt, die beiden sind verbohrt. Idioten.«

»Siehst du. Wir fangen an.«

Ich drückte auf den Mikrofonknopf, und die rote Lampe glühte auf. Ein Klick, der Jingle, Nominoës Stimme: »*Coucou, bonjour,* herzlich willkommen.« Wir waren auf Sendung.

Atemlos hörten wir zu, wie Sophie die Gründung der Bergamotten beschrieb. Als sie die Namen ihrer Mitschwestern aufzählte, wunderte ich mich flüchtig, dass Jeanne nicht dabei war, wurde aber gleich wieder in den Bann der Erzählerin gezogen.

»Süße Limette und bittere Orange. Die Bergamotten stehen für das Auf und Ab des Lebens, für die Stärke, mit Hindernissen umzugehen und den Schritt ins Unbekannte zu wagen, für das Geschick im Umgang mit der Waffe, für die Demut, die Niederlage zu akzeptieren, die Energie, nicht aufzugeben, für das Geheimnis des Glückselixiers, für den Mut zur letzten Schlacht und die Kraft, das Blatt zu wenden. Das alles drücken wir aus in unseren Liedern, inspiriert von den endlos ewigen gregorianischen Chorälen unserer Schwestern und Brüder. Jede unserer Stimmen zählt, zusammen ergeben sie das Gewebe, das sich Menschheit nennt. Das wär's gewesen, *au revoir, à la prochaine.*«

Versunken in die Erzählung, verpasste ich fast den Schluss, drückte hastig auf Stopp, fluchte innerlich, weil das letzte Wort angeschnitten war. Schlussjingle, Kassettenwechsel, und nun die Krönung, aufgenommen von Magalie.

»Für Anregungen und Ideen sind die Bergamotten immer offen, meldet euch im Sekretariat, bis Freitag, zwölf Uhr mittags. *À l'heure.*« Das war unsere Nachricht an Nominoë, die musste sie verstehen.

Ein Schrei von der Tür her. »Tereza, ich glaube, die Polizisten haben die Sendung gehört und kommen hoch!«

Einpacken, alles auf Anfang stellen, zur Pforte hinaus, vor Magalie her die Wendeltreppe hinunterrennen, rausgehen, fliehen. Bis ich die irrlichternde Taschenlampe bemerkte, die sich vom Wald näherte. *Merde.*

»Ich kenne einen anderen Weg«, raunte Magalie in mein Ohr.

Nun übernahm sie die Führung, über die Wiese zur anderen Seite, gefährlich nah an der Klippe und einer verlassenen *cabane* vorbei.

»Meinst du, wir sind aus dem Schussfeld?«, fragte ich im Laufen.

Magalie keuchte. »Nein. Wir müssen zum Strand.«

»Dort sitzen wir in der Falle.«

»Es gibt einen zweiten Pfad, der in der einen Richtung zur Grotte von Gouin führt, in der anderen zurück ins Dorf.«

Das erinnerte mich an etwas. Es hatte mit Bernard Sonnetts Leiche zu tun. »Und wieso kennst du ihn? Von Armand?«

Sie schüttelte den Kopf. »Ein Familiengeheimnis, habe ich ihm nie erzählt.«

***

Schon von Weitem sah ich die geöffnete Tür meiner »Villa Wunderblau«. Die Tatsache, dass hier jeder einen Schlüssel unter einen Blumentopf beim Eingang legte, war Fluch und Segen zugleich. Du kommst immer in dein Haus, bloß die anderen auch, altes bretonisches Sprichwort, dachte ich und ging hinein, nur um zurückzuzucken.

»Was machen Sie hier?«

Sœur Marie Claude wartete mit einem kleinen Köfferchen in der Eingangshalle und wirkte so erschrocken wie ich.

»Tereza? Entschuldigen Sie unser Eindringen.«

»Was meinen Sie mit ›unser‹?«

»Marthe und Jeanne. Wir konnten nicht im Kloster bleiben, wegen der polizeilichen Untersuchung. Und das ganze Dorf ist ausgebucht, jemand hat empfohlen, dass wir bei Ihnen übernachten.«

»Jemand? War das vielleicht Gabriel Mahon?«

Sie lief rot an. »War das nicht in Ordnung? Er war sich sicher, dass Sie es gut finden würden. Nachdem Ihr Sohn offenbar bei der Surflehrerin wohnt.«

Merde, merde, merde, Mahon entwickelte sich zum Eiterzahn. Die Nonnen wurden bei mir einquartiert und unbemerkt zu Aufpasserinnen umfunktioniert.

Marie Claude musterte mich unsicher.

»*Bienvenue*«, sagte ich schließlich, was blieb mir anderes übrig. »Ist Sœur Nominoë auch hier?« Ich hoffte vergeblich.

»Sie ist verschwunden. Ich mache mir große Sorgen, wie sollen wir das Konzert ohne sie machen?«

»Bis Samstag passiert noch viel«, murmelte ich. »Sollten Sie nicht ins Krankenhaus anstatt zu mir?«

»Wir sind über den Berg. Heute Abend gibt's nur Kamillentee und Biscuits. Sie brauchen nicht für uns zu kochen.« Dabei flatterte sie mit den Armen, irgendetwas schien sie nervös zu machen.

»Wo haben Sie eigentlich früher gelebt, Sœur Marie Claude?«

Sie begann, auf der Stelle zu trippeln, die Frage stresste sie. Trotzdem beschrieb sie, wie sie und Marthe ihr Mutterhaus im Süden Frankreichs letzten Winter verlassen hatten.

»Sie bleiben also für immer im Leuchtturmkloster?«

»Es ist unser Zuhause.«

»Ist es denn ein echtes Kloster? Sie müssen wissen, im Dorf erzählt man sich ganz verschiedene Versionen.«

Marie Claude trippelte noch stärker. »Eine komplizierte Geschichte. Eigentlich ist Nominoë ausgetreten, es hängt mit der Kriegsvergangenheit zusammen.«

»Wie alt ist sie denn?«

»Sie wird bald neunzig.«

Mir fiel die Kinnlade runter. »Nominoë?«

»Als Kind hat sie hier in Camaret gelebt. Ihr Papa war der alte Leuchtturmwächter.«

»Dann war das Haus früher kein Kloster?«

»Es war alles Mögliche, ich glaube, auch eine Unterkunft für gestrandete Seefahrer. Da gibt's alte Waffen, sogar einen Enterhaken.« Sie meinte die Requisiten in der Vitrine. »Man könnte ein Museum draus machen. Nominoës Vater hat das Land mit beiden Gebäuden sehr billig erworben. Die Gemeinde wollte es ihm später abkaufen.«

»Wegen des Leuchtturms?«

»Und wegen des riesigen Geländes. Man munkelt, dass es irgendwo einen direkten Zugang zu den Grotten von Gouin gibt.«

Die Grotten von Gouin hatte Magalie gerade eben erwähnt. »Ist das nicht das Ausflugsziel der ›Méduses‹-Bootstouren?«

Marie Claude plusterte sich auf. »Das ist ein Skandal. Diese Grotten gehören der Natur, früher hat man dort Delphine gesichtet. Alle weg, wegen der Touristen.«

»Und was findet Sœur Nominoë?«

»Sie will ihre Ruhe haben. Niemals würde sie verkaufen. Und nun sind wir vergiftet worden. Und sie ist verschwunden.« Marie Claude rang ihre Hände. »Ich habe Angst, dass uns jemand etwas Böses will.«

Das war eine ganz neue Sicht auf die Dinge. Ob sich Mahon das auch überlegt hatte?

»Tereza, Entschuldigung, aber … kann ich auf die Toilette?« Darum trippelte sie so rum.

»Natürlich.«

Ich ließ die geplagte Nonne durch. Die Geräusche, die gleich darauf von oben kamen, waren nicht schön.

»Na, mein Lieber, so wird die *fosse* bald wieder voll sein, dann lohnt sich das Service-Abo wenigstens«, sagte ich zu Merguez, der das Geschehen schwanzwedelnd verfolgte. »Teilen wir den Nonnen die Zimmer zu. Das bringt Leben in unsere Bude. Wir waren lange genug allein. Und morgen finden wir heraus, wer sie aus dem Kloster vertreiben wollte.«

6

Crozon, 20. Juni

»Ein Kilo Tomates cerises«, sagte ich.

Der Duft nach Karamell und Salz, das Gemurmel der Verkäufer, die Freudenschreie von Kindern – die ganze charmante Mittwochvormittags-Marktstimmung auf der Place de l'Église von Crozon gab mir nicht wie sonst ein Gefühl von Gemütlichkeit. Nach einer schlaflosen Nacht fühlte ich mich wie gerädert. Außerdem hatte ich das Gefühl, jemand folge mir. Im Supermarkt war mir ein Typ mit Kapuze aufgefallen, der verschwand, kaum dass ich mich näherte.

Der Markt war meine letzte Station. Von einem Einfrauenhaushalt hatte ich mich in ein Hotel verwandelt, da brauchte ich so dies und das. Die Blechbüchse mit dem Bargeld würde bald wieder leer sein.

Ein Text kam auf meinem Handy an. Sylvie. »Wo bleibst du, Tereza? Die Nonnen haben Hunger.«

Während ich zusah, wie Bauer Francis die Tomaten eine nach der anderen abfüllte, ließ ich den Morgen Revue passieren.

Nach dem Frühschwimmen war ich bei Magalie im »La Coquille« vorbeigegangen. Die Bar brummte wie immer, wenn die ersten Fischer zurückkamen und die Geschäftsbesitzer auf dem Weg zur Arbeit einen Café nahmen. Ich hatte die bretonischen Zeitungen durchgeblättert. Bezüglich der Ereignisse im Kloster lautete der Tenor, dass es sich um verdorbenen Fisch gehandelt hatte. Bei »France Ouest« gab es in einem Kasten Hinweise für sachgemäße Fischhandhabe, im Artikel des »Télégramme« wiederum wurde von einer Hobbyköchin gesprochen, während Armelle mit keinem Wort erwähnt wurde. Eigenartig. Ein bretonischer Superstar im Krankenhaus und niemand berichtete?

Dafür nahm ein persönlich gehaltener Nachruf auf Sonnett viel Raum ein. »Bernard Sonnett trat im Alter von fünfzehn Jahren der Marine bei, mit einer Sondergenehmigung, wie das im Zweiten Weltkrieg üblich gewesen war. Aufgrund einer Beinverletzung kam er zurück nach Morgat, wo er sich in einer Villa am Meer niederließ. Als ehemaliger Admiral war er maßgeblich am Aufbau des Marinestützpunkts auf der Île Longue beteiligt. Außerdem hat er sich für den Erhalt von Kultur und Sprache eingesetzt, das Komitee für die Interessen der Bretagne geleitet und mit General Charles de Gaulle zusammengearbeitet. Weit über sein Pensionsalter hinaus war er beraterisch für die Marine tätig und trat schließlich den ›Gefährten der Bretagne‹ bei. Er hinterlässt einen Sohn, Alain Sonnett, der erfolgreich in der Musikbranche arbeitet. Der Granit-Ritter-Orden wird Bernard am Sonntag posthum verliehen, das Ehrenbegräbnis auf dem Friedhof von Camaret-sur-Mer, Sonnetts Geburtsgemeinde, wird Ende nächster Woche stattfinden. Die Sängerin Armelle wird zu seinen Ehren bei ihrem großen Konzert am Samstag an der Hafenmole in Camaret sein persönliches Lieblingslied singen.«

Marineadmiral und Bretagne-Unterstützer – kein Wunder, dass Bernard Sonnett auf viele Sympathien zählen konnte. In dem Artikel wurde nichts davon gesagt, dass sein Tod verdächtig war. Also alles friedlich in Camaret?

Danach war ich bei Isidore vorbeigefahren, um meine Anzahlung zu leisten. Er hatte Holzlatten zusammengezimmert und mir nicht wie sonst einen Café angeboten.

»Einen Stand für Yvy«, hatte er auf meine Frage hin gemurmelt. »Damit sie beim Konzert ihre Yoga-Flyer präsentieren kann.«

»Was für ein Zufall. Genau darum wollte ich dich auch bitten«, hatte ich geflötet.

»Später vielleicht. Ich habe nur zwei Hände.«

Schnell war ich wieder weggefahren, Isidore sollte nicht sehen, wie verletzt ich war.

»Bitte sehr, Tereza.« Francis Stimme holte mich in die Gegenwart zurück. Mit einem Lächeln, das seine bräunlichen Zähne samt Lücke enthüllte, reichte er mir die Papiertüte. Der Geruch nach reifen Tomaten verbreitete sich.

»Hast du gestern Abend ›Presqu'île Sophie‹ gehört?«, fragte ich ihn, während er mir ein Büschel Basilikum in den Korb legte.

Er schmunzelte. »Die Sondersendung über die Bergamotten? Meine Frau war begeistert. Eine schöne Geschichte.«

Francis hatte eine Frau? Plötzlich nervten mich all die Paare, und ich beschloss, mir etwas zu gönnen. Der Frischkäse mit einem Hauch von Ziege ließ mir das Wasser im Munde zusammenlaufen. Dazu brauchte ich nur noch ein passendes Baguette. Auf zur Holzofenbäckerei.

Da war die Schlange lang, ich stellte mich auf Warten ein.

Bevor mir langweilig werden konnte, hielt dicht neben mir ein Auto mit Basler Kennzeichen. Es war ein Kastenwagen, aus dem Kofferraum ertönte Gebell. Als sich die Heckklappe automatisch öffnete, sah ich drei Windhunde. Die Frau vor mir machte einen Schritt auf die Tiere zu.

»Go away«, zischte der schlaksige Besitzer im zerknautschten Poloshirt, der mittlerweile ausgestiegen war.

Sie erschrak, ihr Handy knallte auf den Boden. Während sie sich danach bückte, glitt ihr Mantel zur Seite, und ich erblickte ein Tattoo: zwei zarte Blumen, eine Art ineinander verschlungene Enziane, die eine geöffnet, die andere welk.

Ich hielt den Atem an. Das war Nicolette, die TV-Regisseurin. Ich hatte sie nicht erkannt, sie war viel kleiner, als ich sie in Erinnerung hatte. Nun begann sie, sich mit dem Hundebesitzer zu unterhalten. Obwohl sein Französisch einen fürchterlichen Schweizer Akzent hatte, bekam ich mit, dass er Lorenz Sarasin hieß, hier oben ein Haus besaß, dass die Hunde aus Spanien stammten. Einer sei scheu und unberechenbar, darum die Reaktion eben.

»Ich will nicht, dass sich jemand verletzt.«

Nicolette wollte etwas über die Hunde-Rettungsaktion wissen. Gebannt hörte ich zu, bewunderte ihre Art, dem Mann,

Informationen zu entlocken und ihn in eine Diskussion zu verwickeln, ob es sinnvoll war, Straßenhunde zu retten oder nicht. Schließlich trat sie in die Warteschlange zurück, und ich machte ihr Platz.

»Wie geht es Ihnen, Nicolette?«, fragte ich. »Keine Magenverstimmung mehr?«

»Ach, Sie sind es, die Gift-Köchin.«

»Ich kann nichts für die verdorbene Suppe.«

Sie entschuldigte sich. »Kein Thema, ich wollte Sie nicht angreifen. Uns geht's wieder ziemlich gut.«

Das war meine Gelegenheit. »Falls Sie Zeit hätten, mit dem Kamerateam im ›DEJALU‹ vorbeizukommen …«

Das war ihr dann doch zu viel. »Wie gesagt, deutsche Bücher für das französische Fernsehpublikum geht gar nicht.«

Da hatte ich einen Geistesblitz. »Auf Ihre Anregung hin führen wir neuerdings auch französische Bücher. Das Gesamtwerk von Saint-Pol-Roux.«

»Der örtliche Dichter?«

»Außerdem war meine Großtante Annie die erste Surflehrerin auf der Halbinsel. Und sie hat die ›Frauen von Camaret‹ gegründet, die für viele Neuerungen hier verantwortlich sind. *Allez, les femmes de Camaret!*«

Hatte ich sie überzeugt? »Mal sehen. Kommen Sie morgen Abend zur Probe.«

Ihr Handy klingelte. In raschem Pariser Französisch gab sie Anweisungen durch.

»Stimmt es, dass Armelle schwanger ist?«, fragte ich, als sie wieder aufgelegt hatte.

»Möglich.«

»Und wie geht's ihr?«

»Sie ist aus dem Krankenhaus entlassen.«

»Wirklich? Dann ist sie schnell genesen. Wo wohnt sie? Auch im Hotel ›Thalassa‹?«

»Bei Alain Sonnett.«

Alain und Armelle. Warum war ich nicht erstaunt? Die Art,

wie er ihr aus dem Auto geholfen hatte, seine Fürsorglichkeit, ihre beiläufigen Berührungen. »Sind sie offiziell ein Paar?«

»Sie ist verheiratet. Mit einem greisen Musikprofessor der Sorbonne.«

»Und das gibt keine Probleme?«

»Ein Arrangement. Der Alte hockt in einer Wohnung im ersten Arrondissement, die er nicht mehr verlässt.«

»Armelle ist sehr aktiv an der Männerfront. Es soll noch einen Dritten im Bunde geben, einen minderjährigen Lover.«

»Ich hab's gehört.«

»Alain mag Armelle gern.«

»Diese Diva.« Es schien sie wütend zu machen. »Er hat sie angeschleppt. Dabei war das Konzert ursprünglich nur mit den Bergamotten geplant.«

»Sie hätten es lieber gehabt?«

»Es war authentisch, jetzt wird's eine Show. Die Bergamotten haben Schwierigkeiten, verlieren ihr Selbstbewusstsein und werden amateurhaft. Armelle sahnt ab.«

»Hätten Sie als Regisseurin das nicht verhindern können?«

Nicolette verneinte. »Das bestimmen die Geldgeber, in dem Fall die Produktion. Sie wollten Armelle im Film, nachdem Sonnett sie angeboten hat wie Gratisbier.«

Eine ziemliche Verzerrung der Tatsachen. »Jemand wie Armelle hat es doch nicht nötig, sich selbst einzuladen.«

»Sie muss ihr Image aufpolieren. Und Sonnett tut alles für sie.«

Nicolette war definitiv nicht gut auf Alain Sonnett zu sprechen. Das Gespräch fiel mir ein, das ich im Kloster mitgehört hatte. Nicolettes Stimme war heiser und tief. Hatte *sie* sich mit Alain gestritten? Es wäre möglich.

Die Kundin vor uns bezahlte mit Kleingeld, das sie Stück für Stück neben Pain au chocolat, Brioche und Olivenbrötchen auf den Tresen legte.

»Und wer ist nun der Vater des Kindes?«, fragte ich. »Der Alte, Alain oder der Minderjährige?«

Nicolette nahm die Sonnenbrille ab. Ihre grünen Augen hatten goldene Sprenkel. »Interessante Frage, nicht?«

Abrupt wandte sie sich der Verkäuferin zu, bestellte, bezahlte und verschwand mit fünf Croissants, während die andere Kundin ihr Rückgeld einsortierte.

Eine schwangere Frau, drei mögliche Väter. Wenn das dieser Geschichte nicht eine neue Dimension gab. Vielleicht hatte der sehnige Suppenarm in der Klosterküche dem Minderjährigen gehört, einem Jungen aus Paris, schwerst verliebt in Armelle, zutiefst verletzt, dass sie vorhatte, ihn auszubooten. Oder dem greisen Alten, der ihr vergifteten Fisch verfütterte, weil er den Gedanken nicht ertrug, sie an den charmanten Alain zu verlieren.

In dem Moment klingelte mein Handy. Aileen. Sie wollte mich sprechen. DRINGEND.

***

Bei meinem Eintreffen war Aileen mit Kunden beschäftigt. Der Laden, in dem sie in Teilzeit arbeitete, um palettenweise Crêpes- und Galettes-Fladen herzustellen, lag nicht weit entfernt von der Gendarmerie und dem Kommissariat.

Ich ließ mir einen Kaffee aus der Maschine, setzte mich und notierte alles, was ich von Nicolette erfahren hatte, in mein kleines Buch, bis Aileen zu mir kam.

Normalerweise war sie ein heiterer Mensch, nun wirkte sie angespannt. »Ich erzähle dir etwas unter strengster Geheimhaltungspflicht. Nominoë ist zur Fahndung ausgeschrieben.«

Was?

»Emil und Mahon haben jedes Restaurant, jeden professionellen Koch in der Umgebung befragt. Niemand hat die Suppe angeliefert, auch das Supplément mit dem Hummer und den Kräutern ist keinem bekannt, für die Godaille bretonne gibt's verschiedene Rezepte, Hummer gehört bei keinem dazu. Nominoë muss sie gekocht haben.«

»Oder eine andere Nonne.« In der Verzweiflung griff ich nach Strohhalmen. »Marthe. Die wäre gern die Nummer eins.«

»Nonsens. Das ist kein Musical.« Damit spielte Aileen auf das erfolgreiche Musical »Nunsense« an, in dem Nonnen vergiftet wurden.

»Könnte es nicht ein Versehen gewesen sein?«

»Wer mit Fisch arbeitet, passt sehr gut auf. Das ist für uns ein eisernes Gesetz. Du achtest auf Geruch und Konsistenz. Ich habe bestimmt über tausend Galettes mit Meeresfrüchten zubereitet. Noch nie ist mir so etwas passiert.«

»Weißt du, wo Nominoë ihren Fisch jeweils einkauft?«

»An der Mole. Bei Tippie.«

»Vielleicht …«

»Die haben nur Eins-a-Ware.«

Darum ging es mir nicht. Aber das würde ich Aileen nicht erzählen. »Hat die Polizei mitgekriegt, dass die Radiosendung ausgestrahlt wurde?«

»›Presqu'île Sophie‹?« Sie nickte. »Nun denken sie, dass sie Katz und Maus mit ihnen spielt. Ein Wachposten steht ab sofort beim Leuchtturm.«

»Woher wollen die wissen, dass Nominoë Sophie ist?«

»Jeder weiß es. Es sieht nicht gut aus für Nominoë.« Aileen nahm meine Tasse und erhob sich. »Lass die Polizei ihren Job machen, Tereza.«

Da tauchte Emils Citroën auf und hielt vor dem Lokal. Als er mich erblickte, sprang er aus dem Wagen und benahm sich wie ein Diktator.

»Aileen, es ist absolut verboten, mit Tereza zu sprechen. Und du hörst auf mit der verdammten Einmischerei.« Letzteres ging an mich.

»Das hat mir Aileen auch gesagt. Die Botschaft ist angekommen.«

***

Gleich darauf befand ich mich am Hafen von Camaret. Der Pier war verwaist, »Camaret Plaisance« stand in verwitterter Schrift unter dem Bild eines Segelschiffs auf dem graubraunen Gebäude, wo abends der fangfrische Fisch verkauft wurde. Aus dem verwaschenen Verputz stach ein honiggelbes Schild hervor. »Viviers Tippie«.

Die Mittagssonne brannte heiß auf den brüchigen Asphalt, die Aufbauarbeiten für die Bühne waren beendet, entlang der Mole gab es verschiedene Stände. Isidore und sein Team hatten ganze Arbeit geleistet.

Der Schweiß rann mir hinunter, als ich aus dem Auto stieg. Mir waren die windigen, stürmischen Tage lieber. »France Ouest« hatte von einer Hitzewelle gesprochen. Es würde noch wärmer werden, über dreißig Grad.

Schon wieder kam ein Text von Sylvie. »Wo bleibst du? Falls du es nicht schaffst, geh ich selbst einkaufen. Büchsensuppe.«

Klopfte sie hier makabre Sprüche? »Gleich. Eine Sache noch, die ich herausfinden muss.«

Über den Platz ging ich auf das Gebäude zu. Sie hatten geöffnet. Der Chef, Tippie, graue Bartstoppeln, eine schiefe Nase, Gummistiefel bis zu den Oberschenkeln, beriet ein Paar beim Einkauf. Ich erkannte den Basler Lorenz, den ich eben vor der Bäckerei gesehen hatte, neben ihm eine Frau, ein gedrungenes, aktives Persönchen. Diskret ging ich an dem Trio vorbei und betrat den dämmrigen Raum.

Der Fischgeruch war nicht so schlimm wie erwartet, es war kühl und geräumig, links gab es eine improvisierte Bar mit Kasse, rechts reihte sich ein azurblaues Becken ans andere. Fasziniert trat ich näher. Gewaltige Krustentiere, rötlichbraun, mit dunklen Scheren, stelzten auf eckigen Beinen träge durch das Frischwasser. In der nächsten Reihe war eine junge Frau damit beschäftigt, mit einem Schlauch frisches Wasser einzulassen.

»Kommen Sie nur näher. Was darf es sein?«

Nichts, dachte ich, ich hasse Fisch. »Was haben Sie denn im Angebot?«

»Außer dem Hummer? In der Kühlung ist noch etwas Lippfisch, ein Seehecht.« Sie sah auf ihr Handy. »Um achtzehn Uhr erwarten wir die frischen Austern.«

An Austern hatte ich mich bislang nicht getraut. Den Genuss schob ich vor mir her.

»Ich habe viele Gäste zum Essen. Aber ich bin nur Hobbyköchin, mit Fisch habe ich null Erfahrung. Was raten Sie mir?«

»Sie wollen einen Tipp? Gern.« Sie strahlte mich an. »Wie wär's mit Fischsuppe?«

Ich lehnte ab.

»Galettes mit Meeresfrüchten à la Bérénice?«

»Klingt kompliziert.«

»Ist es nicht, Sie belegen die Fladen mit irgendeinem Fisch. Das Wichtige sind die Schalotten, der Weißwein und das Sel de Guérande. Ich ernähre mich im Sommer davon.«

Es bekam ihr auf jeden Fall. Sie sah äußerst fit aus. Erst jetzt fiel mir auf, dass ihre Haut dunkel war.

»Kennen Sie Ayala, die Surflehrerin?«, fragte ich unvermittelt.

Sie musterte mich. »Sie meinen, weil wir beide Schwarz sind?«

Ich wurde rot. »Entschuldigung, Sie haben recht. Unsensibel von mir.«

Da strahlte sie noch mehr als eben. »Das ist doch schon etwas. Sie merken, wie blöd Ihre Bemerkung ist. Abgesehen davon: Natürlich kennen wir uns.«

Bérénice war Biochemie-Studentin aus Paris und arbeitete schon den dritten Sommer über hier, der Fischgeruch konnte sie nicht abhalten.

»Meine zwei Kommilitoninnen jobben in einem Surfklamottenshop in Morgat, die Fischbude ist ihnen zu poplig. Aber ich bin in Camaret verliebt.«

Ein Grund mehr, sie zu mögen. Sie packte mir Lippfisch und Langustinen ein und verriet mir ihr Galettes-Rezept. Ich nahm mein Handy und machte ein Foto für Sylvie. »Du kannst schon die Pfanne erhitzen.«

Spontan lud ich Bérénice ein, später auf ein Glas bei uns vorbeizukommen. »Die ›Villa Wunderblau‹ ist ein offenes Haus.«

Sie freute sich und fragte nach, ob sie im »DEJALU« Bücher für ihr Studium bestellen könne. Französische.

»Klar, gern.« Dann kam ich zur Sache. »Sagen Sie, kennen Sie Sœur Nominoë?«

»Die Nonne? *Naturellement*, immer freitags kommt sie her. Da gibt's bei den Nonnen Fischsuppe.«

»Nominoë kocht regelmäßig Fischsuppe?« *Merde*. Ich hatte das Gegenteil hören wollen.

»Sehr leckere sogar. Einmal habe ich gekostet.«

»Sie kennen das Kloster?«

Bérénice schien verzaubert. »Ich liebe besonders die Ferienkolonie, wenn die Kinder da sind. Leider geht es dieses Jahr nicht, darum freu ich mich aufs nächste.«

Sie plauderte, erklärte, packte ein.

»Haben Sie schon mal schlechten Fisch verkauft?«

»Noch nie. Es gab nicht eine einzige Klage. Nicht in vielen Jahren, soweit ich weiß. Wieso fragen Sie?«

»Haben Sie nichts von der verdorbenen Suppe im Kloster gehört?«

Hatte sie nicht, sie war eine typische junge Frau von heute. War auf Instagram, die News las sie selten, Zeitung nie.

Ich erzählte ihr das Nötige, die polizeilichen Ermittlungen hielt ich raus. Beschrieb, dass ich herausfinden wollte, wo der Fehler passiert war. Um ihn bei der nächsten Fischsuppe zu vermeiden.

»Mich würde interessieren, ob Nominoë am Montag hier war.«

Sie überlegte. »Nein.«

»Sind Sie sicher? Machen Sie nie Pause?«

»Draußen auf der Mauer. Ich sehe jeden, der kommt. Nominoë war nicht hier. Außerdem würde sie montags niemals Fischsuppe kochen. Sie hält sich beim Essen an einen strikten

Plan. Das meiste holt sie ohnehin aus ihrem Garten, sie leben praktisch vegan. Bis auf Freitag, wie erwähnt. Einmal pro Woche brauchen wir tierisches Eiweiß, hat sie mir erklärt.«

Das klang plausibel. Als Beweis für Mahon würde es dennoch nicht taugen. Die Tatsache, dass Nominoë beim Einkaufen ein Gewohnheitstier war und das Klosterleben einem Rhythmus folgte, reichte nicht.

»Bietet ihr manchmal auch fertige Fischsuppe an?« Ich deutete auf die kleine Bar.

»Nur wenn wir feiern. Ansonsten ist das das Geschäft der Fischrestaurants, in Camaret gibt es mehrere.«

Die Restaurants suchten Mahon und Emil gerade ab.

»War vielleicht die Polizei hier?«

»Nein. Warum fragen Sie all das? Gibt es ein Problem mit uns?«

»Nein, natürlich nicht. Wie gesagt, ich helfe in der Klosterküche aus.«

Nachdem mir Bérénice das umfangreiche Fischpaket überreicht hatte, schrieb ich eine SMS an Sylvie. »Könnten die Nonnen nicht fasten? Zur Belohnung koche ich ein wunderbares Abendessen. Galettes à la Bérénice.«

Zum Abschied reichte mir Bérénice einen Kräcker, belegt mit dem hellrosa Fleisch einer Langustine. »Kosten Sie.«

»Roh?«

Sie zerbröselte eine Prise Salzkörner zwischen den Fingern, quetschte ein paar Tropfen aus einer Zitrone.

»Seien Sie mutig.«

Ich zögerte.

»Rein damit.«

Eine Geschmacksexplosion. Salzig, algig, meerig. Fremd.

Der Chef kam herein und rief Bérénice etwas zu.

»Bald kommen die Fischer, ich sollte mich mit den Becken beeilen. Au revoir, Madame Berger. Bis heute Abend.« Als ich fast draußen war, rannte sie mir nach. »Das wollte ich Ihnen noch sagen: Meist hat Nominoë viel mehr Suppe gekocht als nötig. Und sie im Altersheim vorbeigebracht. Dem ›Maison de Retraite‹.«

»In dem auch Bernard Sonnett wohnte?«

»Der wunderliche alte Admiral?« Sie strahlte schon wieder. »Er kommt ab und zu hier vorbei, obwohl er Fisch nicht ausstehen kann.«

»Er ist gestorben.«

Das Strahlen verschwand. »Wann?«

Als ich es ihr erzählte, wurde sie traurig. »Dann gibt es kein Happy End.«

»Was meinen Sie damit?«

»Ich war mir sicher, dass Nominoë und er ein Liebespaar sind.«

7

Ich war wie elektrisiert. Nominoë und Bernard. Bernard und Nominoë. Keine Sekunde glaubte ich Bérénice' Theorie einer altmodischen Liebesgeschichte. Die Vermutung jedoch, dass die beiden sich seit langer Zeit kannten, machte Sinn.

Noch einmal ging ich im Geist den Montagabend im Kloster durch. Ab dem Moment, da Nominoë von Bernards Tod erfahren hatte, war sie wie ausgewechselt gewesen, besorgt und fahrig. Den alten Bernard hatte sie regelmäßig im Heim besucht, das hatten mir verschiedene Leute erzählt. Darum war es an der Zeit, dahin zu gehen.

Das Meer war hier, ein paar Querstraßen von der Hafenmole entfernt, nicht zu hören, der Schotterweg schlängelte sich an einer Mauer entlang, links eine alte Werkstatt, rechts winzige Steinhäuser, Unrat in einem Vorgarten. Irgendwo schepperte es, hinter mir waren Schritte. Ich schoss herum. Nichts. Nur die überhitzte Straße. High Noon. Und doch. Der Schatten da vorn, wer war das? Nicht schon wieder der Kapuzentyp!

Es war eine Jacke, die über einem rostigen Pfosten hing.

Das Tor daneben entdeckte ich erst beim zweiten Mal Hinschauen, die eisernen Stangen waren unter der Moosschicht begraben. Die Äste einer Weide baumelten über die zu einer Spirale verschlungenen Querstreben, auf der Steinmauer gab es ein Emaille-Schild mit einer Neun. Ich drückte die Klinke hinunter und trat in eine andere Welt, eine Welt, in der die Zeit stehen geblieben war.

Hier also war Nominoë beinahe täglich zu Besuch gewesen, hier hatte Bernard seine letzten Monate verbracht. Das Sitzkissen auf dem Gartenstuhl sah so verlockend aus, dass ich mich kurz hineinsinken ließ, um an Brigitte zu schreiben. Sie war meine Stütze. Abgesehen davon, dass sie mir bei meinen Zürich-Besuchen immer ein Bett in meiner ehemaligen Wohnung freihielt, verschaffte sie mir ab und zu Informationen, an die sie als Anwältin einfacher kam als ich.

Ich fasste die Ereignisse in Stichworten zusammen und bat sie, sich bei Docteur Martinez, der Pathologin aus Brest, mit der sie seit dem Fall um den toten Künstler befreundet war, nach dem aktuellen Stand der Untersuchungen zu erkundigen. Unter der Hand. Es konnte nichts schaden, bei meinem nächsten Treffen mit Mahon besser vorbereitet zu sein.

»Bequem, nicht? Die Kissen haben wir selbst bestickt. Bonjour.«

Die warme Stimme gehörte einer älteren Frau, braun gefärbte Haare, das T-Shirt etwas zu eng über der Jeans lang gezogen, mit offener Kittelschürze, Handschuhen und Mundschutz. »Bleiben Sie ruhig sitzen.«

Ich erhob mich und erklärte ihr, was ich mir zurechtgelegt hatte, die Wahrheit schien mir zu heikel.

Als Freundin von Nominoë und Besitzerin des Buchladens »DEJALU« würde ich eine Überraschung in Form eines kleinen Buches mit Text und Fotos aus Nominoës reichem Leben planen.

Die Frau stellte sich als Claudine vor. »Eine schöne Idee.« Sie schlug mir einen Rundgang vor, um mir alle Menschen vorzustellen, die Nominoë kannten.

Der Garten entpuppte sich als botanische Attraktion. Hyazinthen und raschelnde Palmen wechselten sich ab mit wildem Dünengras und wogendem Farn, dazu orangefarbene Blüten – winzige Farbtupfer in der Oase in Grün. Eine bröcklige Steintreppe führte auf eine Terrasse, wo ein Frauentrio beim Kartenspielen saß, zusammen bestimmt dreihundert Jahre alt.

Mein Handy brummte. Sylvie. »Ich dachte, du bringst Fisch? Den musst du kühl lagern, das ist dir schon klar?«

So was konnte nur mir passieren. Ich holte das Fischpaket aus den Tiefen meiner Tasche.

»Pardon, aber könnte ich das vielleicht kurz im Kühlschrank deponieren?«

»Von mir aus gern«, sagte Claudine. »Wobei unser Kühlschrank manchmal ausfällt, wir brauchen einen neuen.«

Die Küche war klein und eng. Nominoës Fischsuppe sei sehr beliebt, sagte Claudine auf meine Frage.

»Wie viele Bewohnerinnen und Bewohner leben hier?«

»Dreizehn. Letzte Woche waren es drei mehr. Zwei mussten ins Spital verbracht werden, und Bernard ist gestorben.«

Nachdenklich sah sie mich an. »Man würde annehmen, dass man sich daran gewöhnt. Und doch nimmt einen jeder Todesfall mit.«

Ich versuchte, das Gespräch in eine andere Richtung zu lenken. »Bernard Sonnett hat noch nicht lange hier gelebt, habe ich gehört?«

»Es war für uns alle fast nicht zu glauben, als die Anfrage kam. Ein so berühmter Mann, ein Gefährte der Bretagne, mit dieser wunderbaren Villa in Morgat.«

»Vielleicht wollte er nicht allein sein? Das kann ich gut verstehen.« Die Angst, nach dem Tod in meiner Wohnung zu mumifizieren, war ein Grund gewesen, warum ich mich so lange gegen die Scheidung gewehrt hatte.

Claudine schüttelte den Kopf. »Ich glaube, er kam nicht ganz freiwillig. Ich weiß nicht, ob Sie seinen Sohn kennen.«

»Doch, Alain. Ein attraktiver Typ. Ich mag seinen Küstenlook.«

Ihr Nicken war skeptisch. »Aber einen Nachttopf kann er nicht leeren.«

Ich musste lachen. Das Bild war wirklich zu absurd.

Claudine räumte ein paar Behälter aus dem kleinen Kühlschrank, um Platz für mein Fischpaket zu schaffen. »Da wird der Küchenchef keine Freude haben«, sagte sie mit einem Zwinkern. »Er ist nicht flexibel.«

»Hatten Vater und Sohn denn Streit?«, fragte ich, um sie auf das Thema zurückzubringen, das mich brennend interessierte.

»Bernard war eigentlich sehr gesprächig, nur wenn es um seinen Sohn ging, wurde sein Mund schmal und weiß. Kein

Wort hat er über ihn verloren in den vergangenen Monaten. Außer vielleicht mit Nominoë.«

»Sie hat ihn oft besucht, hat man mir erzählt. Sie muss ihn sehr gemocht haben.«

»Am Anfang überhaupt nicht. Bernard konnte recht ruppig sein, unhöflich, manchmal richtig ordinär, mit einem unangenehmen Wortschatz. Ein alter, reicher, verwöhnter Herr, der nie auf Hilfe angewiesen war und uns für seine Gebrechen verantwortlich machte.«

»Das klingt unsympathisch. Wieso hat Nominoë so viel Zeit mit ihm verbracht?«

»Er hat nach einem Priester verlangt. Den von Camaret wollte er nicht, den von Crozon hat er rausgeschmissen, blieb nur noch Nominoë. Obwohl sie keine Priesterin ist. Er konnte besser mit Frauen als mit Männern. Kommen Sie, ich zeige Ihnen sein Zimmer.«

In dem Moment klang eine Stimme aus dem Flur.

»Der Küchenchef, er nervt mich, obwohl ich eigentlich noch Ruhezeit hätte«, flüsterte sie und bedeutete mir, ihr zu folgen.

Nachdem sie mir den Aufenthaltsraum gezeigt hatte, in dem Nominoë manchmal für alle eine Andacht abhielt, klopfte sie bei mehreren Zimmern an. Stets wurde ich freudig begrüßt, ich durfte faltige Gesichter fotografieren, dazu zeigten die Bewohner Gläser mit Honig, Marmelade und getrockneten Tomaten, alles Geschenke aus dem Klostergarten. »Nominoë ist unsere Muttergottes der guten Gaben.«

Im dritten Stock betraten wir ein Eckzimmer, das mit schweren Möbeln zugestellt war, es roch nach Bohnerwachs und Essig, das Bett war abgezogen, ein Hemd hing an einem Bügel, eine Zahnbürste stand im Glas.

»*Et voilà.* Bernards Zimmer. Wir haben noch niemand gefunden, der es übernimmt.«

»Ist es so teuer?«

»Nein, die Zimmer kosten alle gleich viel. Es ist den meisten zu groß. Im Alter mag man es gemütlicher.«

Ging mir genauso, darum schlief ich immer im Kabuff.

Claudine zeigte auf das triskelartige Kruzifix an der Wand. »Ein Geschenk Nominoës. Es war wie ein Wunder. Bernard ist gläubig geworden.«

Das Kruzifix war die große Version des kleineren, das ich in Bernards Hand und an Nominoës Hals gesehen hatte.

»Hat er seinen Frieden gefunden?«

»Ich glaube schon. Bis auf die letzten Tage, da war er sehr bedrückt.«

»Vielleicht hat er den Tod herbeigesehnt.«

Claudine war anderer Meinung. »Er hat sich mit aller Macht ans Leben geklammert. Oft ist er rausgegangen. Er kam mir so vor, als ob er auf der Suche nach Vergebung wäre.«

»Vergebung?« Ich wunderte mich. »Das klingt sehr katholisch.«

»Nominoë hat mit ihm den Rosenkranz gebetet. Bernard war ihr sehr dankbar. Er hat ihr ein Legat vermacht.«

»Sie meinen, sie erbt?«

»Bernard ist reich, und die Nonnen können jeden Cent brauchen. Das Kloster fällt auseinander.«

Ach du je, nicht schon wieder ein Legat. Dass Nominoë als Madame Montbillard im Immobilienmarkt tätig war und manchmal Schenkungen erhielt, gehörte meines Wissens der Vergangenheit an. Was sich nun als Irrtum herausstellte. Die vielen Facetten der Nominoë – es konnte einem schwindlig werden. Fürsorgliche Kinderheimleiterin, Selbstversorgerin mit Gemüsegarten, Elektrobike-Fahrerin, die als »Presqu'île Sophie« einen kritischen Blick auf die Vorgänge der Halbinsel warf. Wie weit würde sie gehen, um all das zu bewahren?

Claudine strich mit ihrer Hand leicht über meinen Oberarm, sie fühlte sich rau an. »Sie ist eine Heilige.«

Konnte sie meine Gedanken lesen?

»Fotos«, erinnerte sie mich. »Sie wollten Fotos fürs Album.«

Ich knipste das Zimmer aus allen Perspektiven, trat zum Fenster, bewunderte die Aussicht. Über die Dächer hinweg, über die spitzen Maste der Boote, über die Hafenmole und die Tour de Vauban sah man quer übers Wasser fast bis ans andere Ufer nach Brest. Die Luft war klar, die Sonne ein gleißender Ball, einige Wolken hatten die Form von Pferd, Delphin, Butterkeks. Im Hinausgehen blieb mein Blick an dem kleinen Tisch hängen. Neben einer Tasse lag ein Tablet.

»Gehörte das Bernard?«

Claudine schmunzelte. »Er hat damit manchmal geskypt. Unser Küchenchef hat es ihm gezeigt. Ich glaube, Bernard hatte eine kleine Freundin.«

Ich machte mir eine geistige Notiz, dem nachzugehen. Ein über Neunzigjähriger und ein Tablet, damit hatte ich nun gar nicht gerechnet.

»Ich muss los«, sagte ich schließlich.

»Dann gebe ich Ihnen gern etwas mit.«

Wir landeten in einem kleinen Zimmer, einer Art Schaltzentrale, wo Claudine aus einem Medikamentenschrank eine Schachtel mit mehreren Ampullen herausholte.

»Können Sie das Nominoë bringen? Wenn Sie sie gefunden haben?«

»Sie wissen, dass sie verschwunden ist?«

Claudine legte einen Finger auf die Lippen. Nominoës Schweigegelübde.

Ich musste mich beherrschen, Claudine war eine sehr rührende Person. »Was ist das?«, fragte ich mit einem Blick auf die Schachtel.

»Insulinspritzen. Sie braucht abends täglich eine.«

Mir stockte der Atem. »Hat Nominoë Diabetes?«

»Altersbedingt.«

»Dass ich das nicht gemerkt habe. Und dabei kenne ich sie schon ein ganzes Jahr. Wobei … ich habe sie nie essen sehen, fällt mir auf.«

»Sie opfert sich zu sehr auf und vergisst sich dabei.«

»Die verabreicht sie sich selbst?« Fasziniert betrachtete ich die Ampullen, ich mochte Spritzen so wenig wie Spinnen.

»Sie ist gelernte Krankenschwester, so nannte man den Beruf damals.«

Ich nahm die Packung an mich. »Wieso bekommt sie die von Ihnen?«

»Sie will keinen Arzt. Ich fürchte, sie ist bereits im Rückstand.«

»Was sind die Konsequenzen?«

Claudine sah plötzlich besorgt aus. »Unbehandelt kann Diabetes schwere Probleme verursachen.«

Von weither ertönte ein Brüllen.

»Nicht beachten, der kann warten. Ich bringe Sie hinaus. Ihr Besuch war uns eine große Freude.«

Auf dem Heimweg kam mir meine Tasche viel leichter vor als eben. Na toll. In der Eile hatte ich den Fisch vergessen. Als ich mir die Reaktion des genervten Küchenchefs vorstellte, wenn er das riesige Paket aufstöberte, bekam ich einen Lachanfall. Sollte er sich mit der Zubereitung auseinandersetzen. Ich würde mir etwas anderes einfallen lassen. Eine gute alte Crêpe mit Apfelmus.

Dann las ich den Zettel, den mir Claudine zum Abschied zugesteckt hatte. Es war der Name eines Klosters, in eiliger Schrift hingeworfen. »Kergonan. Nominoës Mutterhaus, ich kann mir vorstellen, dass sie sich da aufhält.«

Kergonan. Der Name sagte mir etwas. Ein wenig googeln und schon wusste ich Bescheid. Das Kloster lag auf der Halbinsel Quibéron. Ganz in der Nähe des Ferienheims, in dem Mathilde, Ayalas Tochter, ihren Urlaub verbrachte. Wenn das keine Fügung war!

Als ich Kai anrief, kam nur die Voicemail. Ich hinterließ ihm eine Nachricht und machte mich auf in die »Villa Wunderblau«.

***

Schon von Weitem hörte ich rockige Musik, wie sie sonst abends aus den Bars an der Mole dröhnte. Was war da los?

Als Erstes sah ich Isidore, der dem Mann vom Abpumpdienst half, das Werkzeug einzuladen, beobachtet von Yoga-Ivy, die mir träge von meiner Hängematte aus zuwinkte, einen Limettendrink in der Hand. War sie hier eingezogen?

Über den Hintereingang eilte ich ins Haus, wo mir der Duft von Karamell und Äpfeln entgegenschlug. Durch die Durchreiche bemerkte ich im Laden ein Gedränge von Kunden, in angeregte Gespräche vertieft. Und Sylvie, die rotwangig und mit Büchern beladen aus meinem Kabuff kam, gefolgt vom wedelnden Merguez. Was um Himmels willen machte sie da?

»Rekordumsatz, Tereza, so was hast du noch nie erlebt. Hier ging die Post ab. Zum Glück hilft Catherine aus. Und Magalie macht Straßendienst.«

»Straßendienst?«

»Sie hat im ›La Coquille‹ Feierabend gemacht, um mir zu helfen. Du warst ja weg. Aimon sagt …«

Wie aufs Stichwort tauchte er hinter Sylvie auf. »Wir machen es französisch. Ich habe es immer gesagt, nur mit deutschem Zeug gewinnst du hier nichts. Zu streng, zu wenig kribbelnd, zu uninspiriert.«

»Wovon sprecht ihr?«

Sie stockten. »Bücher natürlich, was hast du denn gedacht?«

Eine Hitzewelle lief mir über den Ausschnitt meines »DEJALU«-T-Shirts bis hinunter zum Saum meines Rocks.

»Wir sind ausverkauft. Kannst du Nachschub bestellen? Express?«

»Wieso ›bestellen‹? Ich wollte die Bücher doch zurückschicken.«

Sylvie blickte zu Aimon. »Geh mal in die Küche und hol den Apfelkuchen aus dem Ofen, mein Lieber.«

Die Tarte aux pommes à la Annie Gisler, nach dem Rezept meiner Großpatentante. Das war es, was ich gerochen hatte.

»Ich konnte nicht länger auf dich warten und habe eingekauft, Aimon hat mir geholfen. Der Kühlschrank ist voll.«

»Und sie hat ein Marketingkonzept entworfen«, ergänzte Aimon stolz, bevor er verschwand.

Sylvie strahlte. »Wenn jeden Abend Hunderte zu Saint-Pol-

Roux' Manoir hochfahren, um sich den Sonnenuntergang anzusehen, hab ich mir gesagt, könnten sie sich doch auch seine Bücher kaufen. Daraufhin habe ich den ganzen Stapel auf den Tisch vors Haus gestellt. Alle verkauft.«

Verblüfft sah ich zu den beiden leeren Kisten.

»Auf Französisch?«

»Und zwar nicht billig. Ich hab gesagt, es ist eine limitierte Edition. Ich glaube, die Leute wollen Qualität.«

Mir verschlug es die Sprache. Auch wenn mich die Einheimischen mit offenen Armen empfangen hatten, im »DEJALU« erstanden sie nichts.

»Das wird unser neues Konzept, Tereza. Bücher in drei Sprachen. So holen wir alle ins Boot.«

»Aber dann konkurrieren wir Kolleginnen, die Librairie in Crozon, das Antiquariat ...«

»Ach wo. Du musst umdenken, Tereza, wir sind hier in der Bretagne.«

Zusammen gegen den Rest der Welt. Mit neuen Augen sah ich mich um. Nach und nach kamen mir einige Gesichter bekannt vor: meine Bankerin von der »Banque Finisterra«, die Sekretärin aus der Mairie, die immer die Hände zusammenschlug, wenn sie mich sah, und darauf bestand, mich beim vollen Namen zu nennen: Madame Tereza Manon Elektra Berger.

Sogar der schicke Bürgermeister von Crozon war da. Er verabschiedete sich von Magalie, zwei Bände Saint-Pol-Roux unter den Arm geklemmt. »Wunderbar. Das haben wir gebraucht. Wir werden ihn als unseren Schriftsteller ehren. Es ist an der Zeit.«

Magalie, mit Hektikflecken und auf so hohen Schuhen, dass ihre Füße wie die Verlängerung der Beine wirkten, machte das Daumen-hoch-Zeichen. »Er schaut bei der nächsten Versammlung der Frauen von Camaret rein. Unser Esprit gefällt ihm, hat er gesagt«, flüsterte sie uns zu.

Sylvie strahlte. »Wir haben dem guten Saint-Pol einen Image-Boost verpasst und unserer Buchhandlung neue Kunden beschert. Lass uns feiern.«

Arm in Arm gingen die beiden in die Küche, um die Tarte zu holen. Aimon startete eine Achtziger-Jahre-Playlist, stieg mit schwingenden Hüften in den Keller und kam mit zwei Flaschen Crémant zurück. Einen guten Crémant d'Alsace mag ich fast so sehr wie Breizh Cola. Die knallenden Korken riefen die Nonnen auf den Plan. Marie Claude und Marthe, nicht verhungert, wie es schien. Ihre hellen Trachten waren zerknittert, ihre Gesichter blank.

»Wir haben den ganzen Tag geschlafen.« Marie Claude wirkte erfrischt.

»Hier gab's nichts zu tun«, erklärte Marthe. »Kein Gemüsegarten, kein Leuchtturm, keine Suppenküche. Es war sehr gemütlich.«

Nonnen auf Genesungsurlaub in der »Villa Wunderblau«, was für eine ganz und gar absurde Wendung.

»Santé!«, rief Aimon.

Die Gläser klirrten. Alle tranken sich zu, die Stimmung stieg, der zweite Korken knallte. Irgendwann platzten Ayala und Kai herein, mit sandgestrahlten Gesichtern und salzverkrustetem Haar, die Körper vertraut.

»Mam, du wolltest mich sprechen?«

Natürlich, mein Anruf.

»Später.« Ich ging in den Garten, wo Aimon Merguezwürste auf dem Grill briet, während Catherine Baguette in Stücke schnitt, die ihr jeweils gleich aus den Fingern gerissen wurden.

Die Gartentür ging auf, Aileen kam herein, die Kunde des spontanen Fest-noz in der »Villa Wunderblau« hatte sich bis an die Mole rumgesprochen. Hinter ihr Emil, der mit der Uniformjacke sein dienstliches Gehabe ablegte und mich freundlich grüßte.

»Moment«, ich packte ihn am Ärmel. »Habt ihr was von Nominoë gehört?«

Er schüttelte mich ab. »Nein. Abgesehen davon habe ich jetzt Feierabend. Macht hier mal einer anständige Musik? Weg mit diesem Pop-Rock.«

Anstatt eines Banjos zog er sein Handy hervor, fand einen bretonischen Volkstanz. *»Allons-y!«*

Er tanzte los, selbstvergessen, auf sich und die Schrittkombination konzentriert, erst kaum beachtet, dann, während unsere Gäste allmählich aus dem Haus kamen, im Mittelpunkt. Als er alle zum Mitmachen einlud, ließ sich niemand zweimal bitten, schon schwangen sämtliche Körper in den typisch bretonischen Bewegungen vor und zurück, die kleinen Finger eingehakt. Marthe und Marie Claude, Aileen und Emil, Sylvie und Aimon, Kai und Ayala. Isidore und Ivy. Sie war ein wenig größer als er, umschlang ihn mit ihren schlanken Yoga-Armen.

Das könntest du sein, dachte ich. Isidore hattest du auf sicher. Erst wusste ich nicht, was ich wollte, und wenn ich mich endlich entschied, war es zu spät.

Ich sah zu Sœur Jeanne, als Einzige allein, zurückhaltend wie immer, sie war heruntergekommen, weil ihr die Musik zu laut war. Gerade wollte ich sie zum Tanz auffordern, als ich am Arm gepackt und in die Küche gezerrt wurde.

***

»Wo ist Sœur Nominoë?«

Mahon, trotz des warmen Abends in Ledermantel und Stiefeln, den Helm unter dem Arm, hatte sich vor mir aufgebaut, der ganze Mann ein einziger Vorwurf.

»Das wüsste ich auch gern.« Ich entschied, die Insulinampullen nicht zu erwähnen. »Was ist passiert? Klären Sie mich auf.«

»Den Teufel werd ich tun«, sagte er grob. »Ist sie hier?«

»Nein.« Ich zeigte zur Treppe. »Sie können gern nachschauen.«

»Sie haben ihre Sendung ausgestrahlt.«

Ups. Ich war froh, dass Magalie und ich keine Spuren hinterlassen hatten.

»Welche Sendung?«

»Wollen Sie mich verarschen?«
»Nichts liegt mir ferner.«
»Ich spreche von ›Presqu'île Sophie‹.«
»Was hat das mit Nominoë zu tun?«, frage ich.
»Sie wissen so gut wie ich, dass Nominoë …«
Ich unterbrach ihn. »Ich will es nicht wissen.«
»Was?«
»Wer Sophie ist.«
»Es geht um eine Ermittlung. Da haben Inselmysterien keinen Platz.«
»Dann fragen Sie sie doch selbst.«
»Wie denn? Sie ist verschwunden.«
»Weil Sie ihr Angst eingejagt haben.«
»Ich suche sie für ein Gespräch.« Er holte Luft. »Ich warne Sie ein letztes Mal, lassen Sie die Finger von der Geschichte.«
»Das tu ich doch die ganze Zeit.«
»Sie lügen. Jemand hat mir berichtet, dass Sie im Altersheim waren.«
Der Küchenchef, er hatte mich erkannt.
»War das heute? Es kommt mir vor, als sei es gestern gewesen.«
»Was haben Sie da gemacht?«
Ich musste mir eine Ausrede einfallen lassen. »Ich war zu Besuch bei Claudine, der Betreuerin. Sie ist ein Mitglied der Frauen von Camaret. Wir wollen für die Pensionärinnen eine Lesung machen.«
»Mit Ihren Büchern?« Seine Stimme klang verächtlich.
»Haben Sie etwas dagegen?«
»Sie wissen schon, dass viele der alten Leute hier Mühe haben mit der deutschen Sprache? Wegen der Kriegsvergangenheit.«
»Ach so. Wir führen jetzt auch französische Bücher.« Ich zeigte auf den letzten Band Saint-Pol-Roux auf dem Tisch für Aktualitäten. »Unser neuester Renner. Völkerverbindend. Damit können wir vielleicht mit den alten Vorurteilen aufräumen.«
Er fixierte mich. »Und wann soll diese Altersheim-Lesung stattfinden?«

»Am übernächsten Wochenende. Um den Heimbewohnern etwas zu bieten, die nicht zum großen Konzert kommen können.« Sobald er weg war, würde ich gleich Claudine Bescheid geben.

»Mit Essen und Trinken?«

Worauf wollte er hinaus? »Natürlich. Haben Sie schon je ein bretonisches Fest ohne Essen und Trinken erlebt?«

Er sah auf seine Armbanduhr. Sie war altmodisch, passte zur Royal Enfield. »Mehr als eine Woche vor dem Anlass deponieren Sie Lebensmittel im Kühlschrank?«

Verdammt, ich hätte zurückgehen und das Paket holen sollen. »Sie meinen den Fisch?«

Seine Augen wurden zu Schlitzen.

»Fisch? War da Fisch drin? Das hat mir der Küchenchef vorenthalten, aber das verschärft natürlich die Lage. Wollten Sie wieder Suppe kochen?«

»Ich habe die Suppe fürs Kloster nicht gekocht.«

»Stimmt, die Spezialistin dafür ist ja Nominoë, Ihre verschollene Zeugin.«

»Es war der Typ, der die Suppe gebracht hat. Wenn Sie Ihren Job machen würden …«

»Niemand hat Suppe ins Kloster geliefert. Den Mann gibt es nicht, Sie haben ihn erfunden.«

»Den Arm seh ich deutlich vor mir, sogar die angespannten Sehnen, der Topf war schwer, wie Sie wissen.«

»Eine Beschreibung des Gesichts wäre nützlich.«

»Der Anblick war mir leider nicht vergönnt. Aber wenn ich es recht bedenke, vielleicht sollten Sie den Küchenchef des Altersheims dazu befragen.« Es war ein Schuss ins Blaue, da ich ihn ja nicht gesehen hatte. Aber alles war mir recht, um von Nominoë abzulenken.

»Falschaussagen sind strafbar.«

Ich biss mir auf die Lippen.

»Sie schweigen? Schade. Denn ich wüsste gern, warum Sie, die Sie mir gesagt haben, dass Sie keine Ahnung von Fisch haben, dass Sie niemals Fischsuppe kochen würden, warum also ausgerechnet Sie Fisch in ein Altersheim bringen …«

»Ich … ich wollte ihn nur zwischenlagern, damit er nicht verdirbt.«

»Dann war es kein Kalkül, den Fisch in einen kaputten Kühlschrank zu legen?« Seine Stimme klang so kalt wie seine Worte.

Merde. Claudine hatte mich gewarnt. »Ich habe den Fisch von ›Viviers Tippie‹ im Hafen geschenkt bekommen und aus Höflichkeit mitgenommen. Ich dachte mir, wir könnten ihn vielleicht räuchern.«

»Hören Sie auf!«, brüllte er mich unvermittelt an. »Aus allem machen Sie eine Geschichte, es ist wie ein Zwang. Wollten Sie die Altersheimbewohner umbringen? So wie Bernard Sonnett?«

Die Worte hallten nach.

»Er ist umgebracht worden?«, flüsterte ich. »Das ist ja das Allerneueste, bislang hieß es, er sei gestürzt. Und nun denken Sie, ich war's, nur um gleich darauf alle im Kloster zu vergiften?«

»Ich sammle Fakten. Fakt ist, dass Sie als Einzige an beiden Orten waren. Fakt ist …«

»Ich frage Sie noch mal: Warum hätte ich den Alten umbringen sollen? Ich habe ihn nicht mal gekannt.«

»Eben sagten Sie, Sie waren öfter im Altersheim.«

»Ich habe mich geirrt. Und warum sollte ich die Nonnen vergiften?«

»Die waren ein Kollateralschaden. In Wirklichkeit ging es …«

»Um Armelle vielleicht? Ich wusste nicht mal, dass es sie gibt.«

»Der alte Bernard wurde gestoßen, Sie selbst haben mich auf die geknickten Äste hingewiesen.«

»Das spricht für mich.«

»Als Täterin.«

»Als kooperative Zeugin. Was sollte ich davon haben, Bernard Sonnett den Hügel hinunterzustoßen?«

»Sœur Nominoë profitiert davon. Tun Sie nicht so, als ob

Sie keine Kenntnis vom Legat hätten.« Mahon musterte mich. »Wer weiß, was Sie Ihnen versprochen hat. Ich rate Ihnen zur Kooperation.« Er drehte sich ab.

Nein, so konnte er mich nicht stehen lassen. »Finden Sie Nominoë, ich bitte Sie!«, rief ich ihm hinterher.

Er hielt inne. »Wieso? Was wissen Sie? Sagen Sie es mir, Tereza.«

Tereza? Der einsame Wolf mit der zerbrechlichen Seele, der gerettet werden musste, schimmerte durch. Langsam kam er wieder zurück, in den Augen ein seltsames Leuchten. Als zwischen uns kein Millimeter Platz mehr war, begann die Luft zu flirren.

»Ich mache mir einfach Sorgen. Mir geht es um Nominoës Wohlergehen.«

»Genau wie mir.« Sein Atem war warm. Mir wurde kalt.

Da stürmte Ayala aus dem Haus direkt auf mich zu, blind für die Szene, die sich ihr darbot. Zum Glück. Ich verabschiedete mich hastig von Mahon.

»Was ist passiert?«

Sie umklammerte ihr Handy. »Mathilde hat eben angerufen, sagt aber keinen Ton.«

»Das kann auch ein gutes Zeichen sein.«

»Ich glaube, sie hat geschluchzt. Niemals hätte ich sie dalassen dürfen. Hätte ich nur auf mein Bauchgefühl gehört.«

»Mathilde wollte es unbedingt.«

»Um mich zu entlasten. Sie ist so süß. Ich bin eine Rabenmutter.«

Der verzweifelte Klang ihrer Stimme traf mich ins Herz. Ich sah die kleine Mathilde vor mir, wie sie an ihren dünnen langen Zöpfchen kaute, ein Miniaturebenbild ihrer schönen Mama.

»Es tut mir leid. Das klingt nicht gut, ich habe dich falsch beraten.« Ich sah auf die Uhr. »Lass uns nach Quibéron fahren, wir holen sie ab. Wo ist Kai?«

8

Wir näherten uns der Presqu'île de Quibéron, von der manche behaupteten, sie sei schöner als Crozon, als der Schotterweg nach hinten kippte, ein Phänomen, das mich jedes Mal aufs Neue faszinierte. Dahinter tauchte das Meer auf. Dieses hier war eine flache blaue Scheibe, hell am Ufer, dunkel am Horizont. Die Sonne stand tief, es war halb zehn, bald würde sie untergehen.

»Pass auf, Kai!«

Als Ayalas Van in der Kurve schleuderte, brummte Kai eine Entschuldigung.

»Bist du betrunken?«

»Nein, ich hatte nur Breizh Cola.«

Der Parkplatz des Kinderheims war gut besetzt, Kleinbusse, Fahrräder, Surfbretter-Anhänger, hier war was los.

Ayala, Kai und ich umrundeten das granitgraue, abweisend wirkende Gebäude in Richtung des Geschreis im Garten. Beim Näherkommen machten wir eine Gruppe von Kindern aus, bestimmt zwanzig, in verschiedene Spiele vertieft, Boule, Volleyball, Toreschießen.

»Wo ist Mathilde?« Ayalas Stimme klang panisch.

Kai legte den Arm um sie, sie wirkte zart neben ihm. Sie waren ein Paar. Es war unverkennbar.

Ich blieb stehen, fühlte es wie eine Faust im Bauch. All die Probleme, die auf die beiden zukommen würden, er viel jünger und in Berlin, sie mit Kind, lebte hier oben.

Noch nie hatte ich Kai so erlebt. So anders. Ich schluckte. Und verabschiedete mich. Von dem scheuen Kleinkind, dem verspielten Teenager, dem verträumten Studenten. Jede Version anders und jede hatte mich gebraucht. Diese hier war abgenabelt. So richtig. Lass ihn gehen. Es ist an der Zeit.

»Mam«, zischte er. »Hilf mit. Siehst du Mathilde?«

Ich musterte Kind um Kind, bis ich sie endlich entdeckte. Sie lehnte am Zaun, die Schultern gesenkt, den Daumen in Kinnhöhe, nur schiere Willensanstrengung hinderte sie am Nuckeln, so schien es mir. In dem Moment flog ein Ball mit voller Wucht direkt auf sie zu. Aber Mathilde war flink, sie wich aus.

»Idiot.« Ich meinte den Ballwerfer, ein Provokateur, der sich mit seinen Kumpels abklatschte. Gleich darauf flog noch ein Ball. Ich ging zur Leiterin, eine junge Frau, kaum erwachsen.

»Wieso ist die Kleine nicht ins Spiel involviert?«

Die Leiterin machte große Augen. »Keine Ahnung. Wer sind Sie?«

Ich wollte ihr eine Erklärung geben, doch Kai zog mich mit einer gemurmelten Entschuldigung weg.

»Lass es bleiben, Mam. Das muss Ayala lösen. Deine Tiraden über Gerechtigkeit waren mir immer peinlich. Und die hier hältst du jetzt einfach mal nicht.«

Kai trat einen Schritt beiseite, um Ayala Platz zu machen. Aber sie war wie erstarrt.

»Sie schafft das nicht allein.«

»Doch«, sagte Kai. Woher hatte der Junge nur die Ruhe?

Endlich kam Ayala in Bewegung, sie ging auf die Leiterin zu. »Das ist meine Tochter. Und sie möchte gern mitspielen. Kriegen wir das hin?«

In der Zwischenzeit näherten sich zwei weitere Leiterinnen. Als Mathilde sich nach ihnen umsah, strahlte sie auf.

»Omi Tereza!«

Es war einer dieser Momente, in denen alles auf Zeitlupe schaltet. Ich sah die leuchtenden Kinderaugen, fühlte, wie Kai die Luft anhielt und Ayala hinter mir hervorschoss, die Arme ausgestreckt, den Mund zu einem Begrüßungsschrei aufgerissen, bemerkte, wie Mathilde einen Haken schlug, auf ihre Mutter zurannte und mich links liegen ließ, während ich gleichzeitig meinem inneren Film folgte, dem Bild einer großelternlosen Kindheit, meines Ex-Mannes mit seinem frischgeborenen Sohn und schließlich von mir, mit grauem Haarknoten und Kartoffelbreifleck auf der klaffenden Bluse.

»Ich glaube nicht, dass Tereza es mag, wenn du sie Omi nennst«, murmelte Ayala in die Umarmung hinein.

Kai grinste, und ich fand, es sei höchste Zeit, mich meinem anderen Auftrag zuzuwenden.

»Ich setz mich ein wenig ins Auto«, sagte ich.

Kai gab mir den Schlüssel, und ich ging zum Parkplatz. Von unterwegs schrieb ich ihm eine Textnachricht.

»Mache eine Rundfahrt, bin in einer halben Stunde zurück.«

***

Durch die Äste der Allee tauchte der Kirchturm des Klosters St. Michel de Kergonan auf, Nominoës altes Mutterhaus. Schmal ragte er in den Himmel und schrammte mit der Spitze fast die Wolken, die sich ballten wie gepflückte Baumwolle.

Nachdem ich mich erst an Ayalas Van hatte gewöhnen müssen, hatte ich mich im Gewirr der kleinen Landstraßen verfahren, schließlich das Auto im Dorf abgestellt und den Fußweg gewählt. Kaum war ich losgegangen, kam die erste SMS. Kai.

»Problem gelöst. Mathilde ist jetzt die Beliebteste. Wir essen mit den Kindern ein Dessert, dann fahren wir. Wo bist du?«

»Ausflug ans Meer. Bin gleich bei euch.«

Ich musste mich beeilen. Hoffentlich holte mich die Schwester ab, nicht dass ich auf der Suche nach ihr durch dieses riesige Kloster irren musste.

Die Gebäude sahen beeindruckend aus, nebst der Kirche gab es zwei weitere Häuser. Ich ging an einem Gemüsegarten samt kleinem Bauernhof vorbei und betrat den Parkplatz, wo es nach reifen Tomaten und Ziegenmist roch. Kein Mensch war zu sehen.

Plötzlich ertönte ein Donner, ein tiefes Grollen, das von ganz weit weg näher rollte. Ein Gewitter in der Bretagne? Unter den schweren Wolken blitzte die Sonne durch, nur um gleich darauf wieder zu verschwinden.

»Dramatisch, nicht?« Die raue Stimme stand im Gegensatz

zu der winzigen Frau, die aus dem Nichts neben mir aufgetaucht war. Sœur Ernestine, die Nonne, mit der ich eben telefoniert hatte. Gegen ihr Outfit war Nominoës Tracht ein Sommerfähnchen. Über dem schwarzen Kleid trug sie eine Art Ganzkörperumhang, der auch den Kopf und die weiße Haube bedeckte, auf der flachen Brust baumelte ein hölzernes Kreuz.

»In der Form eines Triskels?« Ich atmete scharf ein.

»Gehört zu uns Kergonanerinnen«, erklärte Ernestine. »Wie ich Ihnen am Telefon schon sagte, Sœur Nominoë ist nicht hier, da haben Sie leider eine Fehlinformation. Sie sind vergeblich hergefahren. Ich muss mich beeilen, der Gottesdienst beginnt gleich. Wir haben die Vesper auf zweiundzwanzig Uhr verschoben. Den Mittsommer begehen wir traditionsgemäß mit Chorälen und einer Liturgie.«

»Mittsommer ist erst am Samstag.«

»Wir feiern die ganze Woche. Adieu.«

Merde. Als ich überlegte, wie ich Sœur Ernestine in ein Gespräch verwickeln konnte, kam mir ein zweiter Donner zu Hilfe. Ernestine sah ein, dass sie mich nicht stehen lassen konnte.

»Kommen Sie kurz rein, gleich beginnt es zu regnen.«

Es war, als ob die Wolkenwand den sich anbahnenden Sonnenuntergang auffräße, während erste Tropfen fielen, Blitze zuckten und das Donnergrollen gar nicht mehr aufhören wollte. Ich folgte Ernestine, die unglaublich flink vorauslief, zur Kirche, mein Rock wurde schwer, das T-Shirt klatschnass, die Haare peitschten mir ins Gesicht.

»Die Apokalypse«, keuchte ich, als ich völlig durchnässt den Eingang erreichte. »Schade. Der Sonnenuntergang wäre ein tolles Spektakel geworden.«

»Keine Angst, wir werden ihn erleben«, antwortete Ernestine. »Sie wissen doch, in der Bretagne haben wir vier Jahreszeiten am Tag.«

Diesmal nicht, dachte ich, die Nonne irrt sich.

»Darf ich reinkommen und mich abtrocknen?«

Nachdem das Portal hinter uns ins Schloss gefallen war, war

die Stille der Eingangshalle gigantisch. Bis Gesang einsetzte, erst leise, dann intensiver.

»Meine Mitschwestern«, erklärte Ernestine. »Ich kann leider nicht singen, eine Kehlkopfgeschichte. Dafür amtiere ich als Messdienerin. Ich hole Ihnen nur schnell ein Handtuch.«

Als ich allein war, durchfuhr mich ein Schauder. Hier also hatte Nominoë einen Großteil ihres klösterlichen Lebens verbracht. Ich ignorierte mein Handy, auf dem SMS um SMS eintraf, und bestaunte die hohe Decke, geschmückt mit hölzernen Verstrebungen, die sich über die Wände bis zum Boden zogen. Der Geruch war mir vertraut: Möbelpolitur und Zitrone.

»Wie im Leuchtturmkloster«, sagte ich zu Ernstine, die mir bei der Rückkehr ein abgenutztes Frottiertuch reichte. Ich beschloss, in medias res zu springen. »Sœur, ist Nominoë hier? Denken Sie an das achte Gebot.« Ich rubbelte mein Haar trocken. »Sie würde wollen, dass Sie sich mir anvertrauen.«

Ernestine blinzelte, blieb aber stumm.

»Sie könnte sich doch hier verstecken, ohne Ihr Wissen.« Ich deutete um mich. »Das Kloster ist riesig. Vielleicht in einer unbenutzten Kammer.«

Zur Antwort bekam ich ein Kopfschütteln.

»Hören Sie, Sœur Ernestine, ich weiß, dass Nominoës Mission eine geheime ist. Leider wirft ihre Abwesenheit in Crozon Fragen bei der Polizei auf. Sie ist in Gefahr, ich versuche, ihr zu helfen. Als Alibi habe ich ihre Radiosendung ausgestrahlt, leider hat es sich als Bärendienst erwiesen. Ich muss sie einfach finden.«

Das war so nah an der Wahrheit wie möglich.

Ernestine überlegte. Die Sekunden zogen sich in die Länge. Als ich es kaum mehr aushielt, trat sie zu einer klobigen Pinnwand und deutete auf einen bunten Flyer in Blau, Grün und Orange, mit einer schwarzen Schrift aus den achtziger Jahren.

»›Radio Espérance‹? Was ist das?«

»Unser Klosterradio. Hat Nominoë gegründet.« Aus einem Schrank holte Ernestine einen Karton mit Kassetten. »Das soll ich Ihnen geben.«

Was? Damit hatte ich nun gar nicht gerechnet. Die Schachtel war alt, die Kassetten ebenso. »Mir? Das kann nicht sein. Sie kennen mich ja nicht.«

»Sie hat angerufen und gesagt: ›Wenn eine chaotische Person mit Schweizer Akzent auftaucht und eine richtig formidable Geschichte präsentiert, warum sie mich unbedingt sprechen müsse, dann gib ihr dies und sage ihr, sie soll sich die Sendung über Bernard Sonnett anhören.‹« Ernestine drückte mir den Karton in die Hand und zog ein Mobiltelefon aus der Tracht. »Sehen Sie, da ist Nominoës Nummer gespeichert. Ich wollte sie zurückrufen, aber sie hebt nicht ab. Ich mache mir große Sorgen.«

»Sie haben ein Handy?« Ich hatte mir einen alten schwarzen Kasten vorgestellt.

»Wir leben nicht in der Steinzeit.«

»Wann hat Nominoë angerufen? Woher?«

»Ich dachte, aus dem Leuchtturm.«

»Da ist sie nicht. Es wurde alles nach ihr abgesucht.«

»Dasselbe hat gestern ein Herr behauptet.«

»Lassen Sie mich raten: ein Commissaire mit Motorradmantel und einer Maschine.«

Ernestines Gesicht veränderte sich. »Eine Royal Enfield Bullet.«

Mir entwich ein Laut. »Sie kennen Motorräder?«

»Mein Hobby. Ich habe Nominoë mal ein Interview dazu gegeben.« Sie zupfte eine Kassette aus dem Karton. »Das ist die Sendung. – Mein größter Wunsch wäre mitzufahren.«

»Das kann ich arrangieren. Wenn Sie mir dafür die Informationen über Nominoës Vergangenheit geben, die Sie dem Cowboy vorenthalten haben. Bitte, ich habe extra die weite Reise gemacht. Können wir miteinander sprechen? Offen und ehrlich?«

Sie packte den Karton. »Ich muss rein, wenn ich nicht will, dass mein Fernbleiben auffällt. Wir sind sehr sozial, wir Nonnen, wissen immer voneinander, was wir tun und lassen. Wir können drinnen weitersprechen. Der Chor«, gerade schwang er sich zu einem Höhepunkt, »übertönt alles.«

Abgesehen von etwas Kerzenlicht war die Kirche düster. Von Weitem beobachtete ich die Silhouetten von vielleicht zwanzig Nonnen in den Seitenbänken des Kirchenschiffs, das durch ein Gitter vom Rest abgetrennt war. Sie waren ganz auf das Singen konzentriert. Vor dem Altar thronte die Dirigentin, den Blick auf eine Skulptur gerichtet.

»Eine Schwarze Madonna mit Kind«, entfuhr es mir.

Ernestine legte ihre Hand auf die Lippen und führte mich zu einem Beichtstuhl. Sofort begann mein Herz zu pochen, die Erinnerung an meine Kindheit holte mich ein, ich sah mich selbst als kleines Mädchen, wie ich dem Priester von meinen Lügen erzählte, und bei der Beerdigung, die Kirche voller Menschen und ich ganz vorn, sechzehn Jahre, viel zu jung, um beide Eltern zu verlieren.

»Madame Berger? Nehmen Sie Platz.«

Ernestine schob mich durch den Vorhang auf die Seite des Priesters, während sie selbst den Stuhl der Beichtenden einnahm. Durch das geflochtene hölzerne Gitter waren ihre Augen zwei glitzernde Murmeln.

»Haben Sie Angst vor dem Beichten? Das müssen Sie nicht.«

Ich schluckte den Kloß hinunter, faltete meine schweißnassen Hände. Ich würde sicher nicht dieser Nonne meine Lebensgeschichte anvertrauen.

»Wieso die absurde Tarnung?«, zischte ich aggressiver, als ich wollte. »Gibt es ein Problem mit Nominoë?«

»Über sie sprechen wir hier nicht. Sie ist Persona non grata.« Ernestine hielt inne, lauschte kurz dem Gesang. »Sie nähern sich dem Ende. Sobald meine Mitschwestern mit dem Singen aufhören, werde ich Sie verlassen müssen. Niemand darf Sie hier sehen. Sie warten, bis der Gottesdienst vorbei ist und alle wieder draußen sind. Dann gehen Sie durch die kleine Tür da vorn hinaus. Unsere Begegnung hat nicht stattgefunden. Sie dürfen sich nicht auf mich berufen.«

»Einverstanden. Wieso hat Nominoë das Kloster Kergonan verlassen?«

»Was glauben Sie?«

Das war die entscheidende Frage. Und von meiner Antwort hing ab, ob ich Auskunft bekam.

»Ich denke, es muss etwas passiert sein. Grundsätzlich dürfte ihr das klösterliche Leben hier entsprochen haben. Der Einklang mit der Natur, die Nähe des Meeres, die Selbstversorgung, der Kontakt mit den Mitschwestern, das Engagement für die anderen und die gregorianische Musik. Nominoë liebt das Singen. Es muss einen triftigen Grund gegeben haben, das alles aufzugeben.«

»Sehr schön.« Ich sah, wie Ernestine kurz das Kruzifix berührte. »Sie haben die Grundlagen unserer Lehre benannt. Nur die Messe fehlt. Nominoë hat schon früh Kontakt mit den Benediktinerinnen von Kergonan gehabt.« Ernestines Französisch wurde mit jedem Wort kehliger. »Nachdem sie als kleines Mädchen einmal mit ihrer Mutter hier zu Besuch gewesen ist, hatte sie eine Erleuchtung, die Muttergottes hat sie erwählt.«

»Erwählt?«

»Es ist uns allen passiert.«

Die göttliche Berufung. Einfach, klar, tief empfunden. Mich schauderte schon wieder.

»Das Kloster hat eine bewegte Vergangenheit. Es wurde 1895 gegründet. Ausschlag für die Wahl des Ortes gaben die fruchtbare Landschaft und der Granitsteinbruch in der Nähe.«

Der Granitstein. Ohne ihn ging in der Bretagne nichts.

»Anfang des 20. Jahrhunderts musste die Kongregation ins Exil, erst nach London, dann auf die Isle of Wight, im Zweiten Weltkrieg schließlich nach Locmaria-Grand-Champ. Ins Schloss Coëtcandec. Das ist in der Nähe von Vannes.«

Mir schwirrte der Kopf ob all der Namen. »Spannend, aber was …?«

»Nominoë wurde zur Waise und erlebte die Kriegszeit im klösterlichen Mädchenpensionat. Die elternlosen Kinder, die keinen Ort hatten, wo sie hätten hingehen können, haben sämtliche Stationen der Flucht mitgemacht.«

Nominoë war im Pensionat gewesen, genau wie ich. Sie und ich hatten etwas gemeinsam. War das ein Grund, warum wir uns wortlos verstanden?

»Nach dem Krieg sind die Nonnen in ein völlig zerstörtes Kloster zurückgekehrt. Die deutschen Besatzungssoldaten waren, wie soll ich das sagen, nicht zimperlich – Schutt und Asche … Die Bevölkerung von Vannes hat sich am Wiederaufbau beteiligt. Nominoë ist mit zwanzig endgültig in den Orden eingetreten. Sie hat schon hier gelebt, als ich kam. Sie ist mein Vorbild.«

»Aber warum um Himmels willen ist sie vom Kloster weggegangen, wenn sie es hier so geliebt hat?«

»2007 brach ein Brand aus. Ein Teil der Gebäude wurde zerstört.« Draußen neigte sich der Choral dem Ende zu. »Nominoë wurde der Brandstiftung verdächtigt, es erwies sich als Irrtum. Drei Wochen später war sie weg.«

Ich war empört. »Man dachte, sie hätte das Kloster angezündet?«

»Der Verdacht basierte auf einer Summe von kleinen Ereignissen, verschiedene Verstöße Nominoës, die sich nicht regelkonform verhielt. Sie hatte sich schon länger eingeengt gefühlt. Sagen wir es so: Das Verhältnis zwischen Klosterleben und persönlichem Freiraum war für sie nicht mehr im Lot.«

»Mit anderen Worten: Sie brauchte Freiheit?«

»Exakt.«

»Und sie hat sie in Camaret-sur-Mer gefunden.« Ich dachte an die Aussicht vom Klosterleuchtturm, die mit nichts auf der Welt zu vergleichen war. »Ich verstehe.«

»Seither wird ihr Name hier nicht mehr erwähnt.«

»Wie ist sie an das Gelände in Camaret gekommen? Es gibt so viele Geschichten darüber, kennen Sie die Wahrheit?«

Sie zögerte. »Die Wahrheit? Ach herrje.«

»Ich meine, die Version, die sie Ihnen erzählt hat.«

»Sie hat das Gelände von der Gemeinde gekauft. Bernard hat ihr dabei geholfen.«

Ich saß kerzengerade. »Bernard Sonnett?«

»Die beiden haben sich auf Schloss Coëtcandec kennengelernt. Er wurde kurz vor Ende des Zweiten Weltkriegs dahin evakuiert, weil sein Vater auf See starb und die Mutter nicht mehr für ihn sorgen konnte. Sie war bei der Résistance, wissen Sie?«

Meine Gedanken überschlugen sich. »Bei der Résistance? Wurde sie verhaftet?«

Ernestine erhob sich. »Ich muss gehen.«

So konnte sie mich doch nicht sitzen lassen. »Warten Sie.«

»Es tut mir leid.«

Sie hat Angst, dachte ich. Um Gottes willen, ich würde nicht *noch* eine Nonne gefährden.

Ich nestelte in meiner Boule-rouge, holte zwei Ampullen Insulin heraus, öffnete das kleine Gitter. »Sollte Nominoë aufkreuzen, geben Sie ihr das.«

Ernestine ließ die Ampullen in den Falten ihres Gewandes verschwinden. »Vergessen Sie nicht den Karton, Tereza.«

Damit war sie weg.

Ich verharrte und wartete ab, etwas anderes blieb mir nicht übrig. Die Schritte der vorbeilaufenden Nonnen wurden leiser, die Kirche war leer.

Wieder brummte mein Handy, in der Stille war die Vibration zu hören. »Wo bleibst du, Mam? Bist du bescheuert? Ist etwas passiert? Mam, melde dich. Wir wollen los, wir haben noch zwei Stunden Fahrt vor uns.«

Da spürte ich eine Bewegung direkt vor dem Beichtstuhl. Jemand war da. Eine Nachzüglerin, der Kapuzenmann? Ich erstarrte. Erst viele Minuten später wagte ich es aufzustehen, die nun leere Kirche zu durchqueren und durch die kleine Seitentür hinauszutreten.

Geblendet blieb ich stehen. Die Sonne versank hinter den Bäumen. Ernestine hatte recht gehabt. Vier Jahreszeiten am Tag – wieder mal war das Wunder passiert.

***

Keine Ahnung, ob Kai und Ayala meine Entschuldigung glaubten, es war völlig unwichtig, das Gespräch der beiden auf der Rückfahrt drehte sich nur um Mathilde. Ob es nun richtig gewesen war, sie im Ferienlager zu lassen, oder nicht. Nachdem wir uns kurz vor der Einfahrt nach Camaret darauf einigten, dass Mathilde an der Geschichte gewachsen war, dass wir auf die Lernfähigkeit der jungen Lagerleiterinnen vertrauen sollten und vor allem, dass sich Mathilde niemals so fröhlich von uns verabschiedet hätte, wenn es für sie nicht gestimmt hätte, zog Kai es vor, wieder bei Ayala zu übernachten.

»Oder soll ich mich zur Nonne in meinem Zimmer legen?«

Er meinte Marie Claude, die sein Reich, das Turqoise, belegte. Dabei sah er mich so provozierend an, dass ich die Klappe hielt.

»Tschüs … Omi«, sagte er zum Abschied.

Danach musste ich mich erst beruhigen. Ich verspeiste zwei Frischkäse und ein halbes Kilo Kirschtomaten samt dem Holzofenbaguette, dazu las ich die Zettel auf dem Küchentisch.

Sylvie hatte Nachschub an Saint-Pol-Roux bestellt sowie viele französische Krimis, Izzo und Fred Vargas.

»Der beste Umsatztag ever. Die Blechbüchse quillt über. Wir brauchen eine zweite.«

Auf einem anderen Zettel erklärte Marie Claude, dass sie alle nun ins Bett gingen, und wies mich auf Tante Annies Schoko-Muffins hin. »Frisch gebacken, nicht vergiftet.« Daneben eine lachende Sonne.

Auf einem letzten Zettel erkannte ich die Schrift Magalies. Sie lud mich ein zu einer Sitzung der Femmes de Camaret, morgen vor der Probe. Es ging um einen Notfallplan der Bergamotten für das Konzert am Samstag, falls weder Armelle noch Nominoë da wären.

»Wir brauchen jede Stimme für den Chor. Dich haben wir auch als Sängerin vorgesehen.«

9

Camaret-sur-Mer, 21. Juni

»Bonjour, Tereza.« Basile stellte mir einen Kaffee *avec énormément de lait* auf den Holztisch für Stammgäste. »Ich habe gehört, du trittst den Bergamotten bei.«

»Wirklich? Da weißt du mehr als ich.«

»Das haben die Nonnen erzählt, als sie gestern Abend auf einen Absacker hier waren.«

»Ich kann nicht singen«, sagte ich abweisend, zog ein Stück Packpapier aus meiner Boule-rouge und breitete es aus.

Es war sieben Uhr morgens, ich hatte eine Schwimmrunde hinter mir und wollte meinen klaren Kopf für Überlegungen zu meinem weiteren Vorgehen nutzen, im Tereza-Stil, mit Papier und bunten Stiften. Darum trug ich, noch ganz im Bann der Begegnung mit Ernestine, alle Informationen darauf ein, strichelte die Verbindungen, hob die möglichen Konflikte farbig heraus – meine Art, die Dinge zu ordnen, auch wenn es chaotisch aussah. Diesmal allerdings brachte es mich nicht weiter, auch nach dem zweiten Kaffee nicht. Das Einfachste wäre gewesen, alles Gabriel Mahon zu überlassen und Gesangsstunden zu nehmen.

Ein Tropfen landete auf dem Packpapier, gleich darauf begann es zu nieseln, auf diese harmlos wirkende Weise, bei der man innerhalb von Sekunden klatschnass wird. Ich packte mein Zeug und ging hinein, um Basile die leere Tasse zurückzubringen.

Noch war das Café nicht offiziell geöffnet, aus den Lautsprechern ertönte Musik.

»Was ist das?«, fragte ich und wippte ein wenig im Takt.

»La Femme«, erklärte Basile. »Eine Gruppe aus Biarritz. Ein Gemisch aus Punk und Surfmusik.« Er holte Tabak aus einer mintfarbenen Packung, drehte sich eine Fluppe, deutete auf die Kaffeemaschine.

»Magst du noch einen?«

Wieso nicht? Nach der schlaflosen Nacht konnte ich gar nicht genug Koffein kriegen.

»Mistwetter.« Ich sah zum Fenster hinaus. »Da können wir die Probe vergessen.« Wann immer ich daran dachte, bekam ich ein mulmiges Gefühl. Was soll ich sagen, ich kann einfach nicht singen. »Am besten, die sagen das ganze Konzert ab.«

»Wieso das denn? Mittags wird's dreißig Grad. Die Hitzewelle.« Basile stellte sich auf die Türschwelle zum Hinterhof. »Bleibt eine Woche.«

»Wer's glaubt.«

Als er die Zigarette halb heruntergeraucht hatte, bestellte ich einen dritten Kaffee. Und ein Croissant dazu.

Er setzte sich in Bewegung. »Ich muss kochen. Gleich kommt die TV-Crew zum Frühstücken, das Buffet im Hotel ist ihnen zu kontinental. Und man darf da nicht rauchen.« Er grinste. »Gut für uns. Wir sollen in der TV-Reportage erwähnt werden. Das ›Café des Beaux Arts‹ ist angesagt.« Er machte die Fluppe aus und steckte sie hinters Ohr.

»Hast du Neuigkeiten über die Klostergeschichte?«, fragte ich.

»Gestern stand noch mal was über dich in der Zeitung. Du bist berühmt.« Basile holte eine »France Ouest« vom Tresen und las die einschlägige Stelle vor. »›Das verdorbene Essen ist vermutlich auf einen Fehler der Köchin zurückzuführen – menschlicher Irrtum.‹«

Der Croissant-Bissen blieb mir im Hals stecken.

»Stress dich nicht, Tereza, die News sind Geschichte.« Basile warf die Zeitung schwungvoll aufs Altpapier. »Interessiert kein Schwein mehr. Sieh mal, die ist von heute.«

Er zauberte die aktuelle Ausgabe hervor. Auf der Frontseite ein Bild von Armelle, wie sie das Krankenhaus verlässt. Sie wirkte zerbrechlich und winkte in die Kamera.

»Wird sie singen oder nicht?«, lautete die Schlagzeile. Im Artikel gab es die Antwort. »Ich singe um jeden Preis.«

Armelle als tapfere Überlebende des Anschlags einer Amateur-Köchin. Das gab ihr viele Punkte auf der Beliebtheitsskala.

»Sie ist schon entlassen worden?« Ich wunderte mich. »So krank kann sie nicht gewesen sein.«

Nun wartete Basile mit einer weiteren Neuigkeit auf. »Gestern Abend wurde sie nach Morgat gebracht. Direkt in Alain Sonnetts Villa. In einer Limousine.«

»Sehr unauffällig.«

Basile bestätigte meine Vermutung. »Sie war bronzefarben. Jeder an der Mole hat sie gesehen.«

Ich las den Artikel quer. »Hier steht, dass man noch nicht weiß, ob sie das Konzert geben kann.«

»Ist Teil der PR-Kampagne. Man lässt das Publikum mitleiden. Der Vorverkauf läuft super. Ich sag dir, es ging nie um die Bergamotten, sondern um Armelle.« Basile klopfte auf die Zeitung. »Alles Fake. Auch die Vergiftung. Du bist ein Kollateralschaden.«

Das konnte ich mir nicht vorstellen. »Die Nonnen waren wirklich krank. Du kannst sie fragen, sie sind bei mir untergekommen.«

»Die schon, die vom TV auch. Armelle nicht, da wette ich mit dir. Hast du gesehen, dass sie von der Suppe gegessen hat? Sie hasst Meeresfrüchte, hab ich mal in einem Interview gelesen.«

»Das könnte ja auch gelogen sein.«

»Voll. Die ganze Person ein einziger PR-Gag von diesem Sonnett.«

Das kam unerwartet. »Magst du ihn nicht?«

Basile verlor für einen Moment seinen Zynismus. »Armelle hat 'ne geile Stimme. Sie hätte einen jüngeren Manager verdient, einen, der am Puls der Zeit ist.«

Vielleicht sollte ich mit Alain sprechen, die Aussagen zu seiner Person wurden immer widersprüchlicher. »Weißt du, wo die Sonnett-Villa liegt?«

»Klar. Im Peugeot-Quartier. Und es sind zwei. Die vom Alten liegt am Meer, die vom Sohn etwas zurückversetzt. Gleich nach dem Kreisel – Salut.« Fertig geplaudert, ab in die Küche.

In dem Moment kamen die beiden Kameraleute und der Tonmann hereingepoltert. Ich winkte ihnen zu und ging Basile nach, er hatte ein großes Trinkgeld verdient.

»Basile?« Er war bereits darauf konzentriert, ein Ei im Speck zu platzieren. »Wie alt bist du eigentlich?«

»Einundzwanzig.«

So alt wie Kai. »Hattest du schon mal eine ältere Freundin?«

Das zweite Ei zerbrach, Eigelb tropfte. »Ich bin in der Findungsphase. Und Jungmann. Wie Jungfrau, nur Mann.«

***

Mit mir kam die Sonne nach Morgat. Sie leuchtete in meinen Rückspiegel, als ich die Straße zur Mole hinunterfuhr.

Die beiden Sonnett-Villen thronten also im besten Viertel der Halbinsel. Ich hatte mich schlaugemacht. Armand Peugeot von der gleichnamigen Autofabrik hatte sich in den zwanziger Jahren ein großes Terrain gekauft und von einem bekannten Architekten die Villa Ar Maner mit Erkern, Turm und direktem Blick auf die Baie de Douarnenez errichten lassen. Auch der Rest des Terrains wurde nach und nach bebaut. Es entstanden weitere Häuser in demselben Stil. Zum Glück hatte mir Basile den Weg genau beschrieben, es gab nämlich weder Hausnummern noch ein Straßenschild.

Ich parkte auf dem Grasstreifen und ging in die Seitenstraße, der Belag war voller Löcher, an den Rändern wucherte es, die Übergänge zu den Gärten der Villen waren nicht immer klar erkennbar. Bei einem frei stehenden Briefkasten aus Blech wurde ich fündig. »Admiral Bernard Sonnett« stand in schwungvoller Schrift auf dem verblichenen Schild. Bis auf ein Werbemagazin war der Kasten leer. Dafür lagen auf dem Boden davor ein paar Blumensträuße, mehrheitlich Sommerblumen, einzelne Rosen, alle ziemlich verblüht. »Für den Leiter der ›Gefährten der Bretagne‹«, war auf eine Karte geschrieben, flankiert von zwei Friedhofskerzen, daran angelehnt ein Foto.

Ich bückte mich und hob es auf. Stattlich wirkte Bernard auf dem Schwarz-Weiß-Porträt, schmales Gesicht, ein klarer Blick, gescheiteltes Haar mit Tolle, dazu die Uniform, die Litzen in den Landesfarben, am Revers verschiedene Orden. War dies wirklich das Männchen im schlotternden Nachthemd, das ich am Strand gefunden hatte? Neben ihm ein kleiner Junge, vermutlich Alain, in kurzen Hosen, mit dem gleichen Scheitel, den Blick auf den Papa gerichtet.

Ich dokumentierte das Foto mit dem Handy und sah mir die Villa von außen an. Das vierstöckige Haus war aus Stein mit großen Fenstern, geschützt von roten Fensterläden, alle geschlossen, Efeu hatte sich an den Mauern ausgebreitet. An der Fassade entdeckte ich zwei kopflose Engel, bröckelnde Verzierungen auf Fensterstürzen, Gipsbrocken im wuchernden Gras. Hier war der Schick schäbig geworden. Ob Alain Sonnett mich zu einer Besichtigung einladen würde?

Nach einigem Suchen fand ich sein offenes Cabriolet vor einem pittoresken Haus. Es war das erste in einer Reihe von frisch renovierten Häuschen, alle mit verputzten Wänden, das Granitdach edel, die Fensterläden in Weiß, umgeben von einem Garten, der im spitzen Winkel an den nächsten grenzte. Es sah ein wenig aus wie eine Ferienanlage. Über der Brüstung einer modernen Holzveranda hing eine rostrote Männerbadehose und tropfte die fein geschliffenen Planken voll. Alain hatte bereits ein Meerbad hinter sich, wie es aussah. Das Frottiertuch war neonpink mit einer schwarzen Schrift, schwungvoll und gut zu lesen. »Les Méduses – Tour de Grottes de Gouin«.

Zuletzt hatte ich dieselbe Schrift auf dem Ausflugsboot am Klosterstrand gesehen. Nur andersherum, neonpink auf schwarz. Der Kapitän fiel mir ein, dessen Touristen mich vom Boot aus auf Bernards Leiche aufmerksam gemacht hatten. Ich sah ihn vor mir, die schwarze Mütze, das Ringelshirt. War er vielleicht ein Bekannter Alain Sonnetts?

Ich holte mein Mitbringsel, eine Tüte mit Schoko-Muffins, aus der Boule-rouge-Tasche und schritt beherzt auf die Tür zu, als ich eine Stimme hörte. Sie kam aus dem halb offenen Fenster neben dem Eingang.

»Ich weiß nicht, was du willst, Nicolette. Ich hab's nicht. Mach einfach deine Sendung und lass mich in Ruh.«

Irritiert blieb ich stehen. Es war Alain Sonnett, seine Stimme klang nicht warm wie sonst, sondern gepresst und abwehrend. »Du hast doch deine Kohle erhalten. Armelle ist das Zentrum. Das steht im Vertrag. Wenn du mich weiter unter Druck setzt, schalte ich Mahon ein.«

Nachdem ich keine Antwort vernahm, wurde mir klar, dass dies ein Telefonat sein musste. Alain hatte den Namen Nicolette genannt. Stritt er mit ihr über die Reportage? Sie war ehrgeizig, das hatte ich gestern gemerkt. Und sie mochte Alain nicht.

Seine Stimme war nun nicht mehr verständlich, offenbar bewegte er sich. Eilig ging ich retour und konzentrierte mich darauf, die Gesprächsfetzen im Kopf zu behalten.

»Bonjour.«

Vor Schreck ließ ich meine Tüte fallen und drehte mich um. Vor mir stand eine wunderschöne junge Frau, vielleicht Anfang zwanzig. Sie trug einen großen Kessel voller Putzmittel und Gummihandschuhe, hob die Kuchentüte auf und gab sie mir zurück.

»Suchen Sie Alain?« Ihr Französisch hatte einen starken Akzent. »Er ist in seinem Büro. Soll ich ihn rufen?« Sie blickte zur offenen Terrassentür.

»Nein.«

»Ach so, Sie wollen ein Haus besichtigen. Wenn Sie wollen, zeig ich es Ihnen.«

Ich folgte ihr, ohne zu überlegen. Nur weg von der Veranda. Die junge Frau wechselte auf Englisch und stellte sich als »Bella« vor.

»Meinen wirklichen Namen kann niemand aussprechen. Ich arbeite für Alain. Kommen Sie.«

Sie führte mich zu Sonnetts Nachbarhaus. »Hier, bitte, das ist das Wohnzimmer.«

Im skandinavischen Stil gehalten, wurde es gerade geputzt, aus dem oberen Stock tönte ein Staubsauger. Die Kühlschranktür in der Wohnküche stand offen, darin eine Menge unappetitlicher Überreste, die Bella in eine Tüte packte.

»Schauen Sie sich nur um, ich muss mich beeilen. Die Neuen kommen in einer Stunde.« Sie strich sich über die Stirn. »Es ist sehr schmutzig.«

Jetzt, da sie es sagte ... Der Boden war voller Schlieren, dazu rötliche Flecken auf dem Sofa. Ich kannte das Modell, nicht besonders teuer, nach wenigen Monaten bereits durchgelegen. Auch die restlichen Möbel sahen aus wie aus einem Katalog, sogar die Wolldecke und die silberne Kerzendeko.

»Ist das eine Ferienvilla?«

»Ein Airbnb.« Ein neugieriger Blick traf mich. »Sie wollten es doch besichtigen.«

Endlich verstand ich und schickte mich in meine Rolle als mögliche Kundin, es war die Gelegenheit, etwas über Alain Sonnett herauszufinden.

Im Bad begegnete ich zwei weiteren jungen Frauen, eine war damit beschäftigt, einen »haarsträubenden« Siphon zu reinigen, es stank.

»Bella zwei, Bella drei«, sagten sie lächelnd. Mehr war nicht aus ihnen herauszubekommen, sie sprachen weder Englisch noch Französisch.

Ich ging zurück in den Hauptraum.

»Sehr schön«, sagte ich zu Bella eins, die mittlerweile den Kühlschrank schrubbte. Ihr Arbeitstempo war beeindruckend. »Wie hoch ist die Miete?«

Sie wusste es nicht. Dafür sollte ich im Internet nachsehen.

Ich nahm einen Flyer vom niedrigen Couchtisch, merkte mir den Namen der Webseite. »Darf ich auch die anderen Häuser besichtigen?«

»Von außen, die sind fertig geputzt.« Sie beschrieb mir den Weg. »Ein Haus grenzt ans andere, sie können es nicht verfehlen.«

»Wohnen Sie hier in der Nähe?«, fragte ich zum Abschied.

»Zusammen mit den Kolleginnen ganz am Schluss der Reihe.«

Als ich meine Kuchentüte dalassen wollte, winkte sie ab. »Wir dürfen keine Geschenke annehmen.«

Ich schaute mir alle Häuser an. Insgesamt waren es sechs. Im Vorbeigehen klopfte ich an eine Wand, etwas Farbe blätterte ab. Über die Webseite, ich googelte im Gehen, erfuhr ich, dass die Häuschen mindestens zweitausendfünfhundert Euro pro Woche kosteten. Mir stockte der Atem. Alain Sonnett machte mit wenig Aufwand großen Profit, wie es schien.

Das letzte Haus sah heruntergekommen aus, vermutlich so, wie auch die anderen vor der Renovierung ausgesehen hatten.

Ich ging hinein. Im Wohnzimmer drängten sich drei Betten, die Küche war winzig und rudimentär, alles sehr sauber. Ein weiterer Raum war dunkel, feucht und leer. Der Zitronenduft konnte nicht darüber hinwegtäuschen, dass die Verhältnisse, unter denen die drei Frauen lebten, sehr bescheiden waren.

Irgendwie schockiert eilte ich den Weg zurück. Ließ Alain sich von den Putzfrauen duzen und für wenig Lohn, zumindest nahm ich das an, die Ferienhäuser reinigen? Was für ein Klischee, es passte nicht zu ihm.

Unschlüssig sah ich über die Straße zu der etwa hundert Meter entfernten Villa Bernards, wo sich ein Strahl der Sonne in einer bunten Glasscheibe brach. Mit etwas Glück würde ich reinkommen. Die Atmosphäre von Häusern sagt manchmal mehr als die Erklärungen der Menschen, die darin wohnen. Fand ich.

Schnell überquerte ich die Straße und ging am Briefkasten vorbei durch den Garten, darauf bedacht, dass man mich von den anderen Häusern aus nicht sehen konnte. Von der steinernen Veranda an der Vorderfront führte ein Weg zu einem Stück Land, das sich bis ans Meer zog. Direkter Strandzugang. Dieses Privileg hatten nur ganz wenige Villen auf Crozon, der Naturschutz hatte es vor Jahren untersagt.

Unter dem dritten Hortensientopf fand ich den Schlüssel. Schon war ich drin. Mein Herz klopfte.

Die Halle war dunkel. Der schwarz-weiße Plattenboden begegnete mir nicht zum ersten Mal, er schien typisch für die Bauweise der zwanziger Jahre.

Der erste Raum entpuppte sich als uralte Küche mit einem Wasserbecken aus Stein und einem bröckligen Plastikhahn. So hatte es in der »Villa Wunderblau« auch ausgesehen, als ich sie zum ersten Mal betreten hatte. In rascher Folge durchschritt ich ein Wohnzimmer, ein Erkerzimmer, ein Ankleidezimmer, alle im selben modrigen Dunkelgrün, ohne Möbel, ohne persönliche Gegenstände. Ein totes Gebäude, ich sollte wieder gehen.

Der Salon jedoch raubte mir den Atem. Es war ein Ballsaal, in dem die beiden geschwungenen Sofas, die mein Wohnzimmer gesprengt hätten, winzig wirkten. Die Fenster waren verrammelt, die Läden zu, nur durch die Ritzen strömte etwas Tageslicht herein.

Ich schaltete meine Handytaschenlampe ein und staunte. Die Wände hingen voller Bilder. Eines am anderen, in verschiedenen Größen, manche mit, manche ohne Rahmen, ein kunstvolles Puzzle. Bilder von strengen Vorfahren und gehorsamen Frauen, braun-weiß, schwarz-weiß, im Hefefarbton, poppig, grell, in Form von Familienfotos, eine steife Ahnengalerie. Bernard als Marinesoldat, als Admiral, Ehrbekundungen. Fotos von Militärzeremonien, von einer Fabrik, vom Bau eines Damms, Fotos eines Konzerts, einer Theateraufführung, einer Dorffeier am Hafen, da, wo am Samstag das Konzert stattfinden sollte.

Das Foto eines Mädchens und eines Jungen fiel mir auf. Die beiden standen Arm in Arm vor dem Klosterleuchtturm, es wirkte als einziges persönlich und lebendig. Ich streckte meine Hand aus und nahm es von der Wand.

War das der junge Alain? Nein, die Kleidung sprach eher für die vierziger Jahre.

Plötzlich hörte ich ein Geräusch. Schnell hängte ich das Foto wieder an die Wand und machte eine Aufnahme. Nachdem ich eine gefühlte Ewigkeit verharrt hatte und nichts passiert war, fühlte ich mich sicher genug, um den Vorhang zu ziehen, hinter dem die vierte Wand verborgen war.

Da erlebte ich eine Überraschung. Sorgfältig arrangiert hingen hier vier große Gemälde. Ein Felsfinger, flirrende Sommerhitze, welliges Meer, Impressionen einer normannischen Küstenlandschaft. Monet, besagte die schwungvolle Unterschrift. Der Rahmen in Gold und Bronze sah original aus.

Was?

Ich betätigte einen Kippschalter, indirektes Licht beleuchtete die Wand wie in einem Museum. Es war mir, als könnte ich Bernard sehen, der hier stundenlang gesessen und sich die Bilder angeschaut haben musste. Ich tat es ihm gleich. Setzte mich auf die Holzbank in der Mitte des Raums, die ich zu Beginn wegen ihrer Schlichtheit übersehen hatte.

Mein Blick wanderte zum nächsten Bild. Die Strandlandschaft von Morgat, mit einem Kringel anstatt einer Unterschrift, gemalt im ähnlichen Stil. Ich erkannte die Stricheltechnik der Impressionisten, in der Züricher Buchhandlung hatte ich ab und zu einen Bildband darüber verkauft.

Dunkles Blau, wildes Meer, ein Riss quer durch den silberschwarzen Himmel, dahinter die untergehende Sonne. Das dritte Bild nahm das Motiv wieder auf und zeigte die Landschaft bei schönem Wetter. Das Meer aquamarin, die ganze Bucht eine schimmernde Fläche, umrahmt vom Schifferhafen auf der einen Seite und dem Grand Hotel auf der anderen.

Das vierte Bild wiederum war in der Art dem ersten ähnlich, es zeigte ein Haus mit Reetdach und einem Garten, der meiner sein könnte. Darunter nicht der Kringel, sondern »Monet«.

Und dann wurde es mir klar. Das fünfte Bild. In der Mitte hatte mal ein fünftes Bild gehangen.

»Was machen Sie hier?« Alain Sonnett war unbemerkt hereingekommen. Wie immer untadelig in seinem Küstenlook, ein selbstsicherer Gutsherr. Er wirkte nicht verärgert, eher interessiert. »Wollen Sie die Bilder stehlen?«

»Ich wollte Sie besuchen, Monsieur Sonnett.« Zum Glück hatte ich die Kuchentüte dabei. »Bin ich im falschen Haus gelandet? Ich dachte mir, Sie müssten im größeren wohnen. Es geht um die Gesangsprobe heute Abend am Hafen. Ich koche, und auf keinen Fall darf wieder ein Missgeschick passieren. Sollte Armelle denn singen: Was mag sie essen?«

***

Ich stolperte zu DD und setzte mich hinters Steuer. Da hatte ich echt Schwein gehabt. Alain Sonnett hätte mich wegen Hausfriedensbruch anzeigen können. Aber er war voller Verständnis gewesen und hatte mir gratuliert, dass ich eine echte Bretonin geworden sei. »Hier geht man einfach rein. Das passt schon.«

Er war so nett gewesen, dass mein Groll wegen der Arbeitsbedingungen des Putzpersonals verpuffte.

»Armelle wird am Samstag auftreten«, hatte er mir außerdem als große Neuigkeit verraten und mich gebeten, es für mich zu behalten. Ich wusste nun, dass sie nichts essen werde, für ihr leibliches Wohl sei ab sofort ein persönlicher Caterer zuständig. Das Ganze mit Augenzwinkern, das mit der verdorbenen Suppe könne jedem passieren. Ich hatte darauf verzichtet, ihn zu korrigieren. Es war aussichtslos, den Leuten beizubringen, dass ich die blöde Suppe nicht gekocht hatte.

Alain hatte mich hinausbegleitet und mir erklärt, warum der Vater gegen seinen Willen ins Altersheim gezogen war – »er fand, die Villa sei einfach zu groß für ihn« – und dass er, Alain, Bernards Haus in ein Hotel umbauen würde, weil der Mix aus Retro und Scandie, wie er es nannte, auf der Halbinsel zurzeit boome. Zum Schluss hatte ich erfahren, warum die beiden Monet-Bilder da hingen.

»Mein Vater hat sie gemalt. Dachten Sie, es seien Originale?«, hatte er mich lächelnd gefragt. »Würden wir dann einen Schlüssel zum Haus in den Hortensien verstecken?«

Im »DEJALU« angekommen, erledigte ich die Buchbestellungen. Heute war die letzte Möglichkeit, damit sie rechtzeitig bis Samstag ankamen. Danach wurde ich von einem Kundinnenstrom überschwemmt.

Als Sylvie mich am Mittag ablöste, war die Büchse voll. Anstatt Pause zu machen, breitete ich im Kabuff das Packpapier aus und notierte sämtliche neuen Informationen. Nicolette rückte ins Zentrum. Aus irgendeinem Grund war sie sauer auf Alain, es hing mit Armelle zusammen.

Alain Sonnett. Sein Bild hatte Kratzer bekommen. Die drei jungen Putzfrauen gingen mir nicht aus dem Kopf. War er ein Geschäftsmann, der mit seinem Erbe Geld machte, andere für sich arbeiten ließ? Andererseits war er ein Arbeitgeber, brachte Schwung in den Tourismus, hatte Armelle zu einer Karriere verholfen und war Frühschwimmer wie ich.

Eine Textnachricht kam herein. Brigitte, die mehrfach versucht hatte, mich anzurufen. »Dich zu erwischen ist ja wirklich ein Roulettespiel geworden.«

Ich rief sie zurück. »Entschuldige. Hättest du es vor einer Woche probiert, wäre das Gegenteil der Fall gewesen.«

Sie hatte Neuigkeiten von Docteur Martinez aus Brest.

»Miguela hat keinen Einblick in die Ermittlungen. Trotzdem ist ihr aufgefallen, dass das Verschwinden der Nonne mit höchster Priorität behandelt wird.«

»Das weiß ich bereits.«

»Und es gibt Neuigkeiten im Bericht zu Admiral Sonnett, den mir Miguela freundlicherweise zur Verfügung gestellt hat. Er belegt eine Menge seiner Fußspuren. Sonnett ging zuerst durch den Sand, bevor er hochstieg und dann abstürzte.«

Ich wurde aufgeregt. »Bernard war zuerst am Strand, und beim Hochklettern ist er gestürzt? Das ist mir damals, als ich ihn gefunden habe, als Erstes eingefallen. Dann müsste ihn ja jemand mit dem Boot dorthin gefahren haben.«

»Oder es gibt einen Strandzugang, von dem niemand etwas weiß«, sagte Brigitte.

Plötzlich erinnerte ich mich an den Moment mit Magalie,

als sie mir von dem verborgenen Weg erzählt hatte, der ein Familiengeheimnis war. Gleichzeitig fiel mir Alain ein, wie er in der Nacht unvermittelt vor mir gestanden hatte. »Den kenne ich. Und einige andere im Dorf bestimmt auch. Wäre Sonnett da entlanggegangen, hätte die Polizei seine Spuren sichergestellt.«

»Bezüglich des Absturzes sind Abklärungen im Gange. Es gab Fasern von Sonnetts Nachthemd und von deiner Jacke.«

Super.

»Das wär's, mehr war nicht zu holen.«

Ich war enttäuscht.

»Tschüs, Tereza, lass die Finger von der Sache und genieß die Sonne. Hier in Zürich schüttet es aus Kübeln.«

Ich konnte es drehen und wenden, wie ich wollte, das Bindeglied zwischen allen Ereignissen war Sœur Nominoë. Oder gab es etwas anderes? Etwas, das ich übersah?

Ich starrte auf meine Zeichnung. Das Kloster, der Strand, der Leuchtturm, die Sonnett-Villa mit Aussicht aufs Meer. Der Spaziergang Bernards. War er mit einem Boot gekommen? War die Suppe auf dem Wasserweg gebracht und nach oben gekarrt worden? Ein Boot könnte von einem Platz zum nächsten fahren. Was gab es Unauffälligeres als ein Boot am Meer? Ein Boot, das Touren machte und die Küste von Camaret nach Morgat umrunden konnte.

Ich gab die Medusen-Touren im Internet ein. Und fand heraus, dass sich das Organisationsbüro am Hafen von Camaret befand.

»Gehst du mit, Merguez?« Mein Hund blinzelte und machte keinen Wank.

»Sylvie, ich bin kurz weg«, sagte ich, wieder zurück im Laden, meine Tasche und den Autoschlüssel in der Hand.

»Warte, Tereza, was ist mit heute Abend, haben wir nun einen Stand vorn am Hafen? Und wer bringt die Bücher dahin?«

Ach du je, das hatte ich vergessen. Ich rief Isidore an. Er hatte alles im Griff und darum doch Zeit, uns zu helfen. Ob er

Ivy dabeihatte? Falls nicht, würde ich ihn auf ein Glas Cidre einladen.

»Wann kommst du wieder?«, fragte Sylvie.

Als sie meinen Plan vernahm, winkte sie ab. »Um fünf musst du mich ablösen. Ich habe eine Verabredung.«

»Mit Aimon?«

»Was dagegen?«

»Nein, natürlich nicht, geh nur. Ich bitte Kai.«

Der war nicht zu erreichen. Dafür fand ich die Nonnen, die im Gartenhaus eine kleine Mittagsandacht hielten und gern bereit waren, den Laden bis zur Gesangsprobe zu hüten.

»Wir können aber kein Deutsch«, warnte Marthe.

»Macht nichts. Verkauft die französischen Bücher.«

»Ich dachte, die seien ausverkauft?« Marthe hatte gern das letzte Wort.

***

Der Ticketshop für die »Tour des Méduses« lag eingeklemmt zwischen einem Fischrestaurant und einem irischen Pub, direkt an der Mole. Er war zu. Es gab keine Angaben zu Bootstouren. Keine Anmeldemöglichkeit. Alles wirkte tot. Ich ging bis zu Aileens Crêpes-Stand. Vielleicht hatte sie eine Ahnung, wo ich den Besitzer erreichen konnte.

Wie immer hatte sich bei ihr eine Menschenschlange gebildet. Der Himmel hatte aufgeklart und strahlte im schönsten bretonischen Blau, es war heiß und windstill. Eine Reihe von Minikatamaranen dümpelte träge durch die Bucht, selbst die Tour de Vauban wirkte weniger wuchtig als sonst. Aus einer Boombox erklang irische Folkmusik, gerade war »Dirty Old Town« an der Reihe. Die Kunden plauderten, wippten im Takt der Musik, manche rauchten, niemand drängte vor.

»Du solltest Crêpes mit Eis anbieten«, sagte ich.

Aileen deutete auf den kleinen Kühlschrank, der an ein brummendes Aggregat angeschlossen war.

»Hol mal die Packung raus. Ich habe nicht mehr viel Teig, bald bin ich ausverkauft.«

Schwungvoll verzierte ich die fertiggestellten Crêpes mit einer Kugel Vanille und Crème fouettée. Es rief Begeisterungsstürme hervor, und eine deutsche Familie bestellte eine Extraportion. Während wir arbeiteten, fragte ich Aileen nach den Grottentouren.

»Im Internet steht, dass man nur direkt im Büro buchen kann, aber der Laden ist geschlossen. Wenn man die Nummer anruft, kommt das Besetztzeichen. Nicht sehr kundenfreundlich. Wer ist der Chef?«

Aileen strich Apfelmus auf eine Crêpe. »Der Laden gehört Luc Meunier. Und Luc ist ein Pechvogel. Seine Crêperie ging pleite, seine Austernbar wurde vom Gesundheitsamt geschlossen, sein Fischerboot liegt auf dem Friedhof, die Frau weg, die Kinder in Paris, und nun, als er auf die wirklich gute Idee der Grottentouren gekommen ist und mit geliehenem Geld – auch wir haben ihm etwas gegeben – ein wunderbares Boot gekauft hat, perfekt für die Ausfahrt mit dreißig Touristen, ist ihm sein Schlendrian zum Verhängnis geworden. Am Montag war seine erste und einzige Fahrt.«

»Da habe ich ihn gesehen, seine Gäste haben mich auf Bernards Leiche aufmerksam gemacht.«

Aileen nickte, die Geschichte kannte sie offenbar. »Gleich darauf kam eine Anzeige herein.«

»Warum?«

»Er hat die Inspektion vergessen. Jedes Boot mit Touristen muss vorher ein Zertifikat bekommen, wegen der Sicherheitsvorschriften und alledem. Das hat er nicht gemacht. Nun muss er warten.«

»Wie lange?«

»Wenn er Pech hat, die ganze Saison.«

»Kann Emil da nichts unternehmen?«

»Da ist die Gewerbeabteilung zuständig, die sitzt in Paris, Emil hat überhaupt keinen Einfluss.«

»Und wer hat ihn angezeigt?«

»Müsstest du Emil fragen.«

»Der gibt mir sicher eine ausführliche Antwort.«

Aileen lachte über meine Ironie, während ich weitere Eiskugeln platzierte.

»Nur noch drei Portionen sind übrig, *désolée*«, teilte sie den wartenden Menschen mit.

Die Botschaft wurde nach hinten durchgegeben, und die Leute zogen bedauernd ab. Das Crêpes-Restaurant ein paar Meter weiter würde sich freuen.

»Was willst du von Luc?«, fragte Aileen, während sie den letzten Rest Teigmasse auf der Platte glatt strich.

»Ich dachte, vielleicht könnten wir im Boot etwas Werbung machen für das ›DEJALU‹, wir haben so viele Flyer.«

So gern ich Aileen mochte, aber sie blieb Emils Frau. Ich konnte ihr nichts über meine wahren Beweggründe erzählen.

»Er wohnt in Rostellec, einem Weiler in der Nähe der Île Longue. Etwa zwanzig Minuten von hier.«

»Die Île Longue?« Die war mir schon mal begegnet. Nominoë hatte sie im Zusammenhang mit dem Kriegsschiff erwähnt.

In dem Moment reklamierte die französische Kundin an vorderster Stelle, es dauere ihr zu lange. Ihr Französisch perlte nur so vor Aggression.

»Eine Pariserin. Kein Sinn für die Muße des Lebens«, flüsterte Aileen, während sie das Apfelmus durch Aprikosenmarmelade ersetzte. »Ich mach Schluss hier, Tereza, wir sehen uns gleich zur Besprechung im ›La Coquille‹.«

Da wollten wir uns kurz vor der Probe treffen.

»Du singst mit, habe ich gehört?«

Ich winkte ab. »Das ist ein böses Gerücht. Ich kann nicht singen.«

10

Wieder einmal wechselte die Halbinsel ihr Gesicht. Auf einer schmaler werdenden Straße fuhr ich durchs Hinterland, vorbei an sonnentrunkenen Weiden, gelbbeige vor Trockenheit. Irgendwann tauchte eine halb zerfallene Scheune auf, umgekippt daneben ein *»À vendre«*-Schild. Danach wurde die Straße noch schmaler, Brombeerranken peitschten das Blech, es ging hinunter in eine Senke, auf der anderen Seite wieder hinauf. Dies war die unspektakuläre Seite vom »Ende der Welt«, ohne Meeresrauschen und abfallende Klippen, ohne Hafenzeile, Meerblick und weißgoldenen Sand.

Gerade als ich mir überlegte, ob ich umdrehen sollte, gabelte sich die Straße, auf einem Wegweiser aus Emaille stand »Rostellec« und handschriftlich darunter: »Bar à Huitres«. Ob damit die Bar von Luc gemeint war?

Nach einer Kurve bildeten mehrere Weidenbäume eine Art Allee, schattige dunkelgrüne Kühle. Da passierte es wieder. Eine letzte Kurve, und hinter einem Gürtel aus Gras und verdorrten Büschen tauchte das Meer auf: eine kleine Bucht mit Sandstrand, Kiesplatz und Sicht auf das gegenüberliegende Ufer. Auf dem Wasser dümpelten an Bojen vertaute Segelboote. An den milchigen Scheiben eines ehemaligen Ladens hing ein Schild, auch dieses Haus war zu verkaufen.

Die Trostlosigkeit kippte ins Morbide, als ich nach dem Aussteigen den Schiffsfriedhof bemerkte. Zuvorderst stand ein braunes Wrack, etwa zehn Meter lang, die Holzplanken wie verdorrte Rippen, der Bug wie ein ausgeweideter Fisch. Davor ein Bötchen in blankem Weiß mit Platz für maximal eine Person, die winzige Kabine wurde von einem Kreuz in Kindergröße bewacht. Doch der Segen der heiligen Madonna der Schiffer hatte auch dieses Boot nicht vor seinem zu frühen Ende bewahren können.

»Suchen Sie etwas?« Hinter mir stand ein kleiner Junge. Die signalorange Schwimmweste ging ihm bis zu den Knien.

»Weißt du, wo die Austernbar ist?«, fragte ich.

Der Kleine überlegte, streichelte dazu eine Tigerkatze, die ihm um die Beine schlich.

»Im Dorf fragen.«

»Wo ist denn das Dorf?«

Er zeigte zum Schotterweg, der am geschlossenen Laden vorbei nach oben führte.

»Bist du sicher?« Ich hätte eine Sackgasse vermutet.

Mein Französisch schien den Kleinen so zu erschrecken, dass er davonhüpfte, gefolgt von der Katze.

Ich zögerte. Völliger Unsinn, was du hier machst, Tereza. Ich wusste weder, worüber ich diesen Luc aushorchen würde, noch, warum ich hier war. Und doch. Dieser Ort hatte was. Es roch schärfer als anderswo, das Jod war sehr prägnant. Die Mauer, die den Weg säumte, sah aus wie aus dem Mittelalter, ebenso das Blechschild: »Chemin de la Cale de Rostellec – het kal rostelleg«.

Ich ließ DD stehen und ging ein Stück zu Fuß. Die pinkfarbenen Hortensien und die sachte schwankenden Margeriten wirkten nun gepflegt, ebenso der Garten hinter einem alten Zaun, mit einem Retro-Blechtisch und passenden Stühlen. Das sah nach Geld aus, nach Geschmack, nach Renovierung.

Plötzlich reihte sich ein Steinhäuschen ans andere, entweder überwachsen mit Efeu und wildem Wein oder versehen mit atlantikblauen Fensterläden. An der Weggabelung war wieder das kleine Schild zu sehen: »Austernbar, 200 Meter«, dazu ein Pfeil.

Mein Herz schlug schneller. Am winzigsten Haus, das ich je gesehen hatte – es war kleiner als ich –, und einem blumengeschmückten Fahrrad vorbei gelangte ich auf einen Dorfplatz, wo ich Stimmen vernahm und gleich darauf eine junge Frau in Shorts und Flipflops antraf. Von ihr erfuhr ich, dass sie früher hierher in Urlaub gekommen war und seit Kurzem ganzjährig hier lebte.

»Rostellec ist wieder richtig bewohnt. Es ist wie die Auferstehung von den Toten«, meinte sie. Die Austernbar sei allerdings permanent geschlossen. »Wir sind froh darum, wir wollen hier keine Gäste für Schnellbesuche. Sie sehen es ja selbst, mehr als zehn Autos und der Parkplatz am Strand ist voll. Rostellec ist eine heimliche Perle. Die Touristenattraktionen überlassen wir Morgat und Crozon.«

Ich beschloss, mit der Tür ins Haus zu fallen. »Kennen Sie Luc Meunier?«

»Ein wenig. Er hat mir beim Kistentragen geholfen.«

»Hat er in seiner Bar auch anderes als Austern gekocht?«

Sie stellte sich als Rose vor. »Wieso wollen Sie so viel wissen? Fragen Sie ihn doch selbst. Wenn er nicht mit dem Boot herumschippert, arbeitet er auf der Île Longue, nur wenige Kilometer weiter.«

»Davon habe ich schon gehört. Was genau ist das?«

Sie hob die Augenbrauen. »Eigentlich eine Landzunge. Im Ersten Weltkrieg war da ein Internierungslager für Künstler, heute gehört sie der Force de Frappe.«

»Klingt gewalttätig.«

»Ist es auch. Teil der Marine.«

»Ein Militärstützpunkt im Paradies?« Ich betrachtete die Idylle. »Alles nur Schein?«

»Ach wo. Die Menschen, die in der Bretagne nur das Schöne sehen wollen, sind hoffnungslose Ferienromantiker.« Sie zuckte die Schultern. »Wir nehmen es in Kauf, ehrlich gesagt. Die Marine ist Arbeitgeber für viele. Dass der Stützpunkt so nahe liegt ...« Sie zeigte zum Horizont. »Sehen Sie ihn irgendwo? Nein. Der Rest ist mir egal. Denn die Preise für die Häuser hier sind astronomisch tief, sonst hätte ich mir das niemals leisten können.«

Ich wünschte ihr alles Gute, hinterließ ihr einen Flyer fürs »DEJALU«, wobei sich herausstellte, dass sie sehr gut Deutsch sprach und entzückt war über die Möglichkeit, entsprechende Bücher zu bekommen. Ich verabschiedete mich und schlenderte die Gasse entlang, die immer schmaler wurde, nur um sich am Ende wieder zu verbreitern und den Blick auf ein Gebäude freizugeben.

Es war die ehemalige Austernbar. Ich wusste es sofort. Das Haus war so zugewachsen, dass man nicht mal mehr die Fenster sah, nur die Tür strahlte in scharfem Petrolblau. Kein Name, eine Zahl, die 29 für das Département Finistère. Auf der verblassten Speisekarte im schiefen Kasten mit dem zersprungenen Glas las ich Preise aus einer vergangenen Zeit. Das Angebot bestand aus Hummer, Austern, Weißwein, Cidre und hausgemachtem Honig zum Mitnehmen. Wasser war gratis.

»Bonjour?«

Ich bekam keine Antwort. Verstreutes Werkzeug, halb leere Kanister, verschmutzte Plastikkübel, eine Werkbank, eine Säge ... Hier wurde gearbeitet. In der offenen Scheune entdeckte ich ein blank poliertes Motorrad neben einem Schiffsanhänger. Ob Aimon Luc kannte?

»Monsieur Meunier? Darf ich Sie kurz stören?«

Niemand. Nur ein Flimmern in der Luft und weit entfernt ein Kinderjuchzen, der kleine Junge mit der Katze, nahm ich an.

Ein Schweißtropfen lief mir ins Auge. Langsam ging ich ums Haus herum, keinen Gedanken an eine Schlüsselsuche verschwendend. Niemals würde ich freiwillig in dieses Spinnenparadies aus Stein eintreten. Als ich die vordere Ecke erreichte, blieb ich stehen. Ich war am Ziel.

Die Holzterrasse war verfault, die Balken sahen aus wie beim Schiffswrack eben. Mehrere Tische, nur einer intakt, davor zwei Stühle. Über der einen Lehne hing ein Küchentuch in Neonpink, darauf war »Austernbar« geschrieben. Es erinnerte mich an Alains Badetuch. Gleiche Schrift, gleiche Farbe, anderes Geschäft. Obwohl Luc vom Pech verfolgt war, hielt er an seinem Logo fest. Sympathisch, fand ich und trat noch näher, bis ich in dem Glas auf dem Tisch die Kohlensäure durch die gelbliche Flüssigkeit perlen sah – auf dem Teller daneben eine angebrochene Scheibe Baguette, Käse und eine Schale mit Fischsuppe.

Hatte Meunier kürzlich hier gesessen und die Aussicht genossen? Sie war von Beschaulichkeit und ließ erahnen, dass die Sommerabende phantastisch sein mussten. Am Steg, der sich weit ins Wasser hinauszog, schaukelte das Schiff, das ich letztes Mal vom Klosterstrand aus gesehen hatte. »Les Méduses«, angeschrieben in geschwungener Schrift an der Seite.

Trotz des eigentümlichen Gefühls, das mich überfiel, ging ich weiter, umrundete die Terrasse, fand die Treppe im Unkraut, stieg die Tritte hinunter und ging den Steg entlang bis zum Boot. Auf dem hinteren Deck war niemand. In der Kabine jedoch sah ich durchs Fenster einen Mann mit hochgekrempelten Hemdsärmeln auf einem Stuhl sitzen. Ich schlich näher, bis ich die sehnigen Unterarme bemerkte, das pinkfarbene Tuch, die Sprühdose, die lange Schnur und die kleine Flasche, die aussah wie Maschinenöl. Offenbar hatte Luc Meunier eine Reparatur ausgeführt und war dabei eingenickt.

»Monsieur Meunier?«

Er zeigte keine Reaktion. Ich sprang vom Steg aus hinüber, stolperte und brachte das Boot ins Wanken. Als ich die Tür zur Kabine öffnete, kippte der Mann zur Seite.

»Vorsicht.«

Aber es war zu spät. Mit einem dumpfen Plopp knallte sein Kopf auf die Planken und zog den ganzen Körper mit. Eine Pistole fiel zu Boden. Ohne zu überlegen, riss ich das Tuch vom Tisch und drückte es mit der einen Hand auf seinen blutenden Oberkörper, wo sich der Stoff sofort rot färbte, während ich mit der anderen Hand – die Angst, der Angreifer könnte noch irgendwo sein, verdrängend – mein Telefon hervorriss und die Polizei verständigte, um Hilfe schrie und darüber staunte, wie schnell Rose erschien und wie gut sie Erste Hilfe leistete.

Als die Ambulanz kam und ich die Hand von der Wunde nehmen konnte, steckte ich das Tuch in meine Tasche. Luc Meunier hatte es im Kloster als Topflappen benutzt. Das Bild seiner Hände am Henkel hatte sich in mein Hirn eingebrannt.

***

»Luc Meunier war es, der die Suppe gebracht hat.« Meine Erkenntnis sprudelte nur so aus mir heraus. »Die Suppe im Kloster. Er hat den Topf in die Küche geschleppt, ich habe ihn erkannt. Und ich ahne, warum er es gemacht hat. Ich …«

Mahon unterbrach mich mit einem Laut. Er starrte mich so finster an, dass ich den Mund hielt. Den zärtlichen Moment zwischen uns, keinen Tag her, musste ich mir eingebildet haben. Er mochte mich weniger denn je.

»Zur Klostergeschichte kommen wir später.«

Wir standen auf der Terrasse vor dem Haus. Der Cidre war schlammig geworden, die Fischsuppe stank. Davor hatte ich meine Hände lange und gründlich in Roses Badezimmer gewaschen. Dennoch war das Blut nicht ganz weg. Die rostrote Färbung der Haut sah aus wie ein verblichener Bluterguss.

Luc Meunier hatte noch gelebt, als er eben in den Krankenwagen geladen worden war. Mehr wusste ich nicht. Sämtliche Fragen wurden von Mahon abgeblockt.

»Noch einmal von vorn. Was haben Sie hier gemacht, Madame Berger?«

»Wie ich schon sagte … einen Ausflug. Ich wollte das Nützliche mit dem Angenehmen verbinden. Marketing für das ›DEJALU‹ machen und die Gegend erkunden.«

»Luc Meunier als Werbeträger für Ihren Laden? Mit einem Boot, das nicht auslaufen darf?«

»Das wusste ich nicht. Nachdem ich ihn vor drei Tagen vom Klosterstrand aus …«

»Neben der Leiche von Bernard Sonnett.«

»… vom Ufer aus auf seiner Grottentour gesehen hatte, konnte ich ja schlecht auf die Idee kommen, dass dies seine Henkersfahrt sein würde.«

Keine gute Wortwahl.

Mahon kniff die Augen zusammen. »Sie lügen.«

»Sie denken immer noch, ich decke Sœur Nominoë?«

Das Zwinkern verriet ihn. »Durch dieses Ereignis ...«, seine Handbewegung umfasste das Boot, die Markierungen, das rot-weiße Absperrband der Police nationale und das Team von Spurensicherungsleuten, »... durch dieses Ereignis hat das Ganze eine neue Dimension bekommen. Wir haben einen Schwerverletzten zu beklagen. Sie sind damit so verbunden wie Nominoë.«

Einem inneren Film gleich stürmten Eindrücke auf mich ein, die Wanderschuhe und Bernards dürre Waden, das karge Zimmer im Altersheim, die Insulin-Ampullen, die singenden Bergamotten, der Fisch im Kühlschrank, der Ballsaal mit den Bildern, die Pistole. Irgendetwas war mit der Pistole.

»Madame Berger! Sind Sie noch da?«

Mahons Stimme holte mich in die Gegenwart zurück.

»Was haben Sie überlegt? Es interessiert mich brennend.«

»Ihnen sage ich gar nichts mehr.«

Ich presste meine Lippen zusammen. Alain Sonnett hatte Mahon heute Morgen am Telefon erwähnt, die beiden kannten sich, da ging etwas vor. Ich konnte ihm nicht trauen, er spielte ein doppeltes Spiel. Hinter jeder seiner Fragen steckte eine zweite. Wenn ich nicht aufpasste, lieferte ich ihm Antworten, die er gegen mich und gegen Nominoë verwenden würde.

»Sie reden nicht? Sie?« Die Provokation prallte an mir ab.

Es war unerträglich heiß geworden. Die Stille wog schwer, bis Mahon sein kleines Aufnahmegerät hervorholte, das ich noch vom letzten Jahr kannte, und es zwischen uns auf der Brüstung platzierte.

»Befragung Tereza Berger.« Er diktierte Datum und Uhrzeit, eine Zusammenfassung der Ereignisse. Dann drehte er das Gerät in meine Richtung.

»Das ist ein informelles Gespräch. Wenn Sie sich widersetzen, bestelle ich Sie zum Verhör auf den Posten.«

Schweres Geschütz, das er da auffuhr. Ich gab nach, was blieb mir anderes übrig?

Zuerst wollte er haarklein wissen, was ich seit Montag, seit ich Bernard am Klosterstrand gefunden hatte, alles gemacht hatte, jeden Schritt, jedes Gespräch. Als ich anfing, die ganze Kundschaft des »DEJALU« mit Namen, Adressen und Buchbestellungen aufzuzählen, winkte er ab.

»Erzählen Sie mir lieber, wie Sie auf die Idee kommen, Monsieur Meunier habe die Suppe angeliefert sowie die Zutaten inklusive des verdorbenen Hummers, den Nominoë später in die Suppe gekippt hat. Wie Sie selbst bezeugt haben.«

Endlich kam er auf das Wesentliche zu sprechen. »Wenn sie es war, dann wusste sie nicht, dass der Fisch verdorben war.«

»Und wieso hat Luc Meunier nicht alles schon beim Kochen reingeschmissen?«

»Weil das Rezept es so verlangt. Nominoës Familienrezept, der Hummer und die Kräuter sind die Krönung.«

»Und wieso hat sie die Suppe nicht selbst gekocht? Warum brauchte sie dafür Luc Meunier?«

»Weil der Herd kaputt war. Die Küche funktioniert nicht mehr. Damit hat die ganze Geschichte ja angefangen. Ich denke, Nominoë wollte Meunier Arbeit verschaffen.« Ich zeigte auf das heruntergekommene Haus. »Er ist ein Pechvogel, nichts, was er anfasst, funktioniert. Die Grottentouren …«

Mahon unterbrach mich. »Wieso sollte Luc Meunier die Suppe vergiftet haben?«

»Weil er in einer misslichen Lage ist, weil er Schulden hat, weil er jemand bedrohte, der jetzt zurückgeschlagen hat. Sie sollten unterwegs sein und nach dem Täter Ausschau halten.«

»Merci, dass Sie mir meinen Job erklären.«

»Ich habe eine Gegenfrage für Sie. Warum sollte Nominoë für all diese Ereignisse verantwortlich sein?«

»Weil sie in einer misslichen Lage ist, weil sie Schulden hat, weil jemand sie bedroht.«

Er zog meine Argumente ins Lächerliche. »Hören Sie auf

damit. Vielleicht versteckt sie sich.« Und vermutlich leidet sie an Insulin-Mangel, Sie Trampel, dachte ich.

»Madame Berger, was wollten Sie sagen?«

»Ich denke, Nominoë sucht nach Beweisen, um sich zu entlasten. Vom Gefängnis aus hat sie keine Chance.«

»Dafür gibt es Polizisten und Anwälte. Wir leben nicht mehr im Mittelalter.«

»Manchmal schon.« Meine laute Stimme verschreckte einige Seemöwen, die kreischend davonflogen. Sogar die Spurensicherungsleute sahen zu uns her.

In dem Moment kam Emil Vanderbrouke um die Hausecke herum, außer Atem, seine Uniform wies dunkle Schweißflecke auf. Er schob sich den Hut in die Stirn und sah an mir vorbei. Ein klares Signal: Hier bin ich Polizist und nicht Aileens Mann. Dann wandte er sich Mahon zu und flüsterte ihm etwas ins Ohr. Es sah aus, als ob er an seinem Ohrläppchen knabbern würde. Ich unterdrückte einen Lachanfall.

»Bevor ich gehe …«, sagte ich, während ich nach einem Taschentuch suchte und dabei fast den blutigen Fetzen herausgezogen hätte. »Haben Sie mal überlegt, dass die ganze Suppennummer eine reine Publicity-Strategie gewesen sein könnte? Dass Armelle nicht krank war, die Symptome nur vorgetäuscht hat? Als Veganerin isst sie keinen Fisch, steht in der Klatschpresse. Wenn es darum ging, Armelle Aufmerksamkeit und Medienpräsenz zu verschaffen, ist das sehr gut gelungen. Ich wette, dass sie heute Abend zum Hafen kommt und da einen Auftritt inszeniert.«

»Sie hat ein Alibi, für alle Ereignisse. Im Gegensatz zu Nominoë.«

»Sie kennen es nur nicht.«

»Wenn sie nichts getan hat, werden wir das herausfinden.«

»Können Sie mir versichern, dass sie nicht verhaftet wird?«

»Sie wissen also, wo sie ist?«

Als ich schwieg, lehnte er sich ans Geländer. Ein Windstoß wirbelte ihm das schwarze Haar übers Gesicht.

»Es ist mir klar, dass Sie Nominoë sehr gern mögen, Tereza.« Seine Stimme wurde sanft. »Aber wir müssen damit rechnen, dass sie uns alle getäuscht hat. Es ist so, dass sie im Verdacht stand, ihr ehemaliges Kloster angezündet zu haben.«

»Sie sprechen von Kergonan? Da wurde sie vollkommen entlastet.«

Damit hatte ich ihn überrascht. »Woher wissen Sie das?«

»Sie hat es mir erzählt.« Instinktiv verschwieg ich, dass ich da gewesen war.

»Was auch immer. Es ist offenbar Nominoës Spezialität, abzuhauen, wenn es brenzlig wird.« Er stieß sich vom Geländer ab. »Fakt ist, Nominoë erbt eine beträchtliche Summe von Bernard Sonnett. Fakt ist, Alain Sonnett war nicht damit einverstanden. Er wirft Nominoë vor, sich bei Bernard eingeschleimt zu haben.«

Ihre Besuche im Altersheim. Je nachdem, wie man es sah, warfen die kein gutes Licht auf sie.

»Bringen Sie mir einen Beweis, einen einzigen Beweis gegen Nominoë.«

Mahons Antwort kam schnell. »Die Tatwaffe, die wir neben Luc Meunier gefunden haben, stammt aus dem Kloster.«

Natürlich. Die Waffe war antik. Sie gehörte vermutlich in den Raum im dritten Stock, mit dem Messbecher und dem ganzen Kirchenzeug – und den Pistolen. Ich sah fragend zu Emil Vanderbrouke.

Sein Nicken war grimmig. »Soeben habe ich erfahren, dass da ein Objekt fehlt.«

»Das kann jeder genommen haben.« Ich wurde laut, aber es war mir egal, ich musste die beiden überzeugen. »Haben Sie an Selbstmord gedacht? Dieses Dorf hier, Rostellec, ist winzig, es gibt nur ganz wenige Einwohner, und der kleine Junge hat Luc nicht mal gekannt. Wissen Sie, wie das sein muss?«

»Welcher kleine Junge? Was meinen Sie damit?« Mahon spielte den Verwirrten. »Tanzen Ihre Gedanken wieder Hip-Hop?«

»Verstehen Sie nicht? Luc Meunier ist ein solcher Verlierer, dass ihn das Kind nicht mal beim Namen kennt.«

»Na und? Vielleicht ist der Junge vergesslich, das heißt doch nichts.«

»Es könnte ein Unfall gewesen sein, ein Schuss, der sich versehentlich gelöst hat. Das passiert häufig bei alten Waffen, zumindest lese ich das immer wieder in der Zeitung.« Ich spielte meine letzte Erkenntnis aus. »Luc hat die Waffe geputzt. Das zeigen die Utensilien auf dem Tisch in der Schiffskabine.«

»Woraus schließen Sie das?«

»Wegen DD.«

»Was hat Ihr Auto damit zu tun?«

»DD ist pannenanfällig, ich verwende das gleiche Öl.«

»Es reicht. Verschonen Sie uns mit Ihren Geschichten!« Mahons Hand donnerte auf das Geländer. Eine Planke löste sich, sie neigte sich gegen den Tisch, erwischte das Glas mit dem Cidre, es kippte, die gelbe Flüssigkeit tropfte auf Mahons Stiefel. Mein Lachen explodierte.

***

Das verbrannte Orange der tief stehenden Sonne entsprach meiner Stimmung bei der Rückkehr nach Camaret. Dieser verdammte Mahon Verwirrung, Vortäuschung, Verrat. Das war seine Taktik. Die ich mittlerweile kannte. Dass ich trotzdem reingerasselt war, war mein Fehler. Ich war dabei, mich in genau das hysterische, sprunghafte Wesen zu verwandeln, als das er mich hinstellte. Immerhin, ganz zum Schluss hatte sich Emil bei mir bedankt, weil ich dazu beigetragen hatte, Luc Meunier das Leben zu retten.

Ich gab Gas und brauste um die Kurve hinunter in Richtung Mole. Die Sitzung der Femmes de Camaret hatte ich verpasst. Obwohl die Probe der Bergamotten, an die mich viele SMS erinnerten, gleich beginnen würde, fuhr ich zuerst in der »Villa Wunderblau« vorbei.

»Hallo, Sylvie?« Mein Ruf verhallte ungehört, außer Merguez war niemand im Haus. Als er sich fast nicht mehr einkriegte vor Begeisterung, packte mich das schlechte Gewissen. Wann war ich zum letzten Mal mit dem Hund spazieren gegangen?

»Ich nehm dich gleich mit, mein Lieber.«

Im vertrauten Geruch des »DEJALU«, einer Mischung aus Espresso und Buchstaub, entspannte ich mich. Ich nahm mir einen Moment Zeit, ging an den Regalen entlang, am Tisch mit den Neuheiten vorbei, glitt mit den Fingern über Buchrücken, bis ich das letzte Saint-Pol-Roux-Exemplar und das leer gefegte Regal mit den deutschen Krimis bemerkte. Die Bestellung, Mann, ich hatte sie vergessen, obwohl mich Sylvie daran erinnert hatte.

Leider flog ich bei meinem Anruf an Ali aus der Leitung. Gleich darauf schickte er eine Textnachricht. »Sorry, bin busy. Dein belgischer Buchkontakt ist gestorben.«

Was?

Er schrieb weiter. »Ein blöder Witz. Doppel-Sorry. Du musst dich ab jetzt selbst um die Bestellungen kümmern.«

Ali war ausgestiegen, von ihm konnte ich keine Hilfe mehr erwarten. *Merde.*

Ich brauchte einen Kaffee und ging hinaus.

»Wegen TV-Aufnahmen an der Mole ausnahmsweise geschlossen«, stand mit Kreide geschrieben auf einer Schiefertafel im Schaufenster.

Schlaue Sylvie. So vergrämten wir niemand, und gleichzeitig stieg unsere Attraktivität.

Meine Freude dauerte nur den Bruchteil einer Sekunde. »Hau ab, Schlampe«, war in einer Art keltischer Schrift auf das andere Fenster gesprüht.

»Verpiss dich doch selbst!«, schrie ich in Richtung des leer stehenden Hauses. »Irgendwann erwisch ich dich, wer auch immer du bist.«

Nachdem ich die Farbe abgewischt hatte, brühte ich mir

einen Espresso, nahm mir einen Schoko-Muffin – Alain hatte sie abgelehnt – und setzte mich im Kabuff ans Laptop. Die Ameise, so nannten wir das Bestellsystem, tat leider nicht, was ich wollte. Ob Kai mir behilflich sein konnte?

Er war nicht erreichbar. War nie mehr erreichbar. Blöder Sohn.

Plötzlich hatte ich Sehnsucht nach meiner Tochter. Lovis lebte in Australien, sie wollte bei ihrem Bär bleiben. Früher sprunghaft und launisch, bewies sie mit Barry erstaunliche Treue.

Ich wählte ihre Skype-Adresse an. Die vertrauten Anklopfgeräusche stimmten mich freudig nervös. Doch Lovis war nicht da. Logisch, solche Überfälle musste ich anmelden, elterliche Spontaneität war beim verplanten Nachwuchs nicht angesagt.

Ich schrieb ihr eine »Mama vermisst dich, und weißt du noch, wie es war, als du ein kleines Mädchen warst?«-Nachricht. Kaum hatte ich auf »Send« gedrückt, war es mir so peinlich, dass ich einen Entschuldigungstext hinterherschickte und Lovis bat, die erste Nachricht UNGELESEN zu löschen. Dann stieg ich ins Dach, ins Atlantique.

Durch das Bullauge sah ich Menschen, die beim Hafengebäude wie Playmobilpüppchen in kleinen Gruppen beieinanderstanden. Eine Regenmarkise war über den fünf Mikrofonständern montiert, und die Konturen der drei auf der Bühne verrieten mir, wer sie waren: Marie Claude, Marthe und Ayala. Es wirkte ein wenig trostlos. Da half nichts, ich musste sie unterstützen, sie waren auf jede Stimme angewiesen. Vielleicht konnte ich summen statt singen.

Bevor ich losging, wollte ich das blutige Tuch verstecken, deswegen war ich schließlich hergekommen. Suchend sah ich mich um, bemerkte den Karton mit den Tonbandkassetten von »Radio Espérance«, die mir Sœur Ernestine aus Kergonan mitgegeben hatte. Von »Radio Espérance« zu »Presqu'île Sophie«, die Karriere einer Nonnenmoderatorin – das würde eine schöne Reportage geben.

Es waren viele Kassetten, bestimmt über hundert. Ich schaute mir die Aufkleber an, demnach hatte Nominoë Monat für Monat ausgestrahlt. Die Beschriftung war immer gleich, schnörkellose Kalligrafie auf einem flaschengrünen Klebeetikett. Bis auf eine, die ganz oben lag, mit einem weißen Etikett versehen, das neu wirkte. Darauf waren weder Sendetitel noch Thema noch Datum vermerkt. Es gab nur ein Ausrufezeichen in Rot.

Ich schob die Kassette in den Rekorder, den ich noch von meinen Eltern hatte. Plötzlich erfüllte Nominoës Stimme den Raum, dynamischer und jünger, als ich sie je gehört hatte.

»Wir schreiben den 23. Juni 1970. Dreißig Jahre, nachdem die ersten deutschen Soldaten in der Bretagne einmarschiert sind. Heute spreche ich mit Fleure Kolech, einer Bäckersfrau aus Doulasse, mit Mathieu Le Bruyon, einem Käseproduzenten aus Quimper, und mit Bernard Sonnett aus Morgat, der soeben zum Leiter der ›Gefährten der Bretagne‹ gekürt wurde.«

Ein Interview mit Bernard? Wie aufregend! Diese Kassette hatte Ernestine erwähnt. Ich spulte vor und zurück, bis ich die richtige Stelle fand. Bernards Stimme war tief, er sprach langsam, etwas undeutlich, suchte immer wieder nach Worten.

»Wir waren Kinder, wir hatten keine Ahnung. Eine Familie von fünf, mausarm, die Zwillinge sind früh gestorben. Meine Mutter hat mich in die Bäckerei geschickt, da war dieser Mann. Groß und grob, mit einem Schmiss im Gesicht. Ich erinnere mich gut an die Mischung aus Angst und Faszination.«

»Haben Sie mit ihm gesprochen?«

»Nein. Aber ich bin überzeugt, dass es der Wehrmachtssoldat war, der Saint-Pol-Roux angegriffen, seine Haushälterin getötet und die Tochter Divine verletzt hat. Bis heute verfolgt mich dieses Gesicht. Und die Idee, dass Saint-Pol vielleicht länger gelebt hätte, hätte ich den Deutschen vertrieben.«

Ich drückte auf Stopp. Die tragischen Ereignisse um Saint-Pol-Roux' Familie kannte ich. Unglaublich, dass Bernard Sonnett hier erzählte, wie er fast in die Weltgeschichte eingegriffen hätte. Was wäre gewesen, wenn? Eine phantastische

Anekdote, in die Wirklichkeit hineingewoben. Ich spulte zurück.

»Eine Familie von fünf, mausarm …«

Mausarm. Wie kam ein mausarmer Junge zu den beiden Villen in Morgat? Noch heute Morgen hatte ich Alains Aura von Wohlhabenheit bewundert, gewachsen über viele Generationen, davon war ich ausgegangen. Nun erzählte mir Bernard das Gegenteil.

Der Rest des Interviews verriet mir nicht viel Interessantes. Bernard erwähnte Camaret nicht mehr, sprach vor allem über die »Gefährten der Bretagne«, seine Berufung für dieses ehrenvolle Amt. Die Bemühungen, die Bretagne eigenständig zu halten und die Kultur zu bewahren.

Ich klappte mein Laptop auf und gab »Bernard Sonnett« in die Suchmaske ein, fand einige Archivtexte und ein sehr steifes Foto, das ich am Morgen auch auf der Bilderwand im Sonnett'schen Ballsaal gesehen hatte. Seine Zeit als Admiral lag weit zurück, sie war so wenig dokumentiert wie Details zur Familiengeschichte. Dafür fand ich die Feier zur Verleihung einer Ehrenmedaille vor vier Jahren in mehreren Zeitungsberichten sowie einen Nachrichtenbeitrag auf demselben Sender, für den Nicolette und ihre Crew arbeiteten, ich erkannte das Logo. Ich wählte die Datei an und schrak zusammen, als mich Bernards wässrige Augen anstarrten. Zum ersten Mal erlebte ich ihn, nachdem ich so viel über ihn gehört hatte.

Ich übersprang die Einführung und navigierte direkt zum Mittelteil der Sendung, wo man Bernard zwischen den Rhododendren und Palmen seiner Villa sah, das Meer im Rücken, umgeben von einer Schar von Journalisten mit Mikrofonen und an den Fotoapparaten. Plötzlich ein Schnitt, Bernard saß nun an einem weißen Messingtisch, flankiert von einem Herrn im Anzug und von Alain, der eine Hand auf der Lehne seines Stuhls hatte und das Ganze koordinierte. Bernards Antworten auf die Fragen der Journalisten kamen zögerlich, meist blickte er hilfesuchend zu Alain, der in schnellem Pariser Französisch über das Leben seines Vaters berichtete. Er erwähnte die Musik als verbindendes Element zwischen Jung und Alt, dafür habe sich Bernard immer besonders eingesetzt.

Ich drückte auf Pause. Die Musik? Alain schien diese Berufung von seinem Vater übernommen zu haben.

Nachdenklich sah ich mir die beiden an, einander zugewandt, der Sohn beschützend, der Vater gebrechlich. Was war in den vier Jahren seit dem Interview passiert? Warum war Bernard in ein kleines Altersheimkämmerchen gezogen, weit weg von Alain?

Ich ließ die Aufnahme weiterlaufen, hörte die Fragen der Journalisten und Alains Antworten, wenn sein Vater schwieg. Eine Journalistin war besonders beharrlich.

»Sie gelten als Kriegsheld. Was genau haben Sie gemacht?«

Die Stimme klang hell und scharf, der Tonfall kritisch. Bernard war in diesem Moment groß im Bild.

Eine winzige Stille entstand, es wirkte wie ein Fehler auf der Tonspur und dauerte nur wenige Augenblicke. Ich ging zurück auf die Großaufnahme des Alten, drückte auf Pause. Bernards Uniform war ihm viel zu groß, sie warf Blasen, dafür wurde der Hals vom Knopf des weißen Hemdes zusammengedrückt. Das Gesicht war voller Falten, die Nase gebogen, an der Seite war etwas Schorf sichtbar, die Haut übersät von Altersflecken. Am prominentesten waren die Augen, die Pupillen hell, das Weiß gelblich, voller geplatzter Äderchen.

Ich zoomte ganz nahe ran, ließ erneut die Frage der Journalistin laufen.

»Sie gelten als Kriegsheld. Was genau haben Sie gemacht?«

Bernard zuckte zusammen. Eine Träne löste sich aus dem Augenwinkel und versickerte in einer Falte.

Er ist traurig, dachte ich. Todtraurig und gebrochen. Kann es sein, dass ich bislang nur einen winzigen Teil dieser Geschichte kenne?

11

An der Mole waren die Vorbereitungen für die Probe im Gang, noch war die große Bühne leer, ein Techniker machte sich am Mischpult zu schaffen, seine beiden Kollegen stellten Lautsprecherboxen auf. Als Erstes stieß ich mit Kai zusammen.

»Du hier?«, fragte ich. »Zu wenig Wind fürs Surfen?«

Er ging nicht auf die Spitze ein. »Wir haben früher Schluss gemacht, wegen der Probe.«

»Wir?« Ich konnte es mir nicht verkneifen.

Kai wirkte genervt, nicht mal Merguez' Begrüßung entlockte ihm ein Lächeln. »Wieso hast du den Hund mitgebracht?«

Bevor ich einen versöhnlichen Ton anschlagen und ihn wegen der Buchbestellungen fragen konnte, ging er in Richtung Isidore davon, der dabei war, die letzte Feinarbeit an den Ständen zu erledigen, unterstützt von der Groupe des Anciens, den altehrwürdigen Männern Camarets, von denen ich die meisten kannte. Ich bemerkte Aimon, Emil und Erwan. Erwan Danieau war Physikprofessor aus Paris, bewohnte eine wunderschöne Mühle in Richtung Crozon. Vor einem Jahr hatte er mir erklärt, wie ein kleines Dorf wie Camaret tickte, ein Dorf von knapp zweitausendfünfhundert Einwohnerinnen und Einwohnern, völlig überaltert, konfrontiert mit Abwanderung und starren Rollenmustern.

Ich winkte ihm zu und stellte mich zu Emil, der die Uniform ausgezogen und damit seine Identität einmal mehr gewechselt hatte.

»Der Schmierfink hat wieder zugeschlagen«, flüsterte ich. »Ihr müsst endlich was machen. Ich befürchte, Armand ist zurück.«

»Und ein herzliches Bonsoir auch an dich, Tereza«, sagte Emil, meine Anschuldigung ignorierend.

Die Franzosen. Auch wenn es brennt, die Höflichkeit hat Vorrang.

»Wie geht's Luc?«, fragte ich besorgt.

Emil machte mir ein Zeichen, ihm hinter das große Gebäude, das Hafenhaus, zu folgen. Da blieben wir neben einem verblassten Schild stehen, »Camaret Maritime« stand unter der altmodischen Zeichnung eines Segelschiffes.

»Sprich bitte nicht darüber, Tereza. Niemand weiß etwas von Luc Meuniers ›Unfall‹. Wir versuchen, es möglichst lange geheim zu halten. Die Stimmung ist aufgeheizt, da braucht es nicht viel und die Leute fangen an, sich gegenseitig zu beschuldigen.«

»Ich habe mir alles überlegt, Emil, je länger ich darüber nachdenke, desto sicherer bin ich, dass es ein Unfall war. Der Lappen auf dem Tisch, die Schnur, das Öl ...«

»Das ist Gegenstand der polizeilichen Untersuchung. Hör mal, Tereza.« Emil kämpfte mit sich. »Wenn ich dir etwas sage, hörst du dann mit der Rumschnüffelei auf?«

»Ist das eine Erpressung?«

»Ein Deal.« Das englische Wort klang witzig in Emils französischer Aussprache.

Ich nahm das Angebot an.

»Mahon ist nicht hinter Nominoë her.«

Damit hatte ich nicht gerechnet. »Wieso?«

»Nachdem wir alle Fakten zusammengetragen haben, kommen wir zu dem Schluss, dass Nominoë nicht für die drei Ereignisse verantwortlich ist.«

Vor Erleichterung hätte ich weinen können. Ob ich die Geschichte mit dem Insulin erzählen sollte? Dass Nominoë auf ihre Medikamente angewiesen war und wir sie dringend finden mussten? Schon wollte ich den Mund öffnen.

»Denk an unseren Deal, Tereza.« Emil machte ein strenges Gesicht. »Ab jetzt bist du draußen.«

»Absolut. Verstanden. Mach ich. Aber ein Letztes noch ...« Emil hatte mir etwas gegeben, also bekam er etwas zurück. »Es geht um den Bezug von Luc Meunier zur Île Longue ... Ich nehme an, ihr seid da längst vorstellig geworden.«

Eine Falte erschien zwischen Emils Augenbrauen. »Wo?«

»Auf der Île Longue, dem Marinestützpunkt. Da soll Luc ab und zu gearbeitet haben, erzählt man sich in Rostellec. Ach so, und vielleicht müsstest du der Frage, wer Luc bei der Gewerbepolizei wegen der Genehmigung für sein Boot angezeigt hat, auch nachgehen.«

Obwohl Emil so tat, als sei ich eine Dilettantin, notierte er alles haarklein und machte danach einen hastigen Abgang.

Als ich um das Hafenhaus herumbog, blendete mich ein Strahl der tief stehenden Sonne. Was für eine Szenerie! Silhouetten, Mole, Meer … Die Farben vermischten sich zu einer Symphonie in Pastell.

Auf dem Platz waren in der Zwischenzeit mehr Leute eingetroffen. Viele Mitglieder von Les Femmes de Camaret, die gekommen waren, um die Bergamotten zu unterstützen. Ayala unterhielt sich mit Bérénice, der jungen Fischverkäuferin, sowie Magalie, Sylvie und Catherine, unserer Mitarbeiterin und Chefin des Campingplatzes, auf dem Sylvie ihren Wohnwagen hatte. Daneben begrüßten Marie Claude, Jeanne und Aileen Claudine vom Altersheim. Da bemerkte ich eine junge Frau.

»Vivienne! Wie schön, dass du da bist. Wie lange habe ich dich nicht mehr gesehen? Ein Jahr?«

Vivienne war Erwans neunzehnjährige Tochter. Sie hatte sich verändert, der Babyspeck und die Piercings waren verschwunden, dafür zierte ein elegantes Tattoo ihren Oberarm. Ich erkannte das Porträt der keltischen Göttin, die bei den Ermittlungen um die toten Männer vor einem Jahr eine große Rolle gespielt hatte.

»Morwen.« Ich deutete auf das Tattoo. »Du hast die männerschlürfende Göttin verewigt.«

Vivienne grinste. »Sie ist mein Rollenmodell. Sie und du.«

Sie setzte mich gleich mit einer Göttin? Ich war geschmeichelt.

Ein Pfeifen vom Mischpult tat uns in den Ohren weh.

»Pardon, Rückkoppelung!«, rief der Tontechniker.

Das »fucking Regler«, das er hinterherschickte, brachte die

Leute zum Lachen. In dem Moment öffneten sich die Flügeltüren des Hafenhauses.

»Nun geht's um die Wurst«, sagte Magalie, die zusammen mit Ayala und den anderen neben mich getreten war. »Wir müssen beweisen, dass wir das Konzert ohne Armelle und ohne Nominoë hinkriegen. Sonst gibt's weder TV-Reportage noch Spenden für das Kloster.«

Aus dem Hafenhaus kamen hintereinander die TV-Crew und Marthe. In ihrer neuen Funktion als Dirigentin ging sie noch aufrechter als sonst und winkte uns herrisch zu sich.

»Hat sie was genommen?«, fragte Ayala.

»Druidischen Zaubertrank«, antwortete Marie Claude. »Der Messwein ist ausgegangen.«

»Honig und Cidre«, erklärte Sylvie. Sie hielt Händchen mit Aimon, der eine Flasche aus ihrem Korb hob und durch die Luft schwenkte.

»Hausgemacht!«, rief er. »Lasst es euch schmecken.«

Sylvie reichte jeder von uns ein Glas und schenkte ein. Als wir anstießen, tauchte Nicolette Ginsberg, wie immer in Cowboystiefeln und mit Gilet, auf, ein gigantisches Megafon in der Hand. Hatte Alain wirklich mit ihr telefoniert? Die Ereignisse des Morgens schienen mir sehr weit weg. Bestimmt hatte ich zu viel hineininterpretiert, hatte ich doch lediglich Alains Stimme gehört. Wer wusste, worum es bei dem Gespräch gegangen war. Vielleicht um so etwas Banales wie ein besseres Mikrofon. Oder Armelles Gage.

Nicolettes verstärkte Stimme unterbrach die Gespräche. »Bergamotten: auf Position. Ich wiederhole: auf Position. Und *remember*: kein Schmus, ich will Ecken und Kanten.«

Sofort brach Hektik aus, die Frauen beeilten sich, auf die Bühne zu kommen.

»Du auch, Tereza«, sagte Sylvie und zog mich mit sich. »Wir brauchen jede Stimme.«

»Vergiss es. Ich kenne die Lieder nicht. Und man kann auch falsch summen, falls du das anregen wolltest.«

»Papperlapapp.«

»Aber Merguez …«

Aimon holte Kai, und der nahm mir den Hund ab. Es blieb mir nichts anderes übrig, Protest war zwecklos. Die beiden Kameramänner wiesen uns Positionen zu, die sie auf dem schwarzen Bühnenboden mit gelber Kreide markiert hatten. Ich kam neben Ayala zu stehen.

»Wie geht's dir?«, fragte sie leise.

Hatte Kai ihr von meinen Vorbehalten gegen ihre Beziehung berichtet?

»Gut. Die Buchhandlung ist leer gekauft. Wenn es so weitergeht, kann ich all meine Schulden vollständig zurückzahlen. Allerdings brauche ich für Samstag Büchernachschub, und Ali war nicht erreichbar. Wird ein Problem, der Streit zwischen ihm und Kai.«

»Sie werden es schon lösen. Ist das alles?« Sie musterte mich. Hob die Hand. Wollte sie mir eine scheuern?

»Da ist ein Fleck.« Ihr Finger deutete auf die roten Spritzer auf meiner Bluse. Lucs Blut, das hatte ich übersehen.

»Ist was, Tereza?«

Ich schwieg. Vor einer Woche hätte ich ihr alles berichtet, und sie hätte mich beraten, was meine nächsten Schritte sein könnten.

»Und du?«, fragte ich. »Hast du was von Mathilde gehört?«

Sie strahlte auf. »Ich habe sie angerufen. Sie hat mir von einer verirrten Strandrobbe erzählt, vom Flammkuchen mit Speck und vom Wettschwimmen, das sie gewonnen hat.«

»Ganz die Mama«, sagte ich, froh über ihren versöhnlichen Ton.

»Fand Kai auch.«

Während ich nach einer Antwort suchte, hin- und hergerissen zwischen Nachgeben und Auf-meiner-Position-Beharren, wurde ich unterbrochen. Nicolette befahl Marthe, das erste Lied anzustimmen, und erklärte, dass der dürre Kameramann das Konzert von unten filmen würde, während der rundliche private Momente auf der Bühne einfangen sollte.

»Ihr kennt es ja schon. Ich will einen persönlichen Film, keine Nullachtfünfzehn-Repo.«

»Ohne Schmus, mit Ecken und Kanten«, sagten die Bergamotten im Chor.

Nicolettes Mundwinkel zuckten, zu einem Lachen reichte es nicht. Marthe wiederum griff zum Dirigentenstab und trat vors Mikrofon.

»Herzlich willkommen in Camaret-sur-Mer. Leider kann Armelle nicht bei uns sein, aber die Bergamottes de Camaret …«

»Stopp.« Nicolette runzelte die Stirn. »Armelle wird nicht erwähnt.«

Das verwirrte Marthe sichtlich, sie hatte die Ansprache vorbereitet und konnte nicht so mir nichts, dir nichts umstellen. Nachdem sie den Anfang zum dritten Mal verpatzt hatte, sprang Marie Claude ein. Allerdings prangte auf ihrem hellgrauen Habit ein gelblicher Fleck, der in der Kamera zu gut sichtbar war und kaschiert werden musste, genauso wie das flimmernde Top Viviennes. Also zurück auf Anfang.

Bis wir endlich das erste Lied anstimmen konnten, stand die Sonne tief über dem Hügel. Zum zigsten Mal hob Marthe den Taktstock. Spannung lag über der Mole. Endlich sang Marie Claude die ersten Töne des bretonischen Tanzlieds, auf das sie sich als Auftakt geeinigt hatten. Doch nun fehlte Marthe als Zweite im Bunde – in ihrer Dirigentinnenfunktion wollte sie nicht singen, die Doppelbelastung war ihr zu viel –, in der Folge verpasste Ayala ihren Einsatz, auch Aileen war zu spät. Und der einzige Ton, der meinen Mund verließ, klang so falsch, dass sogar Sylvie zusammenzuckte.

»Stopp, das ist eine Kakofonie.« Nicolette war sehr genervt. »Ihr bekommt eine allerletzte Chance.«

Die Männer, die den Aufbau der Stände beendet hatten, hatten sich direkt vor der Bühne zusammengerottet und spornten uns an, was nicht zur Entspannung beitrug.

»Hört auf mit dem Klatschen!« Marthe verdeckte ihren Stress mit Aggression.

»Wieso werdet ihr eigentlich als das singende Wunder von Camaret gehandelt?«, gab Aimon zurück. »Es klingt schräg.«

»Sing doch mit, Chéri!«, rief Sylvie ihm zu. »Wir könnten ein paar Bässe brauchen.«

»Die sterbenden Bergamotten in Cis-Dur«, feixte Erwan.

»Halt die Klappe, Papa«, sagte Vivienne.

Das Hin und Her reichte Nicolette endgültig. Ihr Pfiff war trommelfellgefährdend. »Sorry, aber so könnt ihr kein Konzert machen.«

Ich erstarrte. Diesen angriffigen Ton kannte ich, ich hatte ihn schon mal gehört. Wo nur? Es war wichtig, ich konnte es fühlen, hatte die Erinnerung sozusagen fast schon erhascht. Leider wurde ich abgelenkt, ein Auto fegte auf den Platz, gefolgt von einer Limousine, einem weiteren Wagen sowie mehreren Motorrädern. Alle verstummten und sahen fasziniert dem Schauspiel zu.

Alain Sonnet stieg vom Motorrad an der Spitze, unter der Cordjacke mit Pelzkragen trug er ein marineblaues Hemd und begann sofort, mit dem Bürgermeister von Crozon zu diskutieren, der einem der Autos entstiegen war. Aus dem Rücksitz tauchte ein dritter Mann auf, gebeugt, altehrwürdig, mit mausgrauer Mähne und dunklen Augen. War der Greis vielleicht Armelles Ehemann?

Die drei Männer gingen gemeinsam zur Limousine und halfen einer Frau beim Aussteigen. Es war Armelle. Wie eine Erscheinung wirkte sie in ihrem losen violetten Gewand, das Haar hochgesteckt, das Gesicht blass, noch dünner und fragiler als auf dem Foto vor dem Krankenhaus. Sie winkte dem spärlichen Publikum zu, bevor sie in Richtung Bühne schwebte und das Männertrio hinter sich ließ. All das wurde festgehalten von einer Meute Fotografen, die aus den restlichen Fahrzeugen gesprungen waren. Die Fotoapparate, manche wie Keulen mit Blitzlicht, andere kaum größer als ein Handy, klickten. Was für ein Auftritt!

»*La reine* der Boulevardpresse«, flüsterte Ayala.

Alain, der Armelle eingeholt hatte, geleitete sie die Treppe hinauf. Sie begrüßte uns mit einem matten Lächeln, löste den Haarknoten, ließ sich das Mikrofon reichen, kontrollierte die Funktion und holte Luft.

»Bonsoir. Mein erster Song ist für Bernard Sonnett. Kriegsheld, ›Gefährte der Bretagne‹, Ehrenbürger von Camaret-sur-Mer und Morgat.«

Nanu, eine Planänderung? Die Bergamotten sahen sich verwirrt an, während Armelle bereits *»Bro gozh ma zadoù«*, die bretonische Nationalhymne, intonierte, die eigentlich als Zugabe gedacht gewesen war.

Armelle sang gewaltig, und unser kleiner Chor, der sich am Anfang tapfer bemühte, Schritt zu halten, obwohl Marthe den falschen Takt angab, erstarb allmählich, nur Marie Claude hielt durch, bis Nicolette ausflippte.

»Shut the fuck up!«

Marie Claude klappte den Mund zu, Tränen schossen ihr aus den Augen. Die anderen sahen betreten zu Boden.

»Bergamotten, *go home*«, murmelte Ayala.

***

Eine Viertelstunde und zwei Lieder später war der Spuk vorbei. Die Journalisten hatten bekommen, was sie wollten, Armelle und ihre Entourage stiegen wieder in ihre Wagen, alle fuhren weg. Die Motoren verklangen, und es wurde ganz still.

»Merde«, sagte ich.

»Sacrebleu.« Marie Claude futterte frustriert bretonische Kekse.

Jeanne, die Stumme, zeigte den Stinkefinger.

»Quelle salope.« Damit schoss Marthe den Vogel ab.

Der dicke Kameramann, der alles aufnahm, fiel vor Lachen fast von der Bühne. »Kann ich das noch mal haben? Fluchende Nonnen, genial.«

Nun erhob sich ein Chor von Protest, auf keinen Fall dürfe

er das Material verwenden. Da ging die Tür zum Hafengebäude auf, und heraus trat Isidore, einen dampfenden Topf in den Händen.

»*Saludo, mes chers.* Die harten Zeiten sind vorbei. Wir können essen.«

Sofort entspannte sich die Stimmung, Begeisterungsrufe wurden laut. »*Magnifique.* Ist das Suppe? – Wer hat die gekocht?«

Alle Köpfe schwenkten zu mir.

»Ich war's nicht.«

Zur allgemeinen Beruhigung verkündete Isidore, es sei eine Potée bretonne mit Fleisch, gekocht von Ivy in der alten Küche des Hafenhauses.

Aufs Stichwort trat Ivy neben ihn, einen zweiten Topf schleppend. »Es gibt auch eine vegetarische Variante. Greift zu, ihr Lieben, der Mensch muss essen, sonst geht er vor die Hunde.«

Die Bergamotten sahen sich an. Und was soll ich sagen, Marthe schleuderte den Taktstock ins Meer und stieg als Erste von der Bühne, gefolgt von Marie Claude und Jeanne.

Als Einzige war ich erleichtert. Dieser Kelch war an mir vorbeigegangen. Und beim Konzert am Samstag mussten sie eine andere Lösung finden. Denn singen konnte ich wirklich nicht.

***

Wir aßen im Stehen, es wurde geschwatzt und parliert, und als die meisten eine zweite Portion intus hatten, holte Emil das Banjo aus der Hülle. Das brach den Bann.

Vivienne klatschte in die Hände. »*Allez, les femmes de Camaret, allez, les Bergamottes!* Wir packen das!«

Sie stimmte an, die anderen setzten ein, und endlich passierte das Wunder. Viviennes Stimme war brillant, aber anders als Armelle eben reihte sie sich in die Stimmen der anderen ein, führte nur, wenn nötig, ansonsten vergoldete sie, was glänzte.

Ayala, Sylvie, Aileen, Catherine, alle sangen mit. Es klang nicht immer richtig, aber voller Begeisterung, und die beiden

Kameramänner machten das Daumen-hoch-Zeichen: Auf dieses Material hatten sie gewartet.

Leute kamen über die Mole, Touristen auf dem Abendspaziergang. Sie blieben stehen, klatschten, die Stimmung begann zu vibrieren.

So etwas kann nur hier passieren, dachte ich ergriffen und dankbar, dass ich es erleben durfte. Das volle Gewitter und gleich darauf eine Explosion in Orange. Wie jetzt, als sich die Sonne wie eine kupferne Kugel in Richtung Hügel neigte.

»Zauberhaft, nicht?«

Neben mir war ein bekanntes Gesicht aufgetaucht. Lorenz Sarasin, der schlaksige Basler, der Nicolette vor der Bäckerei so unfreundlich angeschnauzt hatte. Zwei seiner Windhunde waren an der Leine mit dabei, sie und Merguez beschnupperten sich vorsichtig.

»Liebe auf den zweiten Blick«, sagte Lorenz im Schweizer Dialekt.

Eigentlich war er ganz attraktiv.

»Wo ist Ihre Frau?«, fragte ich, einfach um sicher zu sein.

Sein Gesicht verdüsterte sich. »Ich bin Witwer.«

»Aber gestern Mittag waren Sie zu zweit unterwegs.«

»Zu zweit? Das wüsst ich aber …«

Ich überspielte meine Verlegenheit. Oh Gott, der Typ würde denken, ich hätte ihm nachspioniert. »Bei Tippies Fischverkauf, ich war auch da.«

»*Die* Frau meinen Sie.« Er lachte. »Eine flüchtige Bekannte, sie ist nur zu Besuch.«

»Ach so. Es tut mir leid. Ich meine, das mit Ihrer Frau.«

»Ja.« Er wischte sich über die Augen. »Es ist schon zwei Jahre her … Sie war so gern hier oben. Sie ist hier begraben.«

»Auf dem Friedhof?«

»In der Nähe von Saint-Pol-Roux.«

»Sie kennen ihn? Kommen Sie bei uns in der Buchhandlung vorbei, wir haben fast alle seine Werke. Im Moment bemühen wir uns um deutsche Übersetzungen.«

Das brach das Eis. Lorenz kam vom Hundertsten ins Tausendste, erzählte, dass seine verstorbene Frau Ruth Mineralogin und es hier oben ein Paradies für sie gewesen sei. Sie habe als ehrenamtliche Führerin im Musée des Minéraux von Saint-Hernot gearbeitet.

»Die Ausstellung über die phosphoreszierenden Felsen hat sie mitbegründet.«

Das sagte mir alles nicht viel, das Mineralmuseum, das hinter Morgat in Richtung Cap de la Chèvre stand, wartete auf meiner To-do-Liste, wie so viele andere Sehenswürdigkeiten.

Lorenz sprach unermüdlich weiter. »Ruth hätte mir so gern die Grotten von Gouin gezeigt. Leider hat sie es nie geschafft. Die Bedingungen, um sie zu besuchen, waren nie ideal. Und das ist die Voraussetzung, sonst kann es gefährlich werden.«

Er zeigte aufs Meer. »Es muss glatt sein wie ein See. Das perfekte Zusammenspiel von Ebbe, Flut und Wetter. Monsieur Breonnec hat mir diese längst fällige Grottentour angeboten. In memoriam Ruth. Möchten Sie mitkommen?«

Bevor ich eine Antwort geben konnte, pfiff Nicolette einmal mehr.

»Ihr müsst leider das letzte Chanson noch mal performen. Der Ton ist ausgefallen, eine technische Panne.«

Während die Bergamotten das Lied wiederholten, wurde mir endlich klar, wo ich Nicolettes Stimme schon mal gehört hatte. Die leichte Heiserkeit, die Art, die Konsonanten hinauszupeitschen, der fordernde Klang … Genau so hatte die Stimme aus dem TV-Beitrag auf Youtube geklungen. War Nicolette Ginsberg die gesichtslose Journalistin gewesen, die die kritische Frage nach Bernard Sonnetts Kriegsverdiensten gestellt hatte? Die Frage, die unbeantwortet geblieben war? Wenn das stimmte, gab es eine direkte Verbindung zwischen ihr und Bernard Sonnett.

Der Chor verstummte, die Kameraleute gaben ihrer Zufriedenheit Ausdruck, und als jemand Kouign'amann-Kuchen auf die Bühne gestellt hatte und Aileen aus ihrer großen Thermoskanne Kaffee in winzige Tassen goss, beschloss ich, die Regisseurin darauf anzusprechen.

»Hast du Nicolette gesehen?«, fragte ich Sylvie.

»Sie ist zum Hafenhaus gelaufen, da ist das ganze Material. Sie hat mir übrigens versprochen, dass sie das ›DEJALU‹ groß ins Bild bringen wird. Morgen kommt das Team zum Drehen in den Laden.«

Einen Moment vergaß ich alles andere. »Oh Sylvie, wie toll, ich gratuliere dir. Da habe ich mehrfach versucht, sie einzuseifen, und du fährst das Ding nach Hause.«

Sylvie strahlte. »Das Leben ist gut zu mir.«

Ich fühlte einen Stich – wann hatte ich mich das letzte Mal so gefühlt? Anstatt Phantomen nachzuhetzen, hätte ich diejenige sein können, der Isidore jetzt den Arm um die Schultern legte.

Ich schluckte. »Weißt du, warum Bernard Sonnett zum Kriegshelden geworden ist?«, fragte ich.

Sylvie hatte keine Ahnung. »Wie kommst du darauf? Ich bin ja nicht von hier. Frag die Alten, Erwan oder Isidore. Oder … Aimon!« Letzteres hatte sie gerufen.

»Was ist, Chérie?« Seine Rockerröhre dröhnte über den halben Platz, er war sofort da und hatte eine Antwort bereit.

»Jeder hier weiß, dass Bernard ein Held war. Aber vermutlich findest du keinen, der weiß, wieso.«

Plötzlich fiel mir etwas ein. »Sag mal, wer ist eigentlich alles in deinem Motorradclub?«

»Willst du auch einen so tollen Kerl wie mich?« Er küsste Sylvie auf den Mund.

»Nein danke, nicht geschenkt.«

Er nahm es mit Humor. Und zählte mir seine Motorradfreunde auf. Als er Luc Meuniers Namen nannte, verbarg ich mein Erstaunen.

»Das sagt mir was. Ich glaube, Nominoë hat ihn erwähnt. Kommt er auch zum Konzert am Samstag?«, fragte ich so beiläufig wie möglich.

Aimon wusste es nicht. »Ich habe ihn länger nicht gesehen. Ich glaube, er hat finanzielle Probleme.« Das klang nicht so, als ob Aimon etwas von dem »Unfall« wusste.

»Er wollte mir seine ›Adonis‹ verkaufen«, fuhr er fort.

»Die habe ich in seiner Scheune stehen sehen. Ein schönes Modell.«

»Nicht wahr? *Une cool de machine.*« Aimon strahlte. »Aber Luc will zu viel dafür, das kann ich mir nicht leisten. Da muss er sich schon an Sonnett wenden.«

»Der ist jetzt im Himmel«, sagte Sylvie trocken und sah mich an. Was hast du in Lucs Scheune zu suchen, die Frage stand ihr ins Gesicht geschrieben.

»Ich meine den Jungen, Alain.« Aimon hatte nichts bemerkt.

»Die kennen sich gut?«, fragte ich.

»Sie machen manchmal Geschäfte miteinander, ich glaube, Alain hat auch in die ›Méduses‹ investiert.«

Alain und Luc. Zwei Kollegen, ungefähr gleich alt, der eine erfolgreich, der andere vom Pech verfolgt.

»Bonsoir, meine Lieben.« Das TV-Team war am Zusammenpacken. Wenn ich Nicolette noch erwischen wollte, musste ich mich beeilen.

»Tereza, warte …«

Sylvie hatte sich aus Aimons Umarmung gelöst und war mir nachgelaufen.

»Was machen wir mit den Büchern? Wir müssen bestellen, sonst haben wir am Samstag leere Regale. Vor allem brauchen wir Saint-Pol-Roux.«

»Ali ist leider gestorben.«

Als sie zusammenzuckte, erklärte ich ihr die Zusammenhänge.

»Ali und Kai haben sich getrennt?« Sylvie war erstaunt. »Das hätte ich nicht erwartet. Wie schade.«

Wir sahen zu Kai, der tief in ein Gespräch mit Ayala vertieft war. »Es ist hart. Ich meine, Ali war ein Teil der Familie. Er fehlt mir.«

»Vor allem seine Kompetenzen mit unserem Bestellsystem.

Es war ohnehin ein Wahnsinn, das über ihn laufen zu lassen. Wir sollten unabhängig sein.«

»Ich lass mir was einfallen«, versprach ich. »Bis morgen, Sylvie.«

***

Die große Tür zum Hafenhaus ließ sich nur schwer öffnen, der Griff rutschte mir fast aus den Händen. Als ich schließlich eintrat, sah ich einen kargen Raum, erleuchtet von Neonlicht, leer bis auf das Material der Fernsehleute, dazu Jacken und ein Suppentopf. Aber kein Mensch. Fehlanzeige. Vielleicht war Nicolette bereits gegangen.

Gerade als ich umdrehen wollte, hörte ich Stimmen. Sie schienen weit entfernt am Ende des Flurs, der von dem großen Raum abging. Ich näherte mich vorsichtig, dabei schaute ich in die Zimmer, die sich aneinanderreihten, bemerkte Schreibtische aus einer längst vergangenen Zeit, Anzeigetafeln mit veralteten Preisen, eiserne Bottiche, verrostete Becken, eine silbrig schwarz angelaufene Registrierkasse, ein Blatt Papier mit einer Bestellung. Es war die ursprüngliche Fischverkaufsstelle, längst nicht mehr in Gebrauch.

Die Stimmen klangen nun lauter. Als ich Alains sonoren Bariton erkannte – wieso war er hier? War er nicht eben ins Auto gestiegen? –, quetschte ich mich hinter einen Mauervorsprung und spitzte die Ohren.

»Was soll ich denn noch tun?«, sagte er. »Ich weiß nicht, was du willst, Nicolette.«

»Ich sag's zum hundertsten Mal. Ich will das Bild. Es ist meins. Wenn du es bis morgen nicht anschleppst …«

»Ich habe es nicht.«

»Aber du weißt, wo es ist.«

»Du hast es nicht begriffen. Wenn ich es wüsste, würde ich es dir geben.«

»Du lügst.«

»Du wiederholst dich. Hör mal, ich will nicht, dass du meinen Vater in den Dreck ziehst.«

»Ich bin nicht käuflich.«

»Doch. Du bist eine Schlampe.« Verzweiflung klang aus Alains Stimme, während Nicolette auflachte.

»Das haben die ehrbaren Nonnen eben über Armelle gesagt.«

»Es ist dir klar, dass ich jederzeit zu Mahon gehen kann? Er wird dich stoppen.«

»Wie denn? Mit einer einstweiligen Verfügung? Ich darf berichten, was ich will. Bei uns herrscht Presse- und Meinungsfreiheit.«

»Darum geht es längst nicht mehr. Heute Morgen ist Luc angeschossen worden, Luc Meunier«, sagte er.

»Wer ist das?«

»Auf der Pistole sind deine Fingerabdrücke.«

»Wovon sprichst du?«

»Die Pistole, Nicolette, aus der Vitrine des Klosters. Du hast sie angefasst, erinnerst du dich? Voller Bewunderung für das alte Kunsthandwerk, wir gingen nebeneinander her, als die Nonne die Führung gemacht hat.«

»Was ist damit?« Nicolette klang verwirrt, die Vokale wurden dunkel, die Aggression war verschwunden.

»Luc wurde mit der Pistole angeschossen. Ich war im Krankenhaus. Ich bete, dass sie ihn retten können, er ist mein Zeuge. Und ein Freund.«

»Denkst du tatsächlich, ich wäre das gewesen?«

»Ich weiß, dass du es nicht warst. Aber die Polizei braucht einen Schuldigen, egal wen.«

Ein Knall ertönte, scharf und erschreckend nah. War das ein Schuss? Nein, eher Metall auf Stein. Trotzdem bedrohlich.

Ich hastete über den Gang bis zum Eingang zurück, drückte die Tür auf. Nur weg von dem Haus.

Nicolette – Alain – Luc. Nicolettes Fingerabdrücke auf der Waffe. Nicht nur Nominoës, sondern auch Nicolettes? Wieso hatte Alain sie beschuldigt? Und wofür war Luc ein Zeuge?

Zwischen den drei Personen schwelte es, und mein Verdacht, Nominoë könnte etwas davon geahnt haben und nun in Gefahr schweben, wuchs. Ob ich Mahon informieren sollte? Er würde mir vermutlich den Kopf abreißen. Emils Nachricht war deutlich gewesen. Halt dich raus, Tereza.

Auf dem Platz vor der Bühne herrschte Aufbruchstimmung. Vielleicht sollte ich wie die anderen nach Hause gehen und den Feierabend genießen. Die Nonnen waren bereits unterwegs in Richtung »Villa Wunderblau«, Sylvie und Aimon düsten davon, Catherine und Magalie wollten mit Vivienne und einer Freundin auf einen Schlummertrunk ins »La Coquille« fahren, Aileen und Emil schlenderten zu Fuß, Ivy stieg auf ihr Elektrobike, bestimmt auf dem Weg zu Isidores Haus. Da ertönte eine Stimme in meinem Rücken.

»Da sind Sie ja. Ich bringe Ihnen Ihr Liebstes zurück.«

Es war Lorenz mit seinen Hunden und Merguez, dessen Begeisterung, mich zu sehen, sich in Grenzen hielt. Ich habe neue Freunde und brauche dich nicht mehr, sagte seine Körperhaltung. Super. Nicht mal ein Hund wollte mein Partner sein.

»Fahren Sie jetzt zur Grotte?«, fragte ich.

Lorenz bejahte und grinste in Richtung Isidore, der auch zu uns trat. »Nicht wahr, *mon capitaine*?«

Isidore wirkte nicht ganz so locker. »Wir sind sehr spät dran. Das hier ist das Meer. Kein See.«

Aber Lorenz wollte nichts davon wissen, brachte tausend Argumente, warum es trotz der Verspätung die Nacht der Nächte sei. Sein Französisch klang erbärmlich. Wie lang lebte der Mann schon hier?

Mit halbem Ohr hörte ich zu, bis mir etwas einfiel. Was, wenn Nicolette Alain angeschossen hatte und er verletzt im Hafenhaus lag? Ich würde mir ewig Vorwürfe wegen unterlassener Hilfeleistung machen.

Schon hatte ich das Handy draußen, als Alain Sonnett keine zehn Meter von uns entfernt sein Motorrad startete. Er musste den Hinterausgang genommen haben. Sein Blick blieb an mir hängen. Freundlich winkte er mir zu. Von Verzweiflung war nichts mehr zu spüren.

Er hat sich gut im Griff, dachte ich. Ein Chamäleon. Die förmliche Cordjackte hatte er mit einem legeren Kapuzenpulli vertauscht. Ein Bild wie aus einem Katalog. Oder täuschte der Schein?

»Was ist, Tereza, nehmen Sie die Herausforderung an? Kommen Sie mit?« Lorenz boxte mich unternehmungslustig in die Seite.

»Okay. Ich bin dabei.«

Das passte Isidore sichtlich nicht. »Monsieur Sarasin«, die Art, wie er den Basler Namen aussprach, hätte mich unter normalen Umständen zum Lachen gebracht, »hat eine private Tour gebucht. Mein Bötchen ist nicht so riesig.«

Oder jemand hat dir den Kontakt mit mir verboten.

»Wo ist eigentlich Ivy?«, fragte ich.

Isidore wurde dunkelrot. »Sie muss einen Workshop geben.«

»So spät am Abend?«

»Nacht-Yoga.«

»Dann ist doch genug Platz.«

Lorenz Sarasin lächelte mich an. »Meine Hunde würden sich freuen.«

12

Als Aufpasserin der drei Hunde abkommandiert, stand ich im Heck von Isidores Fischerboot, umweht von den Abgasen des knatternden Dieselmotors, während er steuerte und Lorenz gleichzeitig einen Vortrag zu den Meeresströmungen in der Rade de Brest, dem Stück Wasser zwischen Camaret und der Küstenstadt, hielt. Das Meer war Isidores größte Passion und verleitete ihn zu Monologen.

Meine Anspannung verflog, und ich begann, den Ausflug zu genießen. Im Vorbeifahren erkannte ich den Klosterstrand und den Turm, wo das Leuchtfeuer rotierte.

»Schau mal, Isidore!«, schrie ich. »Das Licht ist an. Denkst du, Nominoë ist zurück?«

Ich musste die Frage zweimal stellen, der Fahrtwind verwehte meine Worte.

»Ich nehme an, Sœur Jeanne hat den Dienst übernommen.«

»Die übernachtet bei uns in der ›Villa Wunderblau‹.«

»Dann haben sie die Automatik eingeschaltet, das ist die übliche Routine. Wir leben nicht mehr im Mittelalter. Mach dir keine Sorgen um Nominoë, die ist ein Stehaufmännchen.«

Ich verzichtete darauf, ihn auf die Genderdiskrepanz aufmerksam zu machen. »Hast du gewusst, dass sie Diabetikerin ist?«

Er war erstaunt. »Wirklich? Sie ist kerngesund. Wer hat das gesagt?«

»Claudine vom Altersheim.«

»Ach, der musst du nicht alles glauben, die ist eine große Geschichtenerzählerin, genau wie …«

»Ich?«, entwischte es mir.

Er grinste. »Du und Nominoë.«

Er drückte Lorenz das Steuerrad in die Hand und bückte sich. Nach einigem Suchen zog er ein iPad und Kopfhörer aus einem Karton. »›Die Sage vom Magischen See in der Grotte von Gouin‹. Das hat Nominoë aufgenommen, ich gebe sie manchmal meinen Gästen zu hören, wenn wir stundenlang auf die Delphine warten. Magst du?«

Das ließ ich mir nicht zweimal sagen. Ich schob die Kopfhörer über die Ohren, machte das Gerät an und erschauderte, als die warme Stimme Nominoës wie Honig in meinen Kopf floss.

»Rhiannon lebte auf der kleinen Insel Îlot des Capucines, zwischen der Pointe des Espagnols und der Pointe Sainte-Barbe, die die Bucht von Camaret in Richtung Westen begrenzt. Das war lange bevor Mitte des 19. Jahrhunderts auf der Insel ein militärisches Fort aus Schiefer und Granit gebaut wurde. Die Brücke zum Festland gab es damals nicht. Die Geschichte sagt, Rhiannons beste Freundin sei ein fliegendes Einhorn gewesen, darum nannte man sie das Pferdemädchen.

Täglich streifte sie durch die Landschaft, die auf kleinstem Raum die ganze Bretagne repräsentierte. Wald, sanft abfallende Weiden, kleine Steilküsten, die sich mit Kiesstränden abwechseln. Dazwischen ein winziger schneeweißer Sandstrand. Rhiannons Lieblingsstrand, wo sie schlief, wenn sie abends wegen der Flut nicht auf die Insel zurückkonnte.

Eines Tages lernte sie Goreu kennen, den einzigen Sohn aus dem Clan der Custenins, einer Schäferfamilie. Goreu wollte keine Schafe hüten, Goreu war ein Maler. Mit seinem Pinsel aus Eselsschwanzhaaren und Erdfarben bemalte er große Leinwände aus Schafshaut.

›Willst du meine Frau werden?‹, fragte Goreu, als er Rhiannon zum ersten Mal erblickte.

Rhiannon gab keine Antwort. Sie hatte ihr Leben auf der Kapuzinerinsel verbracht, mit den Tieren im Einklang, den Mardern, Dachsen und Füchsen, mit den Rebhühnern, den Seemöwen, den Delphinen und den Robben, die sich täglich auf den Granitfelsen sonnten. Rhiannon konnte verschiedene Tiersprachen, die Menschen jedoch verstand sie nicht. Und so machte es sich Goreu zum Ziel, ihr das Sprechen beizubringen. Rhiannon sog die Sprache auf wie die Tierhaut die Farbe, und als er das nächste Mal fragte, gab sie ihm Antwort.

›Mal mir ein Bild.‹ Ihre Stimme klang wie das prasselnde Feuer. ›Ein Bild, das alles enthält, was es hier gibt.‹ Sie zeigte um sich. ›Alles. Dann werde ich Ja sagen.‹

Woche für Woche, Monat für Monat brachte ihr Goreu ein Gemälde, eines schöner als das andere. Rhiannon lehnte alle ab.

›Was willst du denn?‹, fragte er entmutigt. Er hatte seinen Vater Custenin im Nacken, der den Sohn zum Schäfer machen wollte und auch eine Frau für ihn ausgesucht hatte, ein patentes Mädchen aus Roscanavel.

›Ein Bild von Schönheit, von Kraft, von Farben, von Licht, von Sehnsucht, von Trauer und Schmerz.‹ Rhiannon griff in den Lederbeutel, den sie immer bei sich trug. ›Versuch es damit.‹

Das Haar war silbern und sanft, so seidig, dass es Goreu durch die Finger glitt und davonflog. Der Wind spielte mit der Strähne, wirbelte sie hoch in die Luft und Goreu um die Ohren, bis es ihm endlich gelang, sie zu fassen. Er band sie an ein Stück Eichenholz, nun hatte er einen Pinsel. Dann schlachtete er das Lieblingsschaf des Vaters, gerbte die Haut so durchsichtig, dass er den Hochzeitsring, sein Geschenk für Rhiannon, sehen konnte, und setzte sich an den Strand, um zu malen. Viele Tage lang blieb er da, während die Wolken sich jagten, die Sonne den Regen vertrieb und Abend für Abend im Meer ertrank. Rhiannon sah ihm von der Kapuzinerinsel aus zu. Bis er sie zu sich holte. Das Bild war pure Magie. Es enthielt alles, was sie sich erträumt hatte, und noch viel mehr, sie selbst, Rhiannon, und Goreu, in Liebe vereint.

Da ertönte Geschrei, Custenin hatte den Tod seines Lieblingsschafes entdeckt. Gefolgt von einer Hunderotte kam er herbeigestürmt, sie warfen sich auf Goreu und zerfetzten ihn. Rhiannon aber griff nach dem Bild und flüchtete auf ihrem Einhorn in die Grotte von Gouin, eine Höhle mit einem zauberhaften See in der Nähe von Camaret, tief in den Felsen der Klippe.
Niemand hat das Pferdemädchen seither gesehen. Nur bei ganz sanftem Wetter, wenn das Meer sich kaum kräuselt und Ebbe und Flut sich begegnen, ist es möglich, die Grotte zu erreichen, den See darin zu entdecken, durch das klare Wasser bis auf den Grund zu schauen und Rhiannons Blick zu erhaschen, wie sie mit ihren braunen Augen heraufschaut und einem zuwinkt. Glücklich derjenige, der es schafft. Denn nur er, so sagt man, bekommt das Geschenk der ewigen Liebe. Eine wahrhaft bretonische Aussicht.«

In meinen Kopfhörern herrschte Stille, und ich machte das Gerät aus. Ganz im Bann der Geschichte bemerkte ich die Gesichter von Isidore und Lorenz. Beide starrten mich an.

»Hörst du nicht? Es geht los, Tereza, zieh den Kopf ein, sonst wird's eng.«

Vor mir erhob sich das steile Kliff, so nah, dass ich die von Moos überwachsenen Steinplatten fast berühren konnte. Mitten im Fels befand sich eine Öffnung in der Form einer Muschel. Auf den Seiten hingen Schlick und Algen, eine dunkle Linie zeigte, bis wo das Wasser bei Flut steigen würde.

»Da komm ich nicht mit rein«, sagte ich. »Ich hab Platzangst.«

Isidore drosselte den Motor, konzentrierte sich ganz aufs Manövrieren. Zentimeter für Zentimeter glitt das Boot vorwärts, berührte die Wände weder links noch rechts.

Als wir drin waren, wurde es auf einen Schlag finster, feucht und kalt. Gespenstisch ruhig. Es roch scharf und intensiv, nach Jod und nach einer anderen Welt. Merguez knurrte.

»Isidore, kannst du Licht machen, bitte? Merguez mag das

nicht.« Meine Stimme echote dreifach, von beiden Seiten und von oben. Beim Gedanken an die Tonnen und Tonnen von Granit über mir begannen meine Hände zu zittern.

Lorenz gab mir eine Erklärung. »Er muss es im Dunkeln schaffen, sonst sehen wir den Zauber nicht. Da vorn, das ist die Belohnung.«

Aus der Finsternis strahlte allmählich Licht. Magisches Licht. Rot, gelb, orange, mauve, grün, explodierende Farben, leuchtend, intensiv, geheimnisvoll. Das Schauspiel nahm mir den Atem und die Angst.

»Die phosphoreszierenden Steine von Gouin«, flüsterte Lorenz. »Endlich.« Wie viel Sehnsucht aus dem Wort klang.

Isidore räusperte sich. »Nur vier Mal im Jahr steht die Sonne so, dass sie einige Stunden durch ein Loch im Felsen hier hereinkommt. Sie lädt die Steine mit Licht auf, und lange danach glimmen sie. Ich habe es noch nie gesehen. Entweder das Meer war zu wild, oder es herrschte Nebel. Es ist ein Gottesgeschenk.«

Wir standen nebeneinander, alle drei, und schauten und schauten, als ob wir das Licht für immer in unseren Seelen bewahren wollten.

»Meine Frau …«, sagte Lorenz leise, seine Worte gingen fast unter in dem brummenden Motor. »Es war ihre Leidenschaft. Ich habe es nie wirklich begriffen. Ich …«

Was alles in diesem »Ich« steckte. Die Eifersucht auf eine erfüllende Berufung, das Elend desjenigen, der zu Hause bleiben musste, das Unverständnis, der Streit, die Versöhnung.

»Wo ist eigentlich der geheimnisvolle See?«, fragte ich nach einer Weile. »Wo man Rhiannons Augen sehen kann?«

»Den gibt's nicht«, sagte Isidore. »Es ist und bleibt eine Sage. Der Wahrheitsgehalt ist je nach Phantasie anpassbar. Ich kenne zumindest keinen, der ihn gefunden hätte.«

Schade, dachte ich. Das wäre großartig gewesen, ein geheimer Pfad von den magischen Felsen zum geheimnisvollen See, im tiefsten Innern der Klippe, ganz am Ende der Welt.

»Zut alors«, sagte Isidore plötzlich. »Die Flut steigt an, wir

müssen umdrehen.« Er manövrierte das Boot um die eigene Achse, einmal schrammte es an Land, das Geräusch war laut, Isidores Fluch auch.

»Achtung, Ihr Kopf«, warnte mich Lorenz.

Tatsächlich, nur knapp entging ich einer Beule. Wie schnell der Meeresspiegel gestiegen war, so viele Zentimeter in so kurzer Zeit, nur wenig später und wir wären nicht mehr rausgekommen.

Mit einem zischenden Geräusch glitt das Boot durch die Öffnung nach draußen, wo die Sonne direkt vor unseren Augen im Meer versank. Zuerst als Kugel, dann zur Hälfte, als kleines Halbrund, dann war sie weg. Und der Himmel glühte.

Es war unbeschreiblich.

»C'est trop beau, non?«, sagte Isidore.

Das war die Untertreibung des Jahrhunderts.

»Merci«, sagte ich und sah ihn an. »Merci, Isidore, das werde ich dir nie vergessen.«

Er grinste, hob die Mütze und wischte sich den Schweiß von der Stirn. »War knapp eben.«

Lorenz hatte eine Flasche Coreff aus seiner Schweizer Proviant-Luxus-Kühlbox geholt und goss jedem von uns ein Glas ein.

»Santé.«

Beim Anstoßen wechselten wir zum Du. »Auf die geheimnisvolle Grotte von Gouin. Auf dass sie uns viele Touristen bringt.«

Typisch Isidore, er blieb der Pragmatiker.

»Und diese Tour wollte Luc Meunier jeden Tag machen?«, fragte ich.

»Wieso ›wollte‹?« Isidore wunderte sich. »Er wird seinen Plan umsetzen und sich nicht von irgendwelchen Inspektoren aus dem Konzept bringen lassen. Die sollen ihm eine Zusage geben, und basta.« Er hatte sich ereifert. »Und nein, natürlich fährt Luc nicht jeden Tag ganz da rein. Die phosphoreszierenden Steine sind nur für Auserwählte. Wie dich. Und Madame Sarasin.«

Damit meinte er Lorenz' Frau. »Was Ruth geleistet hat, ist *extraordinaire*.«

Auf der Rückfahrt weg vom lichtverklärten Horizont in Richtung Camaret erklärte mir Lorenz, der Einfachheit halber in seinem Dialekt, der ihn auf Knopfdruck von einem radebrechenden Touristen in einen eloquenten Basler verwandelte, die Arbeit seiner verstorbenen Frau, wie sie in der Grotte geforscht hatte, die Entdeckung der phosphoreszierenden Felsen, die den Grundstein legten für eine permanente Ausstellung im Mineralmuseum. Bei der Hafeneinfahrt war ich voller Bewunderung für die Wissenschaftlerin, die ihr Leben den Steinen verschrieben hatte.

»Die Ausstellung werde ich mir auf jeden Fall ansehen. Sie muss eine wunderbare Frau gewesen sein. War sie krank?«

Lorenz nahm mir meine direkte Frage nicht übel. »Sie hatte eine Herzschwäche. Eine harmlose Grippe konnte gefährlich sein für sie. Aber sie hat sie vernachlässigt, fuhr lieber raus aufs Meer. Als wir ins Krankenhaus kamen, war es zu spät.«

Die Tour de Vauban kam in Sicht, die dunklen Umrisse sahen aus wie ein Scherenschnitt. Gleich waren wir da.

»Wenn Ruth nicht in den Felsen unterwegs war, hat sie alles dokumentiert. Unser Haus ist voll von ihrem Material. Ein Filmregisseur hat sich sogar für sie interessiert. Er wollte ein Porträt über sie und ihre Arbeit machen.«

Ich erstarrte. »Ein Regisseur? Wurde es ausgestrahlt?«

Er verneinte. »Ruth hat es sich lange überlegt, sie war medienscheu, arbeitete am liebsten im Stillen. Andererseits hätte es sie gefreut, ihre Arbeit zu zeigen. Und mich auch, ehrlich gesagt, lukrativ war das alles nicht. Bevor sie sich jedoch entscheiden konnte, wurde sie krank.«

»Wissen Sie noch, wie der Regisseur hieß?«

»Wir waren doch beim Du.«

Natürlich. Das passierte mir immer mal wieder hier oben, wo sich die Leute weniger schnell duzten als bei uns.

»Findest du es heraus?«

»Ich kann es versuchen. Warum?«

»Wir könnten im ›DEJALU‹ einen Abend über deine Frau machen. Damit ihre Arbeit nie vergessen geht.« Ich improvisierte aus dem Stegreif. »Es wäre doch schön, wenn das Porträt über sie noch realisiert würde.«

Lorenz überlegte nicht lange. »Ich glaube, das hätte ihr gefallen.«

***

Eine Stunde später, nach einem Schlummertrunk im »Café des Beaux Arts«, öffnete ich die Hintertür und erschrak, weil Sœur Marie Claude auf mich losstürzte, die Haube verkehrt herum, sichtlich aufgeregt.

»Eben hat es geklingelt. Sie werden es nicht glauben, wer das war.«

Als ich den Namen hörte, war ich in der Tat platt.

»Sie hat um Asyl gebeten. Wie Maria. Sie ist auch schwanger. Wir konnten sie nicht ablehnen, sie ist jetzt oben im Atlantique.«

»In meinem Zimmer?«

»Sie schlafen ja nie da, Tereza. Darum haben wir gedacht, es ist in Ordnung.«

»Wir?«

»Sœur Jeanne hat den Vorschlag gemacht.«

Super. Da konnte ich gleich ausziehen.

Marie Claude schob ihr Doppelkinn vor. »Es ist unsere Pflicht, Menschen in Not …«

»Schon gut … Was war denn ihr Problem? Hat Alains Villa am Meer ihren Ansprüchen nicht genügt?«

»Ich war im ›Thalassa‹, und es war ganz okay«, sagte eine Stimme von oben.

Armelle schaute vom ersten Stock zu uns herunter. In Jeans und T-Shirt, das Haar zum Pferdeschwanz gebunden, sah sie aus wie ein normaler Mensch, nicht wie eine Diva.

»Kann ich mir einen Tee machen? Mir ist übel.«

Das fehlte noch, dass ein schwangeres Publikumsidol in meinem Haus zusammenbrach. Ich eilte in die Küche, machte ihr Kamillentee mit Kräutern und bot ihr den Korbsessel an.

Sie kuschelte sich hinein, umschloss die Tasse mit beiden Händen, schnupperte am Kräuterduft.

»Was ist denn passiert?«, fragte ich schließlich, während ich den Deckel von einer Breizh Cola schraubte. Ich brauchte einen klaren Kopf.

»Dass Alain, dieser Arsch, für die Probe die Reporter organisiert hat, verzeih ich ihm nicht.«

»Wieso? Sie haben es doch genossen.« Ich hatte keine Lust, um den heißen Brei zu reden.

Sie riss die Augen auf, große schwarze Augen, umrahmt von einem kräftigen Kajalstift, eingerahmt von den längsten Wimpern der Welt. »Ich hasse es. Aber es ist Teil des Geschäfts. Wenn du Erfolg haben willst, nimmst du es in Kauf.«

Das klang mir zu edel.

»Wieso? Ihr profitiert doch alle davon, die Presse, Sie und Alain.«

Sie sah mich an. »Können wir uns duzen? Geht einfacher.«

Heute war offenbar die Nacht der neuen Freunde. Ein Nicken, ein Lächeln, alles in Ordnung.

Dann erzählte mir Armelle ihre Geschichte. Von ihrem Aufstieg in den Pariser Karaokebars, davon, wie Alain sie entdeckte, wie er sie nach oben brachte, von ihrem Erfolg mit den bretonischen Liedern, der bis in die Heimat drang, mit der sie eine Hassliebe verband.

»Ursprünglich wollte mich niemand in der Bretagne, obwohl Alain sehr hartnäckig war. Erst der Durchbruch in Paris hat mir geholfen.«

Komisch, ich hätte die Bretonen anders eingeschätzt.

»Es war Ende des letzten Jahrhunderts. Da gab es keinen Heimatboom wie jetzt. Breizh war noch keine wirkliche Marke. Und ich bin eine Frau, das darfst du nicht vergessen. Stivell und die anderen Jungs hatten es viel einfacher.«

Sie meinte den Musiker. »Dafür hattest du Alain.«

Die Künstlerin und der Mentor, eine Verbindung wie im Bilderbuch. Wäre da nicht Armelles Ehemann gewesen, von dem sie freimütig erzählte.

»Edmond. Er ist alt und reich. Eine Zweckheirat.«

»Wegen des Geldes?«

Sie nippte am Tee, schluckte langsam. »Geld fasziniert mich. Wir hatten nie welches. Ich bin ein Kind der Gosse. Bis zu einem gewissen Grad bin ich käuflich.«

Ehrlich, direkt. Sie begann, mir zu gefallen.

»Edmond, Alain und du. Eine Ménage-à-trois.«

Sie bejahte. »Bis es nicht mehr ging. Alain wollte mehr, ich nicht. Nun ist er nur noch mein Agent.« Ihr Grinsen war überwältigend. »Fast. Wenn wir es nicht vergessen.«

»Ist das Baby von ihm?«

Dass sie die Hand auf den Bauch legte, rührte mich. »Wer weiß …«

»Klingt kompliziert. Vor allem, weil es noch jemand gibt.«

Das löste eine Lachkaskade aus. »Der minderjährige Liebhaber? Ein PR-Gag.«

»Wirklich? Alains Idee?«

»Nein, dafür ist er zu ehrlich. Er hat ein Marketingbüro engagiert. Die sind kompromisslos. Haben mich in die Charts gehievt.«

»Also war auch die Lebensmittelvergiftung …«

»Die war echt und heftig. Das Krankenhaus allerdings hätte ich nicht gebraucht, ich hätte es locker zu Hause durchgestanden. Alles, was ich brauchte, waren eine Toilette und Tee.«

»Wohnst du nicht bei Alain?«

»Zu anstrengend. Ich habe ihn hier zum ersten Mal besucht, sonst war er immer bei mir in Paris. Wie gesagt, die Bretagne war für mich bis jetzt eine Tabuzone.«

Ich berührte ihre Hand. »Du hast es nicht leicht gehabt.«

Unser Schweigen war einvernehmlich.

»Ich glaube, ich geh dann mal ins Bett.«

»Eine Frage hätte ich noch«, sagte ich. »Es geht um Alain. Er scheint mir wohlhabend. Hat er es nötig, dein Agent zu sein?«

»Nein, natürlich nicht.«

»Warum tut er es dann? Aus Liebe?«

Schon wieder dieses Grinsen. »Er will Aufmerksamkeit. Die Leute sollen *ihn* lieben. Ich sag dir was unter uns. Er wäre gern ein Granit-Ritter der Bretagne wie sein Papa. Dafür tut er alles. Pech für ihn, dass man sich da nicht bewerben kann, man wird ernannt. Bernard hat es geschafft. Alain beißt sich die Zähne daran aus. Er war zum dritten Mal nominiert.«

»Er war nominiert, und der Papa hat's bekommen? Das klingt …«

»Genau. Die waren sich am Schluss spinnefeind.«

»Wegen dieses Ordens?«

»Möglich wär's. Früher waren sie ein Herz und eine Seele, ein Vater-Sohn-Team.«

»Wann hat es sich verändert?«

»Alain spricht nicht über sich. Ein typischer Kerl.«

Ich dachte an die schönen Marinepullis, an seinen Küstenlook.

»Kannst du den Streit ungefähr eingrenzen, in Tage oder Monate?«

Sie überlegte. »Monate, würde ich sagen. Vermutlich seit Bernard ins Altersheim gezogen ist.«

»Man sagt, Alain hat ihn abgeschoben.«

Sie zuckte die Achseln. »Das ist ein Gerücht. Hier auf der Halbinsel wird viel gequatscht. Wieso willst du das alles wissen?«

»Ich bin eine Geschichtenfresserin. Warum bist du eigentlich aus dem ›Thalassa‹ ausgezogen?«

»Die Journalisten haben das Hotel gestürmt, einer war in meiner Dusche. Da bin ich durch die Hintertür abgehauen. Eine Nacht-und-Nebel-Aktion, das Gepäck ist noch da.«

»Wer hat dich hergeschickt?«

»Die Surflehrerin. Sie und ihr Freund haben mich aufgegabelt, auf der Straße, es war sehr … biblisch irgendwie. Geh in die ›Villa Wunderblau‹, haben sie gesagt.«

Ayala und Kai, zwei schöne Früchtchen. Trotzdem gab es mir ein warmes Gefühl. Ich versicherte Armelle, dass sie bleiben könne.

»So lange du willst«, sagte ich. »Hier ist genug Platz.« Das meinte ich auch so. Im Winter war die »Villa Wunderblau« sehr leer gewesen. Dafür war sie nicht gedacht.

Armelle sah mich mit großen Augen an. »Merci, Tereza. Aber ich denke, ich werde abreisen.«

Sie schwieg.

»Bleib, Armelle«, sagte ich. »Das Konzert ist wichtig. Für das Dorf, für die Nonnen, fürs Kloster.« Für mich, das sagte ich nicht laut, das dachte ich nur. »Hier lassen dich die Paparazzi in Ruhe. Wenn Alain vorbeikommt, verraten wir dich nicht.«

Armelle wollte es sich überlegen. Sie ging nach oben, ein Handtuch und frische Bettwäsche in der Hand.

Hatte ich sie überredet? Ohne sie würde das Konzert nur halb so glamourös, da konnten sich die Bergamotten noch so viel Mühe geben. Durch Armelles Erzählung war mir erst klar geworden, wie viel Gewicht auf diesem Auftritt lag. Die Rückkehr der Vertriebenen, Heimkehr in ihre Geburtsstätte. Dass die Tickets weggegangen waren wie frische Croissants, war nur logisch, die Bergamotten dienten da im besten Fall als originelles Beigemüse.

Ich ging in mein Kabuff. Fast wollte mir der Kopf platzen ob all der Informationen, die ich im Lauf des Abends bekommen hatte. »Tereza, die Geschichtenfresserin.« Den Namen hatte Brigitte erfunden, weil ich ihr dauernd aus meinem Alltag als Buchhändlerin erzählt hatte. Ich hatte nicht damit gerechnet, dass ich diese Tradition hier weiterentwickeln würde.

In dem Moment summte mein Handy. Eine SMS. Lorenz Sarasin. Er gab mir den Namen des Regisseurs, der den Film über Ruth hatte drehen wollen. Es war kein Mann, sondern eine Frau. Eine aufregende Neuigkeit. »Nicolette Ginsberg?

Bist du sicher?«, schrieb ich zurück. »Die dreht auch den Film über die Bergamotten.«

»Jetzt, da du es sagst.«

Noch eine ganze Weile schrieben wir hin und her, ich kam mir dabei jung vor, wie meine Kinder, denen ich früher manchmal bei der Art zu kommunizieren über die Schulter geschaut hatte. Bis sie mich aus ihrem Dunstkreis verbannt hatten.

Nicolette Ginsberg war also schon länger an dieser Geschichte dran. Was konnte ich daraus lesen? Sie war eine eigenartige Figur. Der Film mit Armelle im Zentrum könnte ein Erfolg werden, er garantierte bestimmt hohe Einschaltquoten. Wie weit würde Nicolette für Schlagzeilen gehen?

Plötzlich reichte es mir. Ich rief Mahon an. Er meldete sich sofort.

»Wie geht's Ihnen?«

Mit der Frage hatte er nicht gerechnet, sagte das beredte Schweigen.

»Haben Sie etwas Neues von Nominoë gehört?«

Stille.

»Sie ist krank und braucht ihre Insulin-Ampullen. Irgendeine Vermutung, wohin ich sie ihr bringen könnte?«

Keine Reaktion. Hallo? Ich hatte ihm soeben eine wichtige Neuigkeit erzählt.

»Armelle übernachtet in der ›Villa Wunderblau‹, falls Sie sie suchen.«

Keine Antwort.

»Sie und Alain sind ein Paar. Und es dreht sich nicht um Geld. Damit liegen Sie falsch.«

Schweigen.

»Armelle wurde von einer Horde Paparazzi gejagt. Möglicherweise steckt Alain dahinter. Vielleicht aber auch Nicolette, die Filmregisseurin. Beide profitieren davon, wenn am Samstag viele Zuschauende anreisen.«

Totenstille.

»Sie werden sagen, das ist alles im Bereich von Mutmaßungen. Aber damit bin ich bis jetzt nicht schlecht gefahren. Wissen Sie etwas Neues von Luc Meunier?«

Endlich räusperte sich Mahon. »Er wird durchkommen, er ist stabil.«

»Gibt es Resultate aus dem Labor? Weitere Fingerabdrücke auf der Waffe vielleicht?«

Ich hatte Nicolettes Namen auf der Zunge, als ein genervter Seufzer erklang. »Das geht Sie nichts an, Madame Berger. Sie sollten sich doch aus den Ermittlungen raushalten. Mein Gendarm hat mir von eurem ›Deal‹ berichtet.«

Ich ignorierte seine Ermahnung, zu viel war passiert. »Also haben Sie Spuren gefunden. Probieren Sie einen Vergleich mit allen Beteiligten, vielleicht werden Sie fündig. Wissen Sie, dass Luc Schulden hatte?«

Erstaunlicherweise bejahte er. »Erst jetzt ist mir klar, wie groß sie waren. Er war verzweifelt.«

»Dann müsste ein Selbstmord zur Debatte stehen?«

»Lassen Sie es. Luc ist ein Freund.«

Ich biss mir auf die Lippen. Das Motorrad, kombinierte ich. Mahon, Aimon und Luc. Ich sah die drei vor mir, wie sie über die Serpentinenstraße auf den Ménez-Hom fuhren, den größten Berg der Gegend, dreihundert Meter hoch.

»Pardon«, sagte ich nach einer Weile. »Es tut mir leid. Ich wollte nicht …«

»Kein Thema. Wenn er wieder sprechen kann, wissen wir mehr. Ich besuche ihn morgen.«

»In Brest?«

»Kommen Sie mit?«

Was war mit Mahon los? »Sind Sie betrunken?«

»Ich bin Schotte. Ich vertrage Bier auf Wein.«

Er war betrunken.

Bevor ich es mir anders überlegen konnte, erzählte ich ihm von der Villa am Meer. »Hören Sie, ich wollte Ihnen sagen, dass ich glaube …«

»Ihr Glaube interessiert mich nicht.«

»Bei Bernard Sonnett gibt's ein Bild.«

»Was für ein Bild?«

»Eines, das fehlt.«

»Also kein Bild.«

»Vier sind da, das fünfte fehlt. Man sieht die Konturen an der Wand, wissen Sie? Die Tapete ist schrecklich, so ein dunkles Grün. Warum hatten die alten Bretonen diese Affinität zu Grün?«

»Sie wollten sich die Wälder ins Wohnzimmer holen.«

Er nahm mich nicht ernst. »Dem müssen Sie nachgehen, Monsieur le Commissaire.«

»Er wird das Bild verkauft haben. Oder umgehängt. In dem Haus ist ja viel Platz.«

»Nein, hören Sie zu. Die Regisseurin der TV-Reportage, Nicolette Ginsberg, zweifelt an Bernards Kriegsheldentum.«

»Er wird Granit-Ritter der Bretagne. Den Orden erhält nur, wer absolut sauber ist.«

»Sie hat ihm eine unangenehme Frage gestellt, auf Youtube.«

»Wo?«

Nachdem ich ihm den Sachverhalt erklärt hatte, wurde es ruhig im Hörer, er tippte, suchte nach dem Link.

Gleich darauf hörte ich die Tonspur der Reportage, das Fest im Garten, Bernard Sonnetts Antworten, die eigenartige Stille und dann, wie ein Pistolenknall, die Frage nach seiner Kriegsvergangenheit. Mahon sah sich die Stelle zweimal an.

»Die Stimme kommt aus dem Off, die Reporterin ist gesichtslos.«

»Es ist Nicolette.«

»Sagt wer? Sie?«

»Ich habe ein gutes Gehör. Sie klang genauso, als sie die Bergamotten angetrieben hat. ›Lasst den Schmus weg, mich interessieren die Ecken und Kanten.‹ Ihr Wahlspruch.«

»Das hat sie in dem Beitrag aber nicht erwähnt.«

»Es war mehr ihre Art …« Na gut, es war in der Tat schwer zu belegen, ich sollte nicht darauf beharren für den Moment. »Es gibt noch etwas, das Sie wissen sollten. Eine Frau ist gestorben. Eine Basler Mineralogin, und ich glaube, möglicherweise, es ist einige Jahre her, aber sie hatte Material, über die Grotte von Gouin, da will Luc mit den Medusen-Touren hinfahren. Alain Sonnett wiederum hat Geld investiert, in die Touren, meine ich. Und Luc ist angezeigt worden, das wissen Sie ja.«

»Können Sie vielleicht mal einen Punkt machen? Geht es um Luc?«

Er hatte recht, ich verhedderte mich. »Nein, um die Frau, Ruth Sarasin. Kennen Sie sie nicht?«

Ein Schnauben am anderen Ende. »Nicht jede hier ist mir bekannt, Madame Berger. Und Mineralogie ist keines meiner Steckenpferde.«

»Sie hat eine Ausstellung im Mineralmuseum gemacht, und ihr Mann Lorenz hat noch endlos viel Material, das müsste man durchsehen, es ist doch bestimmt kein Zufall. Ein Regisseur wollte ein Porträt über sie drehen, und nun stellt sich heraus, dass er eine Frau war. Darum wollte ich Sie bitten …« Ich verstummte. Ich hatte wie eine Verrückte geklungen. Nicht dazu geeignet, einen kritischen Kriminologen aus dem Vereinigten Königreich zu überzeugen.

»Entschuldigung. *Pardon. Excusez-moi.* Ein Desaster. Ich fange noch mal an. Ich glaube, dass der Tod der Mineralogin möglicherweise …«

»Stopp. Halten Sie den Mund. Es reicht. Ich will nichts mehr hören, nichts mehr, verstehen Sie? Erzählen Sie das alles dem zuständigen Beamten. Allenfalls in einer verständlichen Version.«

Was war nur los mit ihm? »Sie meinen Emil?«

»Nein. Dem Commissaire der Police nationale.«

Ich war baff. »Das sind doch Sie.«

»Nicht mehr. Ich bin suspendiert worden. Seit heute Abend bin ich nicht mehr im Dienst.«

13

Paris, 22. Juni

Ich saß im Zug nach Paris, gleich würden wir in der Gare Montparnasse einfahren. Der TGV brauchte nur dreieinhalb Stunden. Genauso viel Zeit würde mir für meine Nachforschungen bleiben, am Nachmittag wollte ich wieder zurück sein. Sylvie und die Nonnen passten in der Zwischenzeit auf Merguez und das »DEJALU« auf, wo schon am frühen Morgen viel los war. Eine Professorin aus Hamburg, frischgebackene Besitzerin eines Hauses in der Nähe, war mit einer Großbestellung für Saint-Pol-Roux hereingeschneit, und Sylvie hatte seither vergeblich versucht, die fehlenden Bände über Zwischenhändler oder Antiquariate ausfindig zu machen.

»Ich bringe dafür die Bücher mit«, hatte ich versprochen.

Sylvie war erst auf das Angebot eingegangen, als ich ihr die E-Mail der Mitarbeiterin aus der Buchhandlung »Gibert« in Paris gezeigt hatte. Spätnachts von mir kontaktiert, hatte sie mir frühmorgens geantwortet.

»Wir haben Saint-Pol-Roux auf Deutsch auf Lager. Den Band ›Lebendiges Kino‹. Neu erschienen bei Moloko. Und dazu ›Geschwindigkeit‹.«

Es war ein Glücksfall, sie hatte von jedem Band sechs Stück vorrätig. Dass ich deswegen extra nach Paris fuhr, war für alle außer für Sylvie ein Rätsel. Nach einem Jahr »DEJALU« verstand sie, dass man sich für Trouvaillen schon mal ein paar Stunden in einen Zug setzte. Sie war außer sich vor Freude gewesen, nun würde sie der Professorin einen Gefallen tun, die würde sich für immer und ewig dem »DEJALU« verschreiben und uns viele Neukunden aus ihrem Bekanntenkreis bringen.

Meine anderen Gründe für die Fahrt nach Paris gingen niemand etwas an. Wenn ich keinen Durchblick mehr hatte, pickte ich etwas heraus und ging dem auf den Grund. Giorgio, meinen Ex, hatte ich damit zur Weißglut getrieben.

»Ich will den Überblick, nicht die fucking Details«, hatte er mir in unserem finalen Streit an den Kopf geschmissen. »Verdammte Korinthenkackerei, Terry. Es geht um Visionen.«

Nun hatte er die Vision und ich die Details.

Erst hatte ich überlegt, Ayala zu fragen, ob sie mitfahren würde. Unser Ausflug nach Guernsey kam mir in den Sinn, wie wir zusammen die entscheidenden Fakten für die Geschichte um einen Künstlertrust zusammengetragen hatten. Aber das war vor einem Jahr gewesen. Nun war alles anders.

Um Punkt zwölf erhielt ich eine Textnachricht. Ich war gerade dabei, meine Regenjacke anzuziehen. Auf meinem Handybildschirm prangte ein Triskel-Symbol. Geschickt von einer unbekannten Nummer. Ein Handy mit englischer Vorwahl.

War das eine Nachricht von Nominoë? Bis Freitag um zwölf sollte sie sich bei uns melden, das hatten Magalie und ich im »Presqu'île Sophie«-Beitrag verkündet.

Ich wurde ganz aufgeregt. Doch als ich zurückrief, meldete sich niemand. Auch Magalie, die ich daraufhin anrief, hatte keine Ahnung. Sie riet mir, nicht zu viel in das Symbol hineinzuinterpretieren.

Die Leute hinter mir drängten. »*S'il vous plaît*, Sie können nicht stehen bleiben, Sie müssen aussteigen.«

Graue Häuser, grauer Himmel. In Paris regnete es in Strömen, am Bahnsteig roch es nach nasser Wolle, es gab Tausende von Menschen. Ich stieß mit einem Typen in Kapuzenjacke zusammen.

»Pardon.«

Schon durchquerte ich die moderne Halle, fuhr runter in die Métro, löste ein Carnet mit zehn Billetts, stieg in die 6, wechselte in Raspail in die 4 Richtung Porte de Clignancourt. Es war Jahre her, seit ich zum letzten Mal in Paris gewesen war, trotzdem fand ich den Weg. Damals war ich jung gewesen, Studentin, ich hatte in einem Dormitoire für junge Mädchen gewohnt, überfordert, übergewichtig und überwältigt. Die Métro 4 Richtung Porte de Clignancourt war *meine* Métro gewesen. Es fühlte sich an wie Heimkommen.

Am Boulevard St. Michel stieg ich aus und die Treppe empor, den Bücherkarren mit dekorativem Schweizer Kreuz hinter mir herziehend, ein praktisches Ding, bislang nie gebraucht. Oben angekommen, blieb ich stehen. Sog die feuchte Abgasluft mit einem Schuss Fluss ein, sah die Kathedrale von Notre-Dame im Wiederaufbau, weiter vorn den Louvre. Würde ich »Shakespeare&Co.« wiederfinden?

Damals war die englische Buchhandlung meine Rettung gewesen, ich konnte kaum Französisch, aber passabel Englisch. Stundenlang hatte ich mich da aufgehalten, später sogar einen Aushilfsjob ergattert. Es waren tolle Monate gewesen. Ich hatte Giorgio kennengelernt. Ob ich ihn wieder mal anrufen sollte?

Schon hatte ich den Finger auf dem Kontakt, lauschte dem Tuten. Was würde ich sagen: Ich glaube, unser Sohn hat sich in meine beste Freundin verliebt? Er würde mit mir lachen, mit mir weinen, er war der Papa, nur er konnte meine widersprüchlichen Gefühle verstehen.

»Pronto?« Das war nicht Giorgio. Die Stimme war jung und weiblich. Die Mutter seines Baby-Sohnes.

Ich unterbrach die Verbindung. Zum Glück kannte er meine französische Handynummer nicht. Wie peinlich.

Fünf Minuten später wischte ich mir vor dem Schild »Shakespeare&Co.« eine Freudenträne ab. Trotz des Regens befanden sich die üblichen Bücherkästen draußen, der Laden quoll über von Menschen, ich gab mich den Büchern und Geschichten hin.

Die junge Verkäuferin, die ich schließlich ansprach, entpuppte sich als Geschäftsführerin, hörte sich an, was ich von ihr wollte, und machte einen Vorschlag. Sie würde mich laufend über die Neuerscheinungen informieren, dafür kaufte ich die Bücher über ihren Zwischenhändler. Ein Handschlag und wir waren uns einig. Vergessen war Alis Ameise, ab jetzt machten wir die Geschäfte im Tereza-Stil.

Als ich wieder hinaustrat, war mein Einkaufswagen randvoll mit Büchern. Krimis, Romane, der neue Grossman, der neue Ian McEwan, die neue Zadie Smith und eine dicke Shakespeare-Gesamtausgabe von Oxford University Press. Wie sehr hatte es mir gefehlt, dieses Stöbern in Büchern, dieses Schnuppern, das Lesen der Klappentexte. »Mehr ist immer mehr«, hatte meine Chefin früher gesagt. Definitiv das Prinzip bei »Shakespeare&Co.«.

Wir sollten auch das »DEJALU« mit Büchern bis unter die Decke füllen. Wir waren zu dezent, zu luftig. Wenn man in einen Laden kam, wollte man von Büchern erschlagen werden.

Ich nutzte die Regenpause und ging den Boulevard St. Michel entlang zu Fuß zur ehrwürdigen Buchhandlung »Gibert«, meinem nächsten Ziel. Als ich in Richtung Seine schaute, stach mir der Kapuzentyp vom Bahnhof ins Auge. Nur wenige Meter von mir entfernt starrte er mich an. War er mir seit Crozon gefolgt?

Einmal Zwinkern, dann war er verschwunden. Dafür entdeckte ich einen anderen, noch einen. Der ganze Boulevard war voller Kapuzen, Männer, Frauen, Zwerge.

Logisch, es regnet, Tereza, du siehst Gespenster. Vielleicht solltest du etwas essen.

An einem Stand kaufte ich ein riesiges Thunfischbaguette. Es war voll mit Fisch, Mayo und welken Salatblättern und schmeckte himmlisch.

Bei »Gibert« kam Joseph, bei dem ich mich telefonisch angemeldet hatte, aus dem hinteren Teil des Ladens, der noch voller war als »Shakespeare&Co.«. Joseph führte mich in einen fensterlosen Raum. Zwischen Bücherregalen und einem Kopierer türmte sich windschief der Stapel mit Saint-Pol-Roux-Bänden.

»Wir haben die seit Monaten. Ein so genialer Surrealist und niemand kennt ihn.«

Ich stimmte ihm zu. Auf der Zugreise hatte ich »La Randonnée« gelesen, das einfachste Werk von Saint-Pol. Die Mischung aus Landschaftsbeschreibung, Poesie und Alltagsphilosophie hatte mir gefallen. Von Menhiren zum Wesen der Menschheit, von der Küstenwanderung zur Ewigkeit. Es hatte was.

Da in meinem Wagen kein Platz mehr war, machte ich die Plastiktüte obendrauf fest. Draußen suchte ich die Métrostation Odéon, um die 4 in die Gegenrichtung zu nehmen und in Châtelet – Les Halles auszusteigen. Auf der Plattform funktionierte der Lift nicht. Dafür gab es auch hier Typen mit Kapuze. Ein junger Schwarzer war sehr nett. Er trug mir ungefragt den Wagen nach oben, drei Etagen.

»Merci«, sagte ich und wollte ihm Geld geben, doch er winkte ab und hüpfte durch den Nieselregen davon.

An den Menschenschlangen vor dem Eingang des Kunst- und Kulturzentrums Centre Georges Pompidou vorbei ging ich in Richtung des Viertels Marais. Bis ich dort ankam, war ich pitschnass. In einer Seitenstraße, in der Nähe des Picasso-Museums, lag das Büro der Filmproduktion, wo ich einen Termin um elf Uhr dreißig hatte.

Das Haus entpuppte sich als typisches Pariser Gebäude, etwa fünf Stockwerke mit vielen Fenstern, auf jeder Etage eine andere Firma, wie es aussah. »FaitconnuPictures«, der Name ein Gemisch aus Französisch und Englisch, befand sich unter dem Dach. Das Firmenlogo bestand aus einer schwarzen Kameralinse auf sandfarbenem Grund.

Meinen Bücherkarren vertraute ich dem jungen Mann im Laden gegenüber an, einem Uhrenshop mit Schweizer Swatch-Uhren. Dass ich mich als Zürcherin outete, war mein Pluspunkt. Das Schweizer Kreuz auf meinem Wagen, den ich neben der Ladentür parkte, wurde für Instagram fotografiert und sofort als Werbeträger eingesetzt.

Auch dieser Lift stand still. Im Treppenhaus stank es, es war eng und stickig.

Außer Atem kam ich oben an. Und betrat eine andere Welt. Das luftige Großraumbüro wirkte frisch renoviert. Ein Team von etwa zwanzig jungen Menschen saß an verschiedenen Tischen in unterschiedlichen Größen und Farben, es herrschte eine Atmosphäre von lässiger Geschäftigkeit. Alle waren in die Arbeit vertieft, diskutierten, telefonierten, tippten. Durch die beiden großen Fenster gegenüber dem Eingang sah man direkt in den schiefergrauen Himmel und auf eine Unmenge von Dächern und Terrassen.

»Bonjour.« Die Empfangsdame war keine zwanzig Jahre alt, mit kurzem schwarzem Haar, in Jeans mit hohem Bund, weiter Bluse und knöchelhohen Turnschuhen. »Was wünschen Sie?«

Ihr superschnelles Französisch setzte mich unter Druck. Was sollte ich ihr bloß erzählen? Anstatt mir eine Strategie zurechtzulegen, hatte ich Pariser Sightseeing betrieben. Mahon fiel mir ein, zurückgepfiffen, suspendiert vom Präfekten, arbeitslos zu Hause. Wie würde er sich verhalten?

»Ich möchte zu Nicolette Ginsberg. Es geht um ihren Film über Ruth Sarasin, die Schweizer Mineralogin. Ich habe interessante Informationen für sie.«

»Wie heißt der Film?«

»Das weiß ich leider nicht. Es ist etwa zwei Jahre her. Das Projekt kam nicht zustande. Ich würde gern mit ihr darüber sprechen.«

Sie überlegte. »Ruth Sarasin ... Das sagt mir etwas. Moment.« Sie tippte auf einem Tablet herum, wischte über die Seiten, griff zum Telefon, bellte irgendwelche Befehle hinein.

»Kommen Sie«, sagte sie schließlich und führte mich ins Eckbüro, durch Glaswände vom Rest abgetrennt. Von hier aus hatte man direkten Ausblick auf den hinteren Teil des Centre Pompidou und auf das Nachbargebäude, so nah gebaut, dass ich die Regentropfen aufs Blechdach prasseln sah.

»Was sind das für Informationen?«

»Darüber muss ich mit Nicolette Ginsberg persönlich sprechen.«

»Sie dreht gerade.«

»Dann mit ihrem Chef?«

Sie hob ihre gestrichelten Augenbrauen. »Das bin ich. Ich bin die Produzentin. Chloe.«

Diese Göre konnte unmöglich die Firmenchefin sein. Was hatte Lovis zu mir gesagt? »Mama, die Welt hat sich geändert. Die Chefs sind jung, dynamisch und weiblich.«

»Was ist? Ich habe wenig Zeit.«

Nun bemerkte ich ihr summendes Handy, den Mann, der die Tür aufriss, sie um eine Meinung bat, die junge Frau, die ihr ein Budget vorlegte.

»Sorry, wir machen zurzeit eine Eingabe. Wir sind sehr *pressées.*« Chloe wandte sich wieder zu mir. »Pitchen Sie.«

»Bitte?«

»Stellen Sie mir Ihr Anliegen vor.«

Ich begann stotternd, erzählte von Ruth und den leuchtenden Steinen, erwähnte die Grotte, die Sage, kam vom Hundertsten ins Tausendste.

Sie unterbrach mich mit einer abwehrenden Geste. »Ich kapiere. Sie wollen mir bretonische Märchen verkaufen. Sorry. Falsche Adresse. Wir produzieren Dokumentarfilme zu gesellschaftspolitischen Themen. Ein Stockwerk weiter unten ist ein Ableger von ›Dreamworks‹, vielleicht haben Sie da Glück.«

Schon war sie wieder am Handy und ratterte Sätze ohne Punkt und Komma.

So schnell ließ ich mich nicht abspeisen. »Ruth Sarasin wurde möglicherweise ermordet. Nicolette Ginsberg hat sich damals für sie interessiert. Sie ist ein leidenschaftliches Arbeitstier, für ihre Projekte würde sie über Leichen gehen. Ich arbeite übrigens für die Police nationale.«

Das wirkte. Chloe machte nicht nur die Glastür wieder zu, sie ließ auch die Rollos herunter, schlüpfte in eine Jacke mit Schulterpolstern und schob ihre schwarze Hornbrille, die sich als modisches Statement entpuppte, ins Haar. »Darf ich Ihren Ausweis sehen?«

Ich zückte meinen Schweizer Pass. »Ich bin aus Basel. Der Heimatstadt der Mineralogin.«

Chloe musterte das Dokument. »Da steht nichts von Polizei. Und auch nichts von Basel.«

»Sie müssen mir einfach vertrauen. Ich ermittle undercover.« Ich winkte sie ans Fenster, zeigte ganz nach unten, zum Uhrenladen. »Der Büchertrolley mit dem Schweizer Kreuz neben der Tür ist meine Tarnung. Der Kollege«, ich deutete auf den Verkäufer, der sich in dem Moment an der frischen Luft eine Fluppe gönnte, »arbeitet ebenfalls undercover.«

»Okay, überzeugt.« Sie kontrollierte ihre Uhr. »Sie haben genau eine Minute.«

»Darf ich noch mal pitchen?«

Mit meiner Lernfähigkeit hatte ich sie gewonnen, sie grinste sogar.

»Hatten Sie Kenntnis von Nicolettes Projekt?«, fragte ich.

»Klar. Wir sind ein Team.«

»Worum ging es denn da genau?«

»Ein Porträt sollte es werden.«

»Über die Mineralogin?«

»Nicht nur.«

»Was noch?«

»Ruth Sarasin war eigentlich nur ein Kapitel. Mehr kann ich Ihnen jedoch nicht verraten. Der Film ist ein Langzeitprojekt. Wir halten alles unter Verschluss, Sie sollten mit unserem Anwalt sprechen.« Sie holte eine Karte aus der Schublade.

Maître Rebetez. Als ich den Namen las, fiel ich fast in Ohnmacht. Was für ein Zufall. Der Typ war mir schon vor einem Jahr quergekommen. Ein windiger Advokat, und trotzdem sehr erfolgreich.

»Wieso arbeiten Sie mit einem Anwalt in Brest zusammen? Sein Betätigungsfeld ist doch die Bretagne.«

Die Kenntnis dieser Details gab mir weitere Glaubwürdigkeit, ich sah es Chloes Miene an.

»Der Film enthält brisante Fakten, die für die Region und für das Département Finistère belastend sein könnten. Gleichzeitig soll das Projekt von der bretonischen Filmförderung finanziert werden. Sie sitzt in Brest. Sehen Sie die Diskrepanz? Da muss man äußerst vorsichtig vorgehen.«

»Geht es vielleicht um Aufarbeitung der Kriegsvergangenheit?« Das hatte ich mir zusammengereimt.
»Darüber geb ich Ihnen gern Auskunft, wenn Sie eine Verfügung haben.«
»Hatten Sie Kenntnis, dass Ruth Sarasin tot ist?«
»Es hat uns sehr deprimiert. Danach haben wir die Dreharbeiten auf Eis gelegt. Es gab sogar eine polizeiliche Ermittlung, der Polizist konnte jedoch damals keine Beweise für einen unnatürlichen Tod finden.«
»Sie sprechen von Commissaire Gabriel Mahon?«
Sie verneinte. »Er hieß anders. Es war auch kein Kommissar.«
»Ein Gendarm vielleicht? Emil Vanderbrouke?«
Der Name entlockte ihr ein Grinsen. »Stimmt, der tanzende Belgier.«
»Nun, der ›Belgier‹ hat Erkenntnisse, die den Fall in ein neues Licht rücken. Es könnte für Nicolette wichtig sein, sich die anzusehen.«
Chloe wirkte unvermittelt genervt. »Wieso kommen Sie dann zu mir? Nicolette dreht ja in der Bretagne. Wenn Sie alles andere wissen, dann das bestimmt auch.« Es reicht mir jetzt, klang aus ihrer Stimme. Schon nahm sie ihr Handy zur Hand.
»Genau«, sagte ich schnell. »Einen Film über die Bergamotten, die singenden Nonnen von Camaret-sur-Mer, verzuckert von Armelle. Absolut harmlos.« Ich deutete auf das Produktionsbüro, die Köpfe des Teams, die man durch die Rollolamellen sah. »Nicht im Stil von ›FaitconnuPictures‹, würde ich sagen.«
»Auch wir müssen unsere Brötchen verdienen.«
»Trotzdem. Das wird im besten Fall regionales TV, das interessiert in Paris niemand.«
»Wenn Armelle dabei ist, schon.«
»Ich habe eine Probe erlebt. Armelle und die Bergamotten, das passt nicht. Ich wette mit Ihnen, sie reist frühzeitig ab.« Geistig bat ich Armelle um Verzeihung, die News hatte ich für mich behalten wollen.

Chloe starrte mich an.

Ich griff zu einer Notlüge. »Dann sage ich Ihnen halt im Vertrauen, was Sache ist. Vanderbrouke schickt mich. Möglicherweise hat Nicolette Mist gebaut, richtig schlimmen Mist. Ich kann mir vorstellen, dass Sie als junge Filmfirma es vermeiden wollen, mit einem Verbrechen in Zusammenhang gebracht zu werden.«

»Oh, heutzutage will das jeder. Das ist sozusagen das Ziel, sehr werbewirksam.« Doch nur die Worte waren cool, sie war nervös geworden, zumindest trommelten ihre Turnschuhe auf dem Boden.

Auch ich wurde unruhig. In einer Dreiviertelstunde ging mein Zug. Als ich aufgeben wollte – ich war nun mal keine Polizistin, Verhörtechnik war nicht meine Stärke –, gab sie nach.

»Okay. Ich sage Ihnen, worum es in dem Film hauptsächlich geht. Um Nicolettes Großmutter.«

Mit allem hatte ich gerechnet, nur nicht damit. »Um ihre Oma?«

»Ihre Mamie, genau. Sie hat eine Zeit lang in Camaret gelebt.«

»Nicolette dreht einen Familienfilm?«

»So harmlos ist es nicht. Einen Aufdeckungsfilm über die Verhältnisse in Camaret während des Zweiten Weltkriegs. Über die Art, Dinge unter den Tisch zu kehren. Wenn es stimmt, was sie sagt, haben nach der Ausstrahlung verschiedene Leute ein Problem.«

Das interessierte mich brennend. »Was ist denn mit der Familie passiert? Würden Sie mir das erzählen?«

»Oh, dafür muss ich weit zurück, in die dreißiger Jahre.«

Chloe begann, die Familiengeschichte der Ginsbergs so schnell herunterzurattern, dass ich rein gar nichts verstand. Ich versuchte es mit Notizen und scheiterte, wollte mich aber nicht als Dilettantin outen. Dafür gibt's Handys, Mama, hörte ich Lovis' Stimme im Kopf. Ich suchte nach der Aufnahmefunktion, fand sie sogar, legte Chloes Kopfnicken als Einverständnis aus und nahm den zweiten Teil ihres Monologs auf. So könnte ich ihn mir wenigstens später in Ruhe anhören und übersetzen.

Als sie fertig war, ging sie zur Tür. »Ich muss zu einer Sitzung. Ehrlich gesagt, das Filmprojekt wird vermutlich gekillt. Die Finanzierung ist zusammengebrochen. Niemand will diesen Zweiten-Weltkriegs-Mist mehr sehen.«

»Und wieso will Nicolette den Film unbedingt machen?« Für Ruhm und Ehre und ihre Karriere, gab ich mir im Geist gleich selbst die Antwort.

Einmal mehr überraschte mich Chloe. »Damit sie endlich loslassen und etwas anderes drehen kann. Nicolette ist besessen von dem Thema. Dabei wäre sie so eine verdammt gute Dok-Filmerin.«

Nun war doch ziemlich viel zusammengekommen, ich war ihr dankbar und wollte ihr etwas zurückgeben.

»Ein Tipp: Wechseln Sie den Anwalt. Maître Rebetez ist nicht sauber, er gehört auf eine verbotene Liste. Es ist mir ein Rätsel, warum er weiter praktizieren kann. Möglicherweise ist er auch dafür verantwortlich, dass Ihre Finanzierung ins Stocken geraten ist.«

In ihren Augen glomm etwas auf. Mein Verdacht war auf fruchtbaren Boden gefallen. Gut so. Typen, die im Graubereich agierten und damit durchkamen, mochte ich nicht.

»Würden Sie mir ein Taxi rufen?«

Sie tat es und verschwand.

Während ich die Treppe hinunterstieg, überlegte ich, dass die Geschichte mit Bernard zusammenhängen musste, er war als Einziger im Zweiten Weltkrieg bereits in Camaret gewesen. Wenn mit ihm etwas nicht in Ordnung wäre, hätte das Konsequenzen für viele Leute, für die »Gefährten der Bretagne« zum Beispiel, die ihn posthum zum Ritter küren wollten.

Ich googelte die Telefonnummer und rief noch aus dem Eingangsbereich bei der bretonischen Vereinigung an. Erfand einen Zeitungsartikel über Bernard Sonnett und fragte nach, ob man jeweils den Leumund der künftigen Ritter prüfe. Die Frau am anderen Ende der Leitung lachte und verwies auf die umfangreiche Biografie über Bernard Sonnett, darin würde eigentlich alles Wissenswerte stehen.

Im nächsten Telefonat bat ich Sylvie, das Werk zu bestellen, dann flitzte ich los. Nachdem ich meinen Bücherwagen beim Swatch-Verkäufer unversehrt in Empfang genommen hatte, wartete ich auf das bestellte Taxi. Dabei wischte ich durch alle Fotos, die ich im Zusammenhang mit Bernard Sonnett gemacht hatte, im Altersheim, vor der Villa, im Ballsaal, und blieb am Foto des jungen Paares hängen, dem einzigen Bild, auf dem zwei Menschen lachten. Das Gesicht des Mädchens war schmal und fein, es hatte eine ausgeprägte Nase. Ich musste unbedingt ihre Identität herausfinden.

Und wenn ich schon dabei war, sah ich mir die vier Gemälde noch mal ganz genau an. Nicolette hatte im Streit mit Alain ein Bild erwähnt. Zwei davon waren Kopien von Monet, laut Alain. Die anderen beiden trugen keine Unterschrift, wirkten aber ebenso professionell, wie von einem Impressionisten gemalt. Dahinter steckte Bernard, er war der Maler, wenn ich Alain glauben konnte.

Aber wohin war das fünfte Bild verschwunden, von dem nur ein Schatten an der Wand übrig geblieben war?

Vielleicht war es im Altersheim bei Bernards Sachen. Vielleicht hatte Claudine Bernard geholfen, es zu verstecken. Sie oder Nominoë.

»Was machen Sie hier? Gehen Sie aus dem Weg«, blaffte mich eine Frau an, die mit ihren zwei Hunden über den Bürgersteig spazierte.

Mir wurde bewusst, dass es viel zu spät war. Das Taxi kam nicht. *Merde.* Ich hetzte zu Fuß zur Métrostation Saint-Sébastien, den Wagen hinter mir herziehend, bis mich ein blockiertes Rädchen stoppte. Diesmal half mir keiner beim Tragen, ein Junge spuckte auf den Boden, fast hätte er mich erwischt.

Als ich erschöpft ankam, stellte sich heraus, dass die Station wegen einer technischen Störung vorübergehend geschlossen war, darum waren auch sämtliche Taxis ausgebucht.

Freundlicherweise lud mich ein Typ zum Mitfahren in einem Uber-Taxi ein, allerdings stieg er vor mir aus und hatte Bar-Zahlung vereinbart, was sich als schwierig entpuppte, weil ich nicht genug Bargeld dabeihatte. Schließlich durfte ich in Schweizer Franken bezahlen, eine Gnade.

Den Zug erwischte ich im letzten Moment und nur, weil eine Gruppe von Kindern – es gab einen Waggon für unbegleitet reisende Ferienkinder, die alle in Brest abgeholt würden – zu spät kam. Immerhin, mein Sitzplatz war reserviert und die Tafel Grain de Sail mit Mokkageschmack, die ich zu Hause für unterwegs eingesteckt hatte, ein Stimmungsaufheller.

So verpflegt, wollte ich mir die Tondatei mit Chloes Erzählung auf meinem Handy anhören, fand sie aber nicht, verschollen.

Lovis anrufen? Sie war offline. Logisch, bei ihr war es acht Stunden später, sie schlief. Also hinterließ ich eine Nachricht. Und beschloss, die Zeit zur Recherche zu nutzen.

Und dann hatte ich Glück. Sylvie hatte die Bernard-Biografie als E-Book bestellen können und schickte sie mir auf meinen Reader. Das Buch war eine persönliche Hymne auf über dreihundert Seiten mit vielen Fotos, die meisten davon kannte ich bereits, wie ich beim digitalen Blättern merkte.

Ich las quer, eine meiner Kernkompetenzen. Erfuhr wenig über Bernards Kindheit, kaum etwas über den Zweiten Weltkrieg, manches über den Tod seiner jungen Frau und den Sohn Alain, den er allein aufgezogen hatte, viel über die Geschichte seiner schönen Villa und sein großes Engagement für die Bretagne, Projekte wie die Unterstützung von Musikunterricht in der Grundschule und den Gebrauch der bretonischen Sprache im Alltag. Und dass sein Hobby die impressionistische Malerei gewesen war.

Bei der Danksagung fiel mir auf, dass die »Gefährten der Bretagne« als Mitherausgeber fungierten, der Autor war ein

Freund und kurz nach Veröffentlichung der ersten Auflage verstorben. Wie Bernards Familie an ihr Geld gekommen war, blieb unerwähnt.

Eine üppige Ernte an Informationen, so schien es mir, als ich die Datei schloss. Vor allem das, was zwischen den Zeilen stand, war interessant. Dass Bernards Kindheit und Teenagerzeit außer ein paar niedlichen Anekdoten ausgespart wurden zum Beispiel.

Zu Nicolette Ginsberg fand ich kaum etwas im Netz. Sie war zwar auf verschiedenen Berufsportalen und bei Social Media vertreten, meldete sich aber nur selten und strikt geschäftlich. Die Proben in Camaret-sur-Mer hatte sie mit zwei Posts dokumentiert, die Ausstrahlung der Reportage über die Bergamotten war für Sonntagabend angekündigt.

Einen Tag hatte sie nur, um diesen Beitrag fertig zu machen? Das klang nach Stress. Vermutlich üblich im TV-Geschäft.

Auch über ihre Familie entdeckte ich nichts, keine Fotos dieser Oma. Eine Verbindung zu den Sonnetts auch nicht. Nichts über eine Gemäldesammlung, nichts über verschwundene Monet-Bilder.

Schließlich legte ich das Handy weg und sah zum Fenster hinaus. Seit wir Rennes hinter uns gelassen hatten, säumten nur noch Wälder die Strecke, so schien es mir. Meditation in Grün. Dschungelgrün, Birkengrün, Jadegrün – alle Schattierungen von Grün. Auf der Presqu'île gab das Meer den Ton an, das Wasser, die Klippen, die Heide, die Dünen. Hier im Hinterland waren es die Wälder und die Flüsse, die sich silbergrün zwischen tief hängenden Ästen und hohen Gräsern durchschlängelten, ab und zu ein See, kleine Weiler, wenige Dörfer mit granitfarbenen Kirchtürmen, abgemähte Wiesen mit runden Heuballen, ein Hinweis auf einen *»Moules et Frites«*-Anlass, gemalt auf ein Leintuch. Und dann wieder kilometerlang nur Natur.

Als wir in Brest einfuhren, herrschte viel Betrieb, auf dem Bahnsteig drängten sich die Leute, in Flipflops, kurzen Hosen und T-Shirts, Ausschau haltend, winkend. Um mich herum machte sich Aufregung breit. Die Türen gingen auf, die Ersten sprangen hinaus, es war ein Lachen und ein Jubeln.

»Bonjour! Coucou! Welcome!«

»Was ist hier los?«, fragte ich die Schaffnerin. »Ein bretonisches Fest?«

»Das ist hier immer so am Freitagabend. Wiedersehensfreude pur. Wenn es mir nicht gut geht, stelle ich mich freitagabends auf den Bahnsteig Nummer 3 des Brester Bahnhofs.«

Die Kinder waren aus dem Wagen gestiegen, alle mit Schildern in der Hand, manche wurden bereits erwartet, andere hielten Ausschau nach ihren Gastfamilien.

»Ein wenig wie im Krieg«, sagte ich.

Die Schaffnerin lächelte. »Nur friedlicher.«

Ich nestelte in der Boule-rouge und drückte ihr einen Flyer vom »DEJALU« in die Hand.

»›Die erste deutsche Buchhandlung‹«, las sie langsam in ihrem französischen Akzent. »Ich kann kein Deutsch.«

»Wir haben auch französische Bücher.«

Ich verabschiedete mich, zog den Bücherkarren zum Ausgang. Es war früher Abend und sehr heiß. Vor mir umarmten sich Leute, neben mir, hinter mir, Rucksacktouristen, alte Freunde, Liebende. So viele Emotionen.

Schnell ging ich durch die helle Halle, ließ mir an einem Automaten eine Kekspackung Oreos raus. Die Süße der cremigen Füllung schmerzte meine Zähne.

DD hatte ich auf dem großen Parkplatz ganz hinten geparkt, das verbeulte Himbeerrot leuchtete vertraut zwischen all den schwarzen, silbernen und beigen Hochglanzwagen. Ich ging los, sah weder nach links noch nach rechts. Bis ich über den Bügel eines Motorrads stolperte.

»Die Royal Enfield Mahon«, entwischte es mir.

»Verhunzen Sie meinen Namen?«, fragte eine Stimme.

Vor mir stand Mahon in seinem Motorradmantel, das Haar verweht, den Helm in der Hand.

»Was machen Sie hier?«

»Sie abholen.«

»Nicht nötig.«

Ich ließ ihn stehen, rannte in Richtung DD. Bis ich die gelbe Kralle sah. *Merde.* Nicht schon wieder. Ich sammelte Parkkrallen wie andere Kühlschrankmagnete.

»Sie können hier nicht ohne Ticket einen Tag lang parken«, Mahons Stimme ertönte in meinem Rücken. »Kommen Sie. Ich geb uns einen aus.«

14

Im Bahnhofsrestaurant waren die Plastikrosen auf den Tischen das Romantischste. Die Milch war ausgegangen, der schwarze Kaffee schmeckte bitter. Mahon bestellte ein Wasser. Er hatte wohl einen Kater.

»Was haben Sie in Paris gemacht?«

Wieso wusste er Bescheid? »Sie waren im ›DEJALU‹. Sie haben Sylvie ausgequetscht«, sagte ich.

»Sie hat es mir freiwillig erzählt. Mir und Merguez. Dem geht es gut. Er wird verhätschelt.«

»Das denke ich mir. Und morgen kotzt er, weil er so viele Muffins gefressen hat.«

Mahons Blick war unergründlich. »Noch mal von vorn. Warum sind Sie nach Paris gefahren?«

»Ich dachte, Sie sind suspendiert? Holen Sie mir Ihren Nachfolger. Dann erzähle ich ihm alles.«

»Die Situation hat sich geändert. Was haben Sie gemacht?«

»Bio-Hundefutter gekauft.«

»Und Nachforschungen zu Bernard Sonnett angestellt, nicht wahr?«

Ich holte mein Handy raus. »Das ist illegal. Ich ruf diesen Präfekten an. Sie dürfen mich nicht befragen.«

»Das ist keine Befragung.«

»Was dann? Ein Date?«

Er presste die Lippen zusammen.

»Commissaire Mahon, wenn Sie eine ehrliche Antwort wollen, müssen Sie ehrlich fragen.«

Schweigen. »Es geht um Luc.«

»Luc?« Ging es ihm schlechter?

»Ich konnte ihn besuchen. Er sieht mich nur mit großen Augen an, klappt die Lider wieder zu. Verloren in einer anderen Welt. Ich weiß nicht, ob er wieder wird wie vorher.«

»Tut mir leid.«

»Mir auch. Ich muss ihn …«

»Rächen? Sühnen? Hören Sie auf, überlassen Sie es den anderen. Als Suspendierter bekommen Sie Probleme.«

Etwas zuckte in seinen Augen auf.

Er hat eine Spur, dachte ich, wie Merguez, wenn er Wurst wittert.

»Das lassen Sie meine Sorge sein. Was haben Sie in Paris gemacht?«

»Französische Bücher gekauft.« Ich zeigte auf meinen Handwagen. »Dazu Saint-Pol-Roux in Deutsch. Auf dass ihn die Touristen kaufen und nie lesen, weil niemand ohne Anleitung verstehen kann, was er schreibt. Dafür sind die Bücher schön. Die werden weggehen wie Butterkekse.«

»Für das Fest am Samstag? Das wird nicht stattfinden.«

»Wieso denn? Sägen Sie in der Nacht die Bühne an? Nein, Blödsinn, Sie haben mit Alain Sonnett einen Deal gemacht.«

»Wie kommen Sie auf diesen Müll?« Er wurde aggressiv.

»Alain hat Sie in einem Telefonat erwähnt. ›Sonst rede ich mit Mahon‹, hat er gesagt. Mit Mahon. Es klang, als seien Sie sein bester Freund.«

»Ich hab keine Freunde.«

»Außer Luc, Aimon, Emil …«

»Hören Sie auf mit dem Quatsch. Alain Sonnett habe ich genau ein Mal gesehen, als wir seinen Vater geborgen haben. Ich habe keinen Deal mit ihm.« Er trank aus dem Glas. »Sehr still, dieses Wasser.«

Ich nippte am Kaffee. Verbrannte mir nicht den Mund. Schlechtes Zeichen.

»Fangen wir ein letztes Mal von vorn an?«, schlug ich vor.

Fand er gut. Wiederholte seine Frage. »Wieso waren Sie in Paris?«

»Ich habe ein neues Bestellsystem etabliert. Unser Zwischenhändler in Belgien ist keine Option mehr. Die Kontaktperson, der Freund meines Sohnes, hat gekündigt. Privat und beruflich.«

In seinem Gesicht arbeitete es. »Das klingt herausfordernd. Und was ist das für ein neues System?«

Ich zeigte ihm den Zettel der Buchhandlung. »Die haben deutsche Bücher und Kontakte nach Luxemburg.«

Damit war er zufrieden. Zum Glück.

»Nun sind Sie dran. Wieso holen Sie mich ab?«

»Ich war heute bei Lorenz Sarasin.«

Bei Sarasin hatte ich auf dem Heimweg vorbeifahren wollen, wir hatten verabredet, dass er mir die Unterlagen seiner Frau zeigen würde.

Mahon stellte angeekelt das Wasserglas weg. »Nachdem Sie den Namen gestern Abend am Telefon dreimal erwähnten, schien es mir wichtig. Ich habe alles Mögliche über den Tod seiner Frau erfahren.«

»Es war kein natürlicher Tod.«

»Dafür finden sich keine Hinweise in den Akten. Emil Vanderbrouke hat das nicht hinterfragt, es gab keine Obduktion, lediglich eine Beurteilung vor Ort. Mit einer allerdings signifikanten Auffälligkeit.«

Ich wartete ab, hielt die Pause aus.

»Sœur Nominoë hat den Begräbnisgottesdienst gehalten.«

Nein! Innerlich schrie ich auf.

»Den Gottesdienst? Das muss eine Fehlinformation sein. Die hält immer ein Priester.«

»Ich weiß auch nicht, wie so etwas möglich ist. Wir müssten bei den Katholiken nachfragen. Was noch interessanter ist, Nominoë war wohl auch die Letzte, die mit Ruth Sarasin gesprochen hat, zumindest laut ihrem Mann.«

Wieso war ich nicht auf die Idee gekommen, Lorenz danach zu fragen? »Und wo soll das gewesen sein?«

»Im Krankenhaus. Als sie schlagartig ernsthaft krank wurde, war Nominoë die Einzige, die sie besuchen durfte.«

»Und was wollen Sie mir damit sagen?«

»Es ist doch interessant, wie Nominoës Name immer wieder auftaucht.«

Ich biss mir auf die Lippen. »Was ist das nur mit Ihnen? Wieso haben Sie sich Nominoë als Sündenbock ausgesucht?«

»Tut mir leid, Madame Berger. Ich wünschte auch, im einzigen Protokoll über den Tod von Ruth Sarasin würde etwas anderes stehen.«

»Wie sind Sie an den Inhalt herangekommen? Ich dachte, der Sinn einer Suspendierung sei, dass Sie nichts mehr mit dem Fall zu tun haben.«

Er gab keine Antwort. Ich wusste es auch so. Emil war treu.

»Und das von dem Typen, der sagt, er habe keine Freunde.«

Auch das ließ er unkommentiert. »Ich habe mir Ruth Sarasins Unterlagen durchgeschaut.«

»Wieso? Lorenz hat sie *mir* versprochen.«

»Ich habe gesagt, Sie seien im Bild und fänden es gut.«

»Eine Lüge.«

»Dann muss ich Sie komplett missverstanden haben, gestern Abend am Telefon.«

»Sie waren so besoffen, dass die Coreff-Fahne bis zu mir in die ›Villa Wunderblau‹ reichte.«

»Eine feine Nase haben Sie.«

»Der Hund hat es mir beigebracht.«

»Dann leihen Sie ihn mir mal aus? Ich könnte was von ihm lernen.«

»Sie? Lernfähig?«

»Ich meine es ernst. Merguez kann jederzeit zu mir kommen.«

Er meinte es wirklich. Merguez und er waren ein Traumteam.

»Was haben Sie bei Lorenz herausgefunden?«, fragte ich.

»Die Unterlagen waren samt und sonders wissenschaftlich. Akribisch geordnet, total übersichtlich und darum frustrierend. Ein totes Ende, das Sie mir da präsentiert haben. Bis auf Nominoës Beteiligung.«

»Sie lassen sich zu falschen Schlüssen verleiten, Mahon. Es geht um äußerst verwobene Geschichten.«

»Das mag sein, Madame Berger. Aber auch die ausgefallensten Teilchen nützen nichts, wenn Ihnen der Durchblick fehlt.«

Damit hatte er leider recht.

»Machen Sie sich nichts draus, das ist immer so, wenn Laien ermitteln«, sagte er nach einer Weile.

»Und suspendierte Kommissare. Spucken Sie es aus. Es muss einen Grund geben, warum Sie mich abholen. Irgendetwas ist passiert.«

Er gab nach. »Ich habe in Sarasins Unterlagen eine handschriftliche Notiz gefunden, in ein Buch gepresst, sehr unauffällig. Sieht aus, als sei sie beim Telefonieren angefertigt worden.« Er faltete ein Stück Papier auf.

»Also doch. Mein Plan, bei Sarasin nachzusehen, war gut.«

»Nicht allzu schlecht. Manchmal können Details spielentscheidend sein. Das Datum interessiert mich. Es war der Tag vor Madame Sarasins Tod. Würden Sie mir den Zettel mal vorlesen?«

Ich sah die krakelige Schrift. »Danke, ich lese keine Korrespondenz von Toten.«

»Bitte.«

»Wieso?«

Er druckste herum. »Ich kann kein Deutsch.«

»Ich soll übersetzen? Fragen Sie Lorenz. Mit dem sind Sie doch so dicke.«

»Als ich ging, war er nicht gut auf mich zu sprechen.«

»Waren Sie noch charmanter als sonst?«

»Sagen wir es so: Er ist ein typischer Schweizer.«

»Und wie sind typische Schweizer?«

»Nicht wie Sie auf jeden Fall. Korrekt bis zum Abwinken. Er wollte plötzlich eine Autorisation sehen.«

»Da hat er recht. Wieso lassen Sie es nicht bleiben? Machen Sie ein wenig Yoga. Sie sitzen doch an der Quelle.«

Ups. Das war gemein. Nadège, seine Ex-Frau, die schöne Yogalehrerin, war vor einem Jahr gestorben. »Pardon, ich wollte nicht …«

Er schüttelte nur den Kopf, trank das Wasser leer.

Ich nahm ihm den Wisch aus den Fingern. »Also gut.«

Satzfragmente, Zeichnungen, wie man es beim Telefonieren

macht. »Grotte«, stand da, aus dem O war eine Höhle geworden. Daneben »Steine«. »Phosphor«. »Mineral«. »Unterlagen«. »Karte!!«.

Ich übersetzte laufend, stieß beim Weiterlesen sogar auf zwei Worte Basler Dialekt. »Träffe am Sächsi in Saint-Hernot.«

»Sie wollte jemand um achtzehn Uhr in Saint-Hernot treffen.«

»Das ist der Weiler neben dem Mineralmuseum.«

»Es geht um eine Karte.«

»Ich habe keine gefunden.«

Mein Herz klopfte. Das war eine Spur. »Vielleicht ist die noch im Museum. Vielleicht hatte Ruth da auch ein Büro.«

»Fragen Sie Sarasin.«

Ich zögerte, dann zog ich mein Handy heraus. Rief bei Lorenz an. Hatte ihn gleich am Draht. Sprach dies und das, benutzte mein breitestes Zürichdeutsch. Ging auf seinen leichten Ton ein, bereitwilliger, als mir zumute war. Verabredete mich für morgen am Fest. Versprach ihm nach dem Konzert einen Schlummertrunk. Auf meine Frage nach Ruths Arbeitsplatz im Museum gab er mir bereitwillig Antwort.

»Wegen der Unterlagen war heute schon mal jemand da«, fügte er an. »Ein ruppiger Kerl von der Police nationale.«

»Haben Sie ihm davon erzählt?«

»Nein, natürlich nicht. Ich habe kein Interesse, dass der Tod meiner Frau noch mal angeschaut wird. Sie soll in Frieden ruhen. Wenn aber aus ihrem Nachlass etwas Produktives gemacht wird, bin ich dabei.«

»Ich habe bereits mit meiner Kollegin gesprochen. Wir planen einen Abend um Steine und Geschichten.« Das klang etwas trocken. »Die Kraft der Steine, in den Sagen der Halbinsel. Und die phosphoreszierenden Felsen gehören natürlich dazu.«

Damit hatte ich ihn. Der Rest war ein Klacks.

Befriedigt legte ich auf.

»Seine Frau hatte ein Büro. Mit Schachteln voller Unterlagen. Die möglicherweise alle noch da sind.«

»Darüber haben Sie gesprochen? Dieses Schweizerdeutsch …« Mahon kratzte sich an der Nase. »Eine Halskrankheit.«

»Ganz anders das schottische Silbenballett.«

»Darf's noch etwas sein?«, fragte der Kellner und unterbrach unser Blickkreuzfeuer.

Mahon winkte ab. »Ich muss telefonieren.« Er verschwand in Richtung Toilette.

»Wir schließen bald«, sagte der Kellner höflich.

»Einen Kir Breton«, antwortete ich. »Oder gleich zwei.«

Als Mahon zurückkehrte, prostete ich ihm zu.

»Und? Kriegen Sie einen Termin im Museum?«

Er sah ein ganz klein wenig zufrieden aus. »Ein Glücksfall. Sie haben heute Abend offen, weil sie eine *randonnée des légendes* durchführen, einen Spaziergang mit Sagenerzählung. Es ist perfekt.« Er wirkte plötzlich dynamisch. »Ihr Auto ist übrigens wieder frei. Ich kenne den zuständigen Gendarmen. Nur den Strafzettel konnte er nicht sistieren.« Beschwichtigend hob er die Hände. »Ich kann nichts dafür.«

»Kein Thema. Unser Laden brummt, die Kasse ist voll. Da kann ich mir so etwas leisten.« Ich schulterte meine Boulerouge. »Wir haben gleich Probe. Mit den Bergamotten und Armelle. Ohne Nominoë. Wir verstecken sie auch nicht bei uns. Kommen Sie nach Ihrer Exkursion vorbei, wenn Sie mir nicht glauben.«

»Ich habe Wichtigeres vor. Und Sie auch. Treffen wir uns beim Mineralmuseum?«

***

Er wollte mich dabeihaben. Der Gedanke versüßte mir die Heimfahrt. Nicht wegen Mahon, auf dessen Gesellschaft ich verzichten konnte, sondern wegen dieses Falls, der mich immer mehr in den Bann zog.

Während die Leitplanken an mir vorbeirauschten, stellte ich

mir vor, wie ich die entscheidenden Hinweise finden würde, um Nicolette Ginsbergs wahre Absicht, einen aufklärerischen Film über ihre Großmutter zu drehen, ans Licht zu bringen. Ich würde aufzeigen, wie weit die Filmemacherin zu gehen bereit war, um an ihr Ziel zu kommen, und mit welchen Mitteln manche Leute sie daran hinderten.

Seit der Ankunft der Filmcrew auf der Halbinsel hatte sich viel ereignet, Bernard Sonnetts Tod, die Lebensmittelvergiftung und der Angriff auf Luc. Zufälle? Nein, das Leben war kein Warenkorb, in den man nach Lust und Laune Dinge einfüllte. Das eine war mit dem anderen verwoben, und wenn man einen Faden zerschnitt, geriet alles durcheinander.

Vor lauter Philosophieren verpasste ich die Ausfahrt. Weiterfahren, rausfahren, umfahren. Alles wieder zurück, um schließlich den Dorfplatz von Le Faou zu umrunden. Wie jedes Mal hüpfte mein Herz vor Freude über den Anblick der herrschaftlichen Schieferbauten, der Palmen, der Bänke, die zum Verweilen einluden. Selbst ein Straßendorf hatte in der Bretagne Charakter.

Nächstes Mal, schwor ich mir, schaue ich es mir an, trinke einen Café au lait und genieße die Marktplatzatmosphäre.

Nun jedoch ließ ich auch den Honigkauf bleiben und fuhr weiter. Nahm den Flussarm zu meiner Rechten so wenig wahr wie die geduckten Steinhäuser, die hohe Brücke, die Fahrt übers Hinterland. Dann ein Halt in Crozon, ein schneller Einkauf beim Supermarkt – Sylvie hatte mir eine Liste getextet. Weiterfahren, an der Bucht von Goulien vorbei bis zu der Stelle, wo die Straße nach hinten kippte.

Da war sie wieder. Meine Aussicht. Mein persönlicher Blick aufs Meer.

***

In der »Villa Wunderblau« ging es rund. Die Musik war bis weit herum zu hören, ein altmodisches Chanson, Joe Dassin, wie mir schien. Ich hatte DD beim Parkplatz der Gemeinde abgestellt und lief zu Fuß, die beiden Tüten umgehängt, den Wagen hinter mir herziehend. Bis ich stehen blieb.

»Ta salle de bains pue de merde, ÉTRANGÈRE, va-t-en!« Hatte der Schmierant einen ganzen Roman aufs Schaufenster des »DEJALU« geschrieben? »Dein Bad stinkt nach Scheiße, verpiss dich, Fremde!«

Die Schrift sah aus wie beim letzten Mal, nur die Wortwahl wurde immer aggressiver. Den Stinkefinger sparte ich mir, gegenüber war niemand.

Als ich die Eingangstür öffnete, ertönte eine Fanfare.

»Oh, Tereza, die Klingel ist neu, Isidore hat sie montiert. Gefällt's dir?«

Sylvie hatte aus der Küche gerufen und wartete meine Antwort nicht ab, ihre Zusammenfassung des Tages gipfelte in einer Demonstration der gefüllten Keksdose, während Merguez an mir hochsprang.

»Es war eine Bombenidee, Tereza, dass wir jetzt dreisprachig sind. Aimons Motorradfreunde waren hier. Sie wollen einen Saint-Pol-Roux-Ride machen, stell dir vor.«

In Sylvies Begeisterung erschallte der Ruf von Sœur Marie Claude. »Wir fangen an!«

Eilig holte ich Isidores Acetonmischung aus der Werkstatt, wischte das Schaufenster sauber, verschloss den Laden und ging zu den Bergamotten in der Hoffnung, dass sie die ganze Aktion nicht bemerkt hatten. Um den Küchentisch drängten sich Magalie, Aileen, Vivienne, Catherine, Bérénice, ein paar weitere Frauen, die ich vom Sehen kannte, die Nonnen, außer einer.

»Ist Jeanne nicht dabei?«, fragte ich.

»Sie wollte im Kloster Lebensmittel holen. Gedörrte Früchte und eingelegtes Gemüse für den Verkauf morgen. Wir haben auch einen Stand am Hafen«, antwortete Sœur Marthe und schlug vor, im Laden zu proben, weil es da mehr Platz gab. Sie ging voran, sichtlich heimisch geworden in meinem Haus, und stellte sich vor das Bücherregal mit den deutschen Krimis.

»Wo bleibt Armelle?«, fragte sie streng.

Armelle hatte ich ganz vergessen. »Ich hole sie.«

Vor der Tür zum Atlantique hielt ich inne. Armelle war ein Star, nur weil wir Persönliches ausgetauscht hatten, waren wir keine Freundinnen. Ob sie schlief?

Auch beim dritten Klopfen kam keine Reaktion, nicht beim vierten oder fünften.

Ich öffnete. Das Dachzimmer war leer. Noch aufgeräumter als üblich. Auf dem Tisch lag ein handschriftlicher Zettel. »Adieu, meine Lieben, ihr werdet das Konzert wunderbar ohne mich schaffen. Bitte vorher niemandem verraten, dass ich fehle. Die Leute werden strömen. Und wenn sie erst mal da sind, werden sie euch auch zuhören. *Allez, les femmes de Camaret! Allez, les Bergamottes!*«

Verdammt. Sie hatte unser gestriges Gespräch falsch verstanden. Ich hatte sie zum Bleiben ermuntert, und nun war sie weg.

Ich stürmte die Treppe hinunter. Klappte den Mund auf.

»Was ist, Tereza?«

Die Pause wurde unerträglich, alle blickten mich an.

»Armelle hat sich hingelegt, sie will sich etwas Ruhe gönnen. Das Baby im Bauch hat geflattert, ihr wisst ja.«

Auch die Kinderlosen nickten, das Wissen um die Bewegungen der Kinder im Bauch war im kollektiven Gedächtnis von Frauen gespeichert.

»Wir proben ohne sie. Ihren Part kann Marie Claude übernehmen.«

In dem Moment klopfte Ayala an die Ladentür. Ich schloss wieder auf.

»Sieh mal, Tereza«, sagte sie leise.

Die Scheibe war erneut verschmiert, ohne dass die anderen es bemerkt hatten. Mein Widersacher war ein Profi und hatte mich im Visier. *Merde. Merde. Merde.*

»Wann hat das wieder angefangen?«, fragte Ayala, während ich die Sauerei abwischte.

»Anfang dieser Woche.«

»Es ist wie vor einem Jahr.«

»Du denkst, es hängt mit mir zusammen?«

»Wieso bist du so feindselig? Hast du Mahon informiert?«

»Der ist suspendiert.«

»Warum?«

»Er hat seine Nase in Dinge gesteckt, die ihn nichts angehen.«

»Was geht einen Commissaire der Police nationale nichts an?«

»Keine Ahnung, Politik, Wirtschaft …«

Ayala nickte. »Vermutlich beides. Dann sag wenigstens Emil Bescheid, wegen der Schmiererei.«

»Hab ich gemacht.«

»Okay. Wir sollten Wachen aufstellen.«

Das »Wir« erfüllte mich mit Wärme. »Das sehen wir dann nach dem Konzert. Wie geht's Kai?«

Sie strahlte auf. »Er übernimmt meine Abend-Surfstunden, damit ich proben kann. Morgen holen wir Mathilde im Kinderheim ab. Eine Woche reicht. Magst du mitkommen, Tereza? Sie würde sich freuen.«

Aha. Sie wollte mich an meinen Oma-Status erinnern.

»Leider nein.«

Wir gingen zu den anderen. Ich nahm meine Boule-rouge und eine Jacke. »Dann wünsch ich euch eine schöne Probe.«

»Wieso?«, fragte Marthe. »Du bist doch auch dabei?«

Ich verneinte. »Ich bin heute Abend als Übersetzerin engagiert. Und seid ehrlich, meine Stimme wird euch nicht fehlen.«

15

Der Parkplatz vor dem Mineralmuseum war halb voll, es gab auch einige Motorräder, die Royal Enfield jedoch fehlte.

Der Abend war warm, mild, lau, nahezu tropisch. Perfekt für einen Geschichtenspaziergang. Mahon, im hellblauen Hemd ohne Mantel unerwartet menschlich, langweilte sich bereits in der Warteschlange bestehend aus plaudernden Kindern und Erwachsenen. Das lang gezogene Museumsgebäude war ein typisches *maison néo-bretonne* mit hohen Fenstern, Umrahmungen aus Granit, schieferfarbenem Dach. Daneben, im rechten Winkel angebaut, gab es zwei weitere Gebäude, dahinter ein Steinhaus, alle gruppiert um einen Garten.

Ich stellte mich zu Mahon.

»Wie sind Sie gekommen? Gejoggt? Ich habe das Motorrad nicht gesehen.«

Statt mir eine Antwort zu geben, instruierte er mich. »Ich verabschiede mich bei der ersten Gelegenheit und versuche, mir im Haus einen Überblick zu verschaffen und Ruth Sarasins Büro zu finden. Sie fungieren als meine Tarnung. Wenn ich Sie brauche, rufe ich Sie an.«

»Ich will dabei sein.«

»Das ist Polizeiarbeit.«

So ein Arsch. Wozu hatte er mich herbestellt?

Bevor ich mit ihm diskutieren konnte, ging die Tür des kleinsten Gebäudes auf. Eine junge Frau mit einem überlangen Zopf in Aubergine und einem Overall trat hinaus und sprach uns mit heiserer Stimme an.

»Wir sind offen, die Billette bitte an der Kasse holen. Schön der Reihe nach.« Eine resolute Museumsangestellte, vermutlich eine Studentin im Sommerjob.

Es dauerte, bis wir drin waren, Mahon neben mir scharrte ungeduldig mit den Füßen, er war Warten nicht gewohnt. Über eine Treppe ging es in den engen Empfangsraum. Die kleinen Tische und Vitrinen waren voller Bernsteine, Amethyste, Kristalle, die ganze Bandbreite der felsigen Ernte. Mehrere Kinder und ihre Eltern drängten sich um einen Korb mit besonders preisgünstigen Exemplaren.

»Glückssteine«, erklärte ein verschlafener Verkäufer, der ebenfalls einen Overall trug, während die Studentin am Tresen ein Ticket nach dem anderen ausgab.

»Gehen Sie zum Treffpunkt am Ende des Parkplatzes«, informierte sie uns, als wir an der Reihe waren.

Mahon nahm die Tickets in Empfang. Danach beugte er sich vor und flüsterte der Frau etwas ins Ohr.

Sie hob abwehrend die Hände. »Nein, die Führung durchs Museum findet nicht statt. Erst morgen früh wieder.«

Mahon machte einen erneuten Versuch, diesmal sprach er laut. »Aber in der Anzeige gab es einen Hinweis, dass das Museum offen ist.«

»Missverständnis, wir öffnen nur für die *randonnée. Désolée.*« Die Studentin kannte kein Pardon.

Reingefallen. Mahon sah wütend aus. Seine Hand zuckte zur Brusttasche, wo vermutlich sein Ausweis steckte.

Ich zupfte ihn am Arm. »Komm, Chéri, buchen wir den Spaziergang. Das klingt nett, das Museum läuft uns nicht davon.« Ich bezahlte für uns beide, ging wieder hinaus und vor Mahon her zum Ende des Parkplatzes.

»Wir müssen mitmachen und eine Gelegenheit abwarten«, flüsterte ich ihm zu.

Ich spürte, wie ihn das Ganze stresste, er zappelte wie ein Fisch, der aus dem vertrauten Wasser seiner polizeilichen Privilegien gezogen war. Ich hingegen begann, den Ausflug zu genießen.

Immer mehr Leute kamen, bald waren es an die fünfzig Menschen. Ich hörte Französisch, Englisch, Deutsch.

»Was genau erwartet uns?«, fragte ich.

»Das wüsste ich auch gern.«

»Wenn Sie wollen, täusche ich einen Toilettenbesuch vor und schleiche mich ins Gebäude.«

»Schleichen?« Mahons Stimme war kalt. »Das ist keine Pfadfinderveranstaltung, Madame Berger.«

In dem Moment kam die Studentin wieder. Nun trug sie einen weiten grellorangen Mantel, das Haar wallte unter einem Hut hervor. Sie bedeutete uns, näher zu kommen, stellte sich als Joséphine vor und wies uns darauf hin, dass sie französisch spräche, und damit basta.

Ich konnte es kaum glauben. »Das passiert dir nur in Frankreich. In der Schweiz wäre so eine Führung in Englisch, mit Kopfhörern in allen Sprachen.«

In munterem Bretonenfranzösisch erklärte uns Joséphine die Spielregeln, bevor sie uns ihren Beruf verriet. »Ich bin Archäologieprofessorin aus Brest.«

Professorin? Nach der Produzentin und Nicolette war das bereits die Dritte, die ich unterschätzt hatte. Es gab in Frankreich eine forsche Generation junger Frauen.

»... im Sommer jeweils auf der Insel anzutreffen ...«, fuhr Joséphine fort, beeindruckend, weil sich ihre Heiserkeit in dem Maße steigerte, wie ihre Stimme lauter wurde, »... um neugieriges Fußvolk wie euch in die Sagenwelt der Insel einzuführen. Sie ist vielfältig und ...«, auf dem Höhepunkt der Erzählintensität hielt sie inne, »... gefährlich.«

Letzteres hatte sie so laut geschrien, dass wir alle zusammenzuckten. Flüsternd kam sie zum Schluss ihrer Einführung.

»Wenn wir später, in der Abenddämmerung am Lagerfeuer, auf die Île Vierge hinüberblicken und ihr einen menschlichen Schatten seht, ist das Nimue, die Göttin vom See.«

»Die ist doch von König Artus«, piepste ein Knirps.

Joséphine machte so riesige Augen, dass der Junge aufjapste vor Angst.

»Gut gebrüllt, mein Kleiner«, sagte sie. »An Mittsommer verlässt sie den See von Avalon und macht Ferien bei der Île Vierge. Sie und ich haben eine Vereinbarung: Meine Touristinnen lässt sie in Ruhe. Auch die kleinen Kinder. Nur die Männer sollten sich vorsehen, die frisst sie schon mal zum Abendessen. Darum haltet euch fest an den Frauen. *Allez, les femmes.*«

Die Spannung entlud sich in Gelächter. Professorin Joséphine hatte uns in der Tasche. Es folgten Informationen zum Schuhwerk (»Wer abgelatschte Turnschuhe trägt, bekommt Wanderverbot«) und zum Gruppenverhalten (»Abstand wahren, sonst werdet ihr disqualifiziert«).

»Nun brauche ich nur noch einen Compagnon, jemand an meiner Seite, der die bösen Geister vertreibt, falls Nimue ihre Freundinnen zu Besuch hat und uns narren will.«

Wir duckten uns unter ihrem scharfen Blick. Er blieb an Mahon hängen, dem Größten von allen.

»Darf ich bitten, Monsieur?«

Von unterdrücktem Lachen geschüttelt, sah ich zu, wie er äußerst widerwillig durch die Gasse ging, die sich für ihn auftat. Joséphine zwang ihm ihre ausgestreckte Hand auf, und zusammen schritt das beeindruckende Paar über den staubigen Kiesparkplatz zur Schotterstraße in Richtung Küste. Ich schummelte mich an den Schluss der Reihe und bemerkte, wie der verschlafene Verkäufer anfing, Fackeln und eine Feuerschale aus dem Schuppen zu räumen. Offenbar bereitete er alles für die Rückkehr vor.

»Endet die Lesung hier?«, fragte ich ihn.

»Ja, bei einem Umtrunk im Hof.«

»Wozu die Fackeln? Es dauert noch Stunden, bis es dunkel ist.«

»Für das Feeling.« Er grinste. »Joséphine will die Geister tanzen lassen.«

»Das heißt, Sie bewachen das Museum?«

»Ich komme später nach, wenn alles bereit ist. Ist nicht weit, sie führt euch im Kreis rum.«

Als ich mich unauffällig in Richtung Museum entfernte, stoppte mich Joséphine, die Argusaugen haben musste, mit einem Schrei.

»Kommen Sie, Ehefrau von meinem Compagnon! Haben Sie keine Angst vor der Ménage-à-trois!«

Riesengelächter. Ich verzichtete darauf, die Dinge klarzustellen. Mahon sah verdattert aus. Ein Urereignis wie Joséphine war ihm wohl noch nie passiert.

Nach einer kurzen Wanderung über den Küstenweg kamen wir am Rand der Klippe an, wo ein steiler Weg zur kleinen Landzunge führte. Zum Strand dürfe absolut niemand hinunterklettern, erklärte uns Joséphine als Erstes, Fotos seien das höchste der Gefühle.

»Aber wir sind deswegen hier. Es hieß ›Spaziergang zur Île Vierge‹«, protestierte ein bärtiger Deutscher in rudimentärem Französisch.

»Wollen Sie sterben? Nur zu, junger Mann, klettern Sie, wir feuern Sie an und lassen Ihre Gebeine vermodern.« Dabei rollte sie das Wort *»pourrir«* auf der Zunge, als sei es eine Blechbüchsenarmee.

Danach war erst mal Stille.

Bis sie lachte. »Nein, nein, ich habe übertrieben. Im Ernst. Ich verstehe euch gut. Der Strand der Île Vierge ist das Paradies pur. *Aber* … der Weg ist seit diesem Jahr verboten. Zu gefährlich, die Touristen sind mit Flipflops da runtergeklettert. Solche wie er!«

Alle starrten auf die losen Sandalen des Protestmannes.

»Solange nicht entschieden ist, ob ein befestigter Weg gebaut wird – und ich warne euch, das kann hier Jahre dauern –, gibt es nur eine Möglichkeit, an den Strand zu kommen. Per Boot.« Joséphine zeigte in Richtung Morgat. »Könnt ihr morgen nachholen, mietet ein Kajak im Centre Nautique. Mit mir erlebt ihr andere Dinge, die Natur, die Kraft, die Geschichten der Bretagne. *Allez!*«

Joséphine, die auch Biologin war, wie sich herausstellte, war eine echte Überfliegerin. Sie klärte uns nicht nur über die Pflanzenwelt auf, ließ uns vertrocknete Heidelbeeren kosten, Lorbeer und Pinienharz direkt von den Bäumen, sie hatte in der Tat Argusaugen. Jedes Mal wenn ich versuchte, mich von der Gruppe abzusetzen, sprach sie mich direkt an. Ich vermied Mahons nervösen Blick und versuchte weiterhin, eine geeignete Gelegenheit zu finden.

»Setzt euch …«, sagte Joséphine, als wir vom Klippenweg landeinwärts abbogen.

Auf dem Platz zwischen den Bäumen, einer arenaartigen Kuhle, die etwas tiefer lag, war es schattig und kühl, obwohl die Sonne nur wenige Meter weiter oben strahlte. Es entstand eine magische Stimmung, der Ort war perfekt gewählt.

»… und staunt, meine Kinder.« Sie gab dem unvermittelt auftauchenden Verkäufer – ich erkannte ihn trotz seiner Ritterverkleidung – ein Zeichen.

Im Schein der Fackeln beobachtete ich, wie sie den aufmüpfigen Mahon mit eiserner Klaue an ihre Seite zurückzwang.

»Passt gut auf, was ich euch erzähle. Nur die richtigen Antworten ermöglichen euch den Heimweg durchs Totenreich, ansonsten droht euch ein schlimmes Schicksal.«

Sie war eine Schmierenkomödiantin, aber eine brillante.

»Hört die Geschichte der Rhiannon, einer Freundin Nimues. Sie lebte auf der Felsnase vor der Île Vierge, zwischen dem Cap de la Chèvre, der westlichsten Landspitze der Halbinsel Crozon, und dem Hafenort Morgat, in der malerischen Bucht von Douarnenez, lange bevor Mitte des 19. Jahrhunderts aus dem Fischerdorf ein Paradies für Touristen wurde.«

Nanu? Das war Nominoës Erzählung, die ich mir auf Isidores Tablet angehört hatte. Nahm man es hier nicht so genau mit der Wahrheit, oder wurde die Sage je nach der Örtlichkeit angepasst?

Was auch immer, die Handlung war fesselnd, und die Leute wurden in den Bann der fürchterlichen Joséphine gezogen. Das war meine Gelegenheit. Ich schummelte mich vorsichtig zur Seite, ließ mich fallen, robbte rückwärts zum nächsten Baum und lief los. Schnell kam ich außer Atem, verfing mich im überhängenden Farn, riss mir an einer Brombeerstaude den Unterarm auf, gelangte auf den Schotterweg, sah erleichtert die Fackeln, als Wegweiser für den Rückweg aufgestellt, verwünschte die letzten fünfhundert Meter, die sich zu tausend zogen.

Über dem Mineralmuseum war der Himmel petrolblau. Den Fackeln folgend, gelangte ich in den Innenhof mit Natursteinbrunnen, wo die Feuerschale inmitten von Lavendel- und Kräuterbeeten vor sich hin glühte. Beim größten der vier Gebäude standen die Flügeltüren weit offen.

Mir blieb nur wenig Zeit. Zum Ende der Erzählung wollte ich zurück sein und mich wieder unter die Spaziergänger mischen. Während des Laufens hatte ich mir Gedanken gemacht, wo das Büro liegen könnte. Ich tippte auf das mittlere Gebäude, in dem die permanente Ausstellung untergebracht war.

Nach dem dritten Raum – sympathisch chaotisch mit großen Vitrinen voller Findlinge, Felsbrocken, Fossilien, Kristalle, Granit und Urgestein – hatte ich die Orientierung verloren. Eine mit Sand gefüllte Riesenkiste im letzten Haus erregte meine Aufmerksamkeit, hier waren offenbar die Kinder gefragt, das Relief der Halbinsel konnte nachgebaut werden.

Gleich darauf kam ich in den Raum, den mir Lorenz beschrieben hatte. Da war es stockdunkel, meine Taschenlampe zeigte eine Ansammlung von enttäuschend grauen Steinen. Bis ich den Schalter fand, dauerte es. Einmal drücken, mehrere Röhren glommen ultraviolett auf und brachten die Steine zum Leuchten. Rot, grün, gelb, blau, violett – die Nachbildung der Grotte von Gouin. Ruth Sarasins Werk. Fast so spektakulär wie das Original.

Als ich die kleine Tür neben der Attrappe eines Felsmassivs entdeckte, drückte ich die Klinke ohne große Hoffnung. Doch sie bewegte sich. Schwups, schon stand ich drin. Hatte Ruth hier gearbeitet, an ihrem letzten Tag, bevor sie die Herzschwäche erlitt, nach der sie nur noch kurze Zeit lebte?

Das Licht meiner Handytaschenlampe offenbarte einen komplett leer geräumten Raum. Nicht mal auf dem Schreibtisch war etwas zu sehen. Lorenz Sarasin musste sich geirrt haben. Hier gab es nichts mehr zu entdecken, bis auf ein Pinnboard voller A4-Zettel.

Eine SMS, Mahon. »Wir sind im Anflug.«

Merde, alles für die Katz.

Als ich zur Tür ging, streifte ich das Pinnboard, und ein ganzer Stapel Papier segelte zu Boden. Es waren Kinderzeichnungen, die oberste zeigte die Sandlandschaft, an der ich eben vorbeigekommen war. Das mussten die Werke der kleinen Museumsbesucher sein.

Bestimmt traut sich niemand, die zu entsorgen, dachte ich. Das kannte ich gut, die Kisten mit dem Gebastelten meiner Kinder hatte ich in ein Lager gestellt, von nichts hatte ich mich trennen können.

Ich hob einige Zeichnungen auf, ordnete sie und blätterte mich durch, bis mir eine mit Tusche gezeichnete Karte auffiel, die sich von den anderen Bildern abhob. Die Maltechnik verriet den Profi. Es waren unverkennbar die Bucht von Camaret und das Leuchtturmkloster, daneben mitten im Meer ein Viereck, eine Art Vergrößerung.

Ich hielt das Blatt ein Stück von mir entfernt. Stellte das einen Querschnitt der Grotte von Gouin dar? Ruths Werk, das sie auf diesem Blatt verewigt hatte?

Mein Herz pochte. Die Grotte war wichtig, das spürte ich. Ruth hatte die Karte unter den anderen Zeichnungen verborgen, sodass niemand sie gefunden hätte, wäre mir der Stapel nicht aus der Hand gerutscht. Absicht?

Ich steckte die Karte ein. Zwei Jahre lang hatte sich niemand darum gekümmert, keiner würde sie vermissen.

Wieder eine SMS. »WO SIND SIE?«

Rausrennen, Licht ausmachen, die Treppe hinunter, durch die Ausstellungssäle in den Hof, wo Joséphine alle zum Feuer rief für die letzte, die ultimative, die gefährlichste Herausforderung.

Ich schummelte mich neben Mahon.

»Sie waren verschwunden!« Joséphine entging nichts.

»Toilette. Ich habe meine Tage«, murmelte ich.

Es brachte mir ein Zwinkern ein. »Er hat Sie vermisst. Nicht wahr, Monsieur?«

Hatte sie uns durchschaut?

»Sie lügt. Ihr war schlecht«, sagte Mahon. »Höhenangst, die Klippe war zu viel. Sie hat es nur mir zuliebe gemacht.«

»Mutig von ihr«, antwortete Joséphine. »Eine tolle Frau haben Sie. Sie hat einen Kuss verdient.«

Gab sie ihm einen Stoß?

Plötzlich war sein Gesicht ganz nah an meinem, er roch nach Motorenöl und Salz. Und, was soll ich sagen, was begann wie eine peinliche Demonstration, entwickelte sich ungeplant leidenschaftlich.

Bis Joséphine uns unterbrach. »Wenn ihr wollt, geh ich mal mit euch beiden allein und vertreibe das Trauma.«

Mahon löste sich von mir. »Danke, wir melden uns«, sagte er und wirkte wieder sehr geschäftsmäßig.

»Au revoir!«, rief Joséphine, *»À bientôt«*, sagte der verschlafene Ritter.

Draußen überfiel mich ein Lachkrampf.

»Tut mir leid«, sagte Mahon, während er mir den abgezählten Ticketbetrag zurückerstattete. »Aber der Kuss musste sein. Sie war misstrauisch.«

Meine Euphorie verpuffte. »Das Geld können Sie behalten. Sie sind eingeladen.«

»Merci.« Er steckte die Münzen wieder ein und sah auf seine Uhr.

»Haben Sie noch etwas vor?«, fragte ich.

Er wirkte wieder so angespannt wie bei unserer Ankunft. »Wir müssen warten. Laufen wir ein paar Schritte.«

Das »Wir« rührte mich. Ich ging mit.

An der Straße, die Richtung La Palue führte, kamen wir an einer Zeile von blau-gelben Häusern vorbei, im schönsten befand sich ein Restaurant mit Terrasse, »L'Hermine«. Mein Magen knurrte.

»Haben Sie Hunger?«

»Nein. Wie kommen Sie darauf?«

Mahon zuckte die Achseln. »Schade, das Entrecôte ist lecker hier. Ich hätte Sie eingeladen. – Auf zur Kirche.«

Die war etwas weiter vorn gelegen, aus Stein und ganz geduckt, davor ein paar hüfthohe Felsbrocken in der platt gemähten Wiese.

Mahon konsultierte erneut seine Uhr. Tigerte unruhig auf und ab.

»Worauf«, fragte ich, »warten wir?«

»Sag ich Ihnen später. Was haben Sie herausgefunden?«

Ich holte die Karte aus der Boule-rouge und legte sie auf den warmen Stein. Zusammen schauten wir sie uns an. Ließen uns Zeit dabei.

»Ich könnte wetten, dass es die Grotte von Gouin ist. Und das sieht aus wie ein Gang.« Mit dem Zeigefinger fuhr ich eine Linie nach, die von der Grotte zu einem kartoffelförmigen Kreis führte. »Es könnte die Verbindung zum See der Rhiannon oder der Nimue sein, je nachdem, welche Geschichtenerzählerin am Werk ist.«

Ich erklärte Mahon die Sache mit den beiden möglichen Protagonistinnen.

»Bei meinem Grottenbesuch habe ich den See nicht gesehen, Isidore und Lorenz meinten, er sei reine Phantasie. Aber wenn Ruth die Karte richtig gezeichnet hat, ist er über diesen Gang erreichbar. Der magische See der Nimue. Sie hat ihn entdeckt. Vielleicht als Allererste. Wie toll ist das denn?«

Mahon ließ ein Schnauben ertönen.

»Sie glauben nicht an keltische Sagen?«

»Nicht bei diesen Ermittlungen. Hier geht's um was ganz anderes. Hinter diesem See«, er zeigte auf die Zeichnung, »steckt möglicherweise ein Überbleibsel aus dem Zweiten Weltkrieg.«

Damit hatte ich nun gar nicht gerechnet. »Wie kommen Sie darauf?« Unsere Fingerkuppen lagen dicht nebeneinander, direkt bei der Grotte von Gouin.

»Luc hat es angedeutet. Sein Vater war in ein Projekt involviert, bei dem es um die Grotte ging.«

»Was für ein Projekt?«

Er antwortete nicht. Ich insistierte.

»Wenn da etwas sein soll, würde man das doch wissen.«

»Wer ist ›man‹?«

Klugscheißer. Ich zog meinen Finger weg. »Einheimische, ältere Leute …«

»… wie Bernard? Von denen gibt's immer weniger, sie sterben aus.«

»Bestimmt haben sie ihren Kindern und Enkeln davon erzählt.«

Als ich einen Kreis um die Bucht von Camaret zog, folgte Mahons Finger meinem, zusammen führten sie eine Art Tanz auf. Gleichzeitig begann Mahon zu sprechen, nüchtern und sachlich, so als ob der Finger und die Sprache nichts, aber auch gar nichts miteinander zu tun hatten.

»Hier oben an der Küste tauchen immer wieder Dinge von früher auf, Artefakte, Räumlichkeiten, Munition … aber auch Geschichten. Über Dinge, auf die man stolz ist, und andere, für die man sich schämt. Sie müssen verstehen, die Einheimischen haben im Krieg versucht zu überleben, manche mit der Regierung, manche dagegen, dazu kamen Flüchtlinge und die Besatzungsleute. Es wurde versteckt, gebunkert, geheim gehalten, was das Zeug hielt. Je länger es her ist, desto mehr Wissen darüber geht verloren.«

Wie die Unterlagen meiner Eltern und Tante Annies Brief. Wenn ich sterben würde, hätten meine Kinder keine Ahnung.

»Die Frage ist doch, wie man überhaupt merkt, ob etwas relevant ist.«

Das sah er auch so. Sein Finger gab die Verfolgung auf und tippte auf die Grotte. »Ruth Sarasin hat möglicherweise einen wichtigen Beweis gefunden. Und keine Zeit mehr gehabt, ihre Gedanken jemand mitzuteilen.«

»Sie vergessen die Person, mit der sie sich getroffen hat, um achtzehn Uhr in Saint-Hernot. Also hier. Vielleicht auf der Terrasse bei einem Cidre oder heimlich auf dem hinteren Parkplatz des Museums.«

»Ein Rendezvous?«, fragte er, ganz auf die Karte konzentriert.

»Es könnte Nicolette gewesen sein, um mit ihr über den Film zu sprechen. Oder jemand, der das Geheimnis für sich wollte und Ruth danach umbrachte.«

»Sie ist an einem Herzschlag gestorben, laut Arztbericht. Aber sie wurde nicht obduziert. Vielleicht ...«

»Sie denken dasselbe wie ich, nicht wahr?« Ich suchte seinen Blick.

Anstatt zu nicken, streichelte er meine Fingerkuppe.

Ich ließ mich nicht ablenken. »Kann verdorbener Fisch dazu führen?«

»Zu was? Einer verbotenen Liebe?« Mahon starrte auf unsere verschlungenen Finger.

»Zu einem Herzinfarkt, meine ich.«

Er wusste es nicht, schlug vor, am nächsten Tag einen Arzt zu befragen.

»Wir sollten den See suchen«, sagte ich schnell.

Er schüttelte den Kopf. »Wir bräuchten etwas Konkreteres.«

»Sie meinen, weil es aussieht wie eine Kinderzeichnung? Ich kann verstehen, dass Sie das als Commissaire der Police nationale nicht sonderlich ernst nehmen können. Als Suspendierter haben Sie jedoch eine andere Perspektive. Eine wildere, eigenwilligere.« Endlich fand mein Blick den seinen. Seine Augen sind schön, dachte ich. Grün wie das Meer vor einem Sturm.

Mahons Armbanduhr piepste. Unsere Finger lösten sich. »*Merde*, wir müssen los. Kommen Sie!«

Er rannte erstaunlich schnell die Straße entlang bis zum Parkplatz. Ich konnte kaum folgen. Bei einem protzigen Motorrad zog er einen Helm aus der Sitztasche.

Ich war verblüfft. »Wo ist die Royal Enfield?«

»In der Reparatur. Der Sitz der Maschine hier ist viel bequemer, das ist ein Vorteil. Steigen Sie auf.«

»Danke.« Ich deutete auf DD. »Ich bin motorisiert.«

»Da, wo wir hinfahren, ist ein Auto viel zu auffällig.«

Wollte ich den Abend weiter mit ihm verbringen? Seine geheimniskrämerische Art ging mir plötzlich auf die Nerven.

In dem Moment klingelte mein Handy. »Somewhere over the rainbow«, die Erkennungsmelodie meiner Tochter. Lovis erzählte mir ohne Punkt und Komma, dass sie und Barry ein Haus zum Selberbauen aus Fertigelementen gekauft hatten. Danach erklärte sie mir, wie ich die Aufnahme des Gesprächs mit Chloe von meinem Handy wieder abspielen konnte. Das Beste sparte sie auf bis zum Schluss.

»Ach so, und übrigens bekommen wir ein Baby. Mir geht's gut. Ich brauch meinen Geburtsschein. Und das Familienbuch. Kopie reicht. Bye.«

WAS? »Moment, Lovis, war das ein Scherz?«

Sie hatte aufgelegt.

Vom Hof her erklangen das Klatschen der Leute und entfernte Musik bis zu uns, Bandoneon, Flöte, Fidel, die Trommel.

»Können wir?«, fragte Mahon. Sein Bein zuckte im Takt der Melodie.

»Nein«, sagte ich. »Ich werde Oma. Ich darf nicht ohne Helm fahren, ich muss ein Vorbild sein.«

Er zückte einen zweiten Helm aus dem Staufach. »Es war anders geplant. Eine Oma hätte ich nicht zu einem Champagner-Picknick eingeladen.«

***

Über eine leicht abgeschrägte breite Straße, vorbei an einem herrschaftlichen *néo-bretonne* mit großem Garten, Palmen und Rhododendren, gelangten wir auf einen vollen Parkplatz mit Aussicht aufs Meer und auf die Île Longue. Nicht das, was ich erwartet hatte. Die Halbinsel bestand aus einem großen Areal, schmucklose lang gezogene Gebäude in Beigegrau, nicht sonderlich hoch, Bürobauten und Fabrikhallen, wie es schien, beleuchtet von riesigen Scheinwerfern. Nirgendwo ein Hauch von Leben, kein Mensch, kein Tier. Eine Zone der Trostlosigkeit, zugänglich über einen Damm, dessen Ende mit einer Absperrung und einem Drahtzaun markiert war. Durchs Wasser zog sich ein Netz, man sah die Plastikschwimmer auf der Oberfläche. Es war still bis auf ein Sirren, eine Art hochfrequentes Geräusch, unwirklich irgendwie, möglicherweise nur in meinem Kopf.

»Berauschend«, sagte ich beim Absteigen und zeigte auf das Schild »PICKNICK VERBOTEN«. »Hier wollen Sie mir einen ausgeben? Was ist das? Ein Schlachthof?«

»Die Île Longue ist …«, Mahon tauschte den Helm gegen Strohhut und eine alte Ray-Ban, die überflüssig war, die Sonne war in dieser Schattenlage bereits untergegangen, »der Marinestützpunkt.«

»Davon habe ich gehört. Nur war mir nicht klar, dass es auf der Landzunge nichts anderes gibt. Ich habe mit Natur gerechnet.«

Er zuckte die Achseln.

»Und wo bleibt der Champagner?«, fragte ich.

Er machte sich an seiner Satteltasche zu schaffen. »Tun Sie mir einen Gefallen und spielen Sie noch mal meine *copine*.«

»Wen wollen wir diesmal täuschen?« Als er wie erwartet keine Antwort gab, sah ich zu den geparkten Autos, alle älteren Datums und ziemlich runtergekommen. »Ist das ein Schrottplatz?«

»Nein, die gehören den Menschen, die in diesen Gebäuden arbeiten.«

»Was tun die genau? Bötchen zusammenschrauben?«

Er lachte grimmig, während er einen Rucksack herausholte. »Atom-U-Boote bewachen.«

Er musste das Wort dreimal wiederholen.

»Atom-U-Boote. Logisch …«

»All das ist militärisches Sperrgebiet. Hier«, er meinte das hässlichste der Gebäude, »sitzen die IT-Spezialisten, die das Gelände sichern, die Umgebung beobachten, den Schiffsverkehr kontrollieren. Die Mechaniker und Techniker dürfen in Brest arbeiten.« Er zeigte auf das gegenüberliegende Ufer, tat so, als ob ihn die Aussicht entzückte. »Sehen Sie? Es sind keine drei Kilometer Luftlinie. Da drüben liegt Hitlers alter U-Boot-Bunker, ein Teil des ehemaligen Westwalls, mit einer acht Meter dicken Stahlbetondecke. Die gilt als nicht zerstörbar, als *unbreakable*, da kommt man nicht durch. Muss für immer stehen bleiben. Und dient denen nun für alles Mögliche.«

»Wer sind sie?«

»Die Marine.«

»Weil Wasser.«

»Richtig. Man nennt es Force de Frappe.«

»Das hör ich jetzt zum zweiten Mal. Klingt schlagkräftig.«

»Ist ein Produkt des Kalten Krieges. Der Warschauer Pakt gegen das Westbündnis. Die Franzosen haben Atombomben und Wasserstoffbombentests gemacht, auf verschiedenen Atollen.«

»Ich erinnere mich schwach.«

»Sie sind Meister der Signale.« Er hatte auf Englisch gewechselt, unbemerkt, wie es mir schien. Vom Gastbretonen zum Heimwehschotten. Er ging einen Schritt nach vorn, zog mich mit sich, deutete in Richtung Nord.

»Ich muss gestehen, dass ich die Historie des Kalten Krieges nicht so genau im Kopf habe«, sagte ich. »Ich hab's mehr mit der Fiktion.«

»Dann lassen Sie mich Ihr Hirn auffrischen. Und kommen Sie ein Stück näher. Wir verbringen hier ein romantisches Picknick, schon vergessen?«

Er legte den Arm um mich und erteilte mir eine Geschichtslektion.

»Der Westen hatte sich organisiert, ab der DDR-Grenze nach links haben alle auf Atomwaffen verzichtet, bis auf die Amerikaner. Die fanden: ›Wir beschützen euch‹, daraus entstand die NATO. Bis abgerüstet wurde. Die Einzigen, die ausscherten, waren die Franzosen. Mit der Force de Frappe halten sie das Prinzip der Abschreckung aufrecht. Sie sagen: ›Wir sind friedlich, aber aufgepasst, wir könnten alle diese Waffen haben. Darum hütet euch und seid brav.‹ So sind sie, die Franzosen. Bis heute.«

»Was hat das, verzeihen Sie, Monsieur Mahon, mit unserer Geschichte zu tun?«

Er deutete zum Meer. »Irgendwo da draußen liegen vier Atom-U-Boote herum, zwei davon einsatzfähig, die ›Force océanique stratégique‹, genannt ›FOST‹, so heißt die Unterabteilung der Force de Frappe. Alles hat einen wichtigen Namen hier. Wenn auch nur ein einziger Atomkopf hochgeht, ist halb Europa verseucht.«

»Aber …«

»Die Grotte von Gouin ist mit all dem hier verbunden.«

»Sie meinen im Ernst, da ist ein Atom-U-Boot-Parkplatz?«

»Sparen Sie sich die Ironie. Ich wurde nicht einfach so suspendiert.«

Mir wurde es unheimlich. Die Gegend hatte etwas Bedrückendes, es war düster und einsam, der blaue Abendhimmel wirkte grau. »Vielleicht sollten Sie es einfach akzeptieren. Sie wollen sich doch nicht mit dieser Force de Frappe anlegen. Ich weiß zwar, dass Sie einen Dickschädel haben. Aber ob er einer Atombombe standhält …«

»Ich lach mich tot.«

»Das ist kein Witz. Sie machen mit mir einen romantischen Motorradausflug und zeigen mir den Abgrund. Mir reicht's.«

Letzteres hatte ich ziemlich laut gesagt, wohl wissend, dass ich Mahon damit provozierte. Nichts passierte. Meine Stimme hatte lediglich einige Seemöwen aufgeschreckt. Ansonsten kein Wind, keine Wellen, kein Laut. Selbst der Schlamm war grau.

Mahon packte mich so heftig, dass es wehtat. »Gleich ist es so weit.«

»Was? Werden wir als feindliche Objekte abgeschossen?«

Er küsste mich, nicht so wie bei Joséphine, eher, um mich zum Schweigen zu bringen. Bis er mich losließ, um eine Flasche von meinem Lieblings-Crémant aus dem Rucksack zu holen, den Korken zu ziehen, zwei Plastikbecher zu füllen.

»Santé.«

Als er sich den Hut tief in die Stirn zog und mir erneut den Arm um die Schultern legen wollte, spürte ich, wie verschwitzt er war.

Ich stieß ihn weg. »Das ist ein Affentheater, was wir hier veranstalten.«

In dem Moment ging das Tor zu unserer Linken auf. Mahons Körper spannte sich an.

»Wenn er gleich kommt, wird er ein Papier haben, einen Schein, einen Zettel, irgendwas«, flüsterte er mir ins Ohr. »Machen Sie ein Foto davon, sollten es zwei sein, fotografieren Sie beides. Unauffällig.«

Werkspionage? Hatte er sie noch alle? Ich drehte mich um, lief davon und prallte in einen Wachmann.

»Was verdammt noch mal machen Sie hier?«, brüllte er.

»Pardon«, stammelte ich.

Der Typ, ziemlich alt, mit schütterem Haar, Brille und großen gelben Vorderzähnen, verwickelte Mahon in eine Diskussion und präsentierte einen Zettel.

»Das ist Ihre Strafe, haben Sie den Hinweis nicht gesehen?« Er zeigte zum Picknick-Verbotsschild. Danach ging alles blitzschnell. Der Mann gab Mahon den Strafzettel. Als er die Hand zurückzog, bemerkte ich darin mehrere Euroscheine. Mahon wiederum lamentierte lautstark über die Höhe der Strafe, zeigte mir empört den Zettel und vor allem eine Notiz, die daran angeheftet war.

»Jetzt«, zischte er. »Die Notiz ist das Wichtige. Sprechen Sie irgendetwas.«

Über das »DEJALU« erzählend, holte ich mein Schminketui aus der Boule-rouge, verdeckte damit das Handy. Zwei schnelle Aufnahmen, gleichzeitig mit der anderen Hand Lippenpomade auftragen, dem Mann seinen Strafzettel wieder zurückgeben – »Das bezahlen wir nicht« –, mein Zeug verstauen, es war eine Sache von Sekunden.

Der Wachmann stauchte uns zusammen. »Auch wenn Sie die Strafe nicht annehmen, wir finden Sie.«

Mahon packte hastig alles ein, die Flasche zerschellte am Boden, der Champagner versickerte.

»Verschwindet, Pariser Pack!« Zum Schluss machte der Wachmann ein Foto von Mahons Nummernschild.

Wir rasten davon, ohne die Helme aufzusetzen. Was war denn das gewesen? Mein Herz wummerte.

»Wohin jetzt?«, sagte ich in Mahons Kragen.

»Nach Morgat. Ich muss dieses Foto sehen. Und ich brauch ein Bier.«

16

Im »Relais des Pêcheurs« herrschte Freitagabendstimmung. Die alte Fischerbar mit Zusatzzelt im Sommer und Tischen bis zum Rand der neu gebauten Mole war bis auf den letzten Platz besetzt. Die Sonne war auch hier weg, der Himmel eine lichtblaue Kuppel ohne die üblichen abendlichen Wolkenschlieren. Gegenüber auf dem alten Kirchenplatz fand der Markt statt, die Leute flanierten die bunt bemalten Häuser entlang.

Während sich Mahon ein Bier und mir eine Breizh Cola holte, rief Sylvie an.

»Merguez hat reingemacht, und ich muss gehen.«

»Oh Gott. Ist er okay?«

Sylvie beruhigte mich. »Der Tierarzt hat Entwarnung gegeben. Verfressenen Hunden passiere öfter so ein Malheur, meint er. Kommst du trotzdem gleich heim?«

Aimon wartete, schon klar. »Geh nur.«

Ich steckte das Handy ein, eilte zur Bar und erwischte Mahon gerade noch, bevor er bestellte. »Ich glaube, mein Hund wurde vergiftet.«

Ohne seine Antwort abzuwarten, rannte ich zum Parkplatz. Mahon folgte mir, machte sich an einem Motorrad zu schaffen und holte zwei Helme und den Mantel aus dem Seitenfach. War ich verrückt geworden?

»Das ist die Royal Enfield. Wo ist das andere Motorrad, mit dem wir gekommen sind? Sie haben es genau hier geparkt«, fragte ich.

Anstatt einer Antwort schlüpfte Mahon ins vertraute Outfit, drückte mir einen Helm in die Hand, startete den Motor. Das Geräusch fuhr mir in den Bauch, und schon brausten wir los. Unterwegs wehte mir der Wind um die Nase, eine Mischung aus Diesel und gemähtem Gras. Sehnsucht packte mich, ich wusste nicht, wonach.

Keine zehn Minuten später parkte Mahon vor dem »DEJALU«, und ich stieg ab. Als Erstes sah ich die Schrift auf dem Schaufenster: »Du sollst nicht stehlen.«

Merde. Mein Widersacher musste in der Zeit seit Sylvies Abgang zugeschlagen haben, was kaum fünf Minuten her sein konnte. Als ich es Mahon erzählte, sah er alarmiert aus.

»Ich kümmere mich darum. Aber erst zu Merguez.«

Mein Hund lag matt auf seinem Lieblingsplatz im Garten, vor sich eine Schale mit Wasser vermischt mit Fenchelblüten, wie mir Sylvies Klebezettel verriet.

»Na, was ist denn mit dir los, mein Kleiner?«

Beim Klang der Stimme hob Merguez ein Augenlid. Mahon kniete sich ins Gras und streichelte vorsichtig seine Flanke.

»Passen Sie auf, ich glaube, er hat erbrochen.« Ich zeigte auf den Fleck im Gras.

»Kann ich das Foto sehen, bitte? Das Foto der Unterlagen, das Sie eben gemacht haben.«

Während Mahon Merguez untersuchte, wischte ich an die richtige Stelle, vergrößerte das Bild und zeigte es ihm. Die angeheftete Notiz stellte sich als ein mit Schreibmaschine geschriebenes Dokument auf vergilbtem Papier heraus, ohne proportionale Zeichen, mit Löchern bei den i-Punkten.

»Lesen Sie vor.« Die Zärtlichkeit in Mahons Stimme galt dem Hund.

»Sieht aus wie ein alter Mietvertrag. ›Contract de Location Casemate‹, steht da, und das Datum ›2.6.1945‹. Was bedeutet das?«

Als Mahon nicht antwortete, setzte ich einen Haken bei dem Foto. »Ich lösche es, wenn Sie nicht auf der Stelle eine Erklärung abgeben. Sie haben den Wachmann bestochen. Wieso?«

Mahon schubste Merguez in eine bequeme Seitenlage, der Hund war Wachs in seinen Händen. »Der Wachmann heißt Georges, er kennt Luc, und er war ein Freund von Bernard Sonnett.«

»Das kann nicht sein. Er ist viel jünger.«

»Eine Art Patensohn. Georges wollte eigentlich am Erinnerungs-Gottesdienst die Rede für Bernard halten.«

»Wieso ›eigentlich‹?«

»Bernard wird nicht als Ritter der Bretagne gefeiert werden.«

»Wegen dieses Mietvertrags? Was hat das mit Bernard zu tun?«

Mahon drückte auf Merguez' Bauch und riet mir, das Foto zu vergrößern. »Sehen Sie sich die Signatur an.«

Ich entzifferte die altmodische Schülerschrift. »›Bernard Sonnett‹? Was hat er denn gemietet?«

»Einen Bunker. ›Casemate‹ bedeutet Bunker.«

»Hä?«

»Bernard Sonnett hat nach dem Krieg einen Bunker gemietet.«

»Einen Bunker? Logisch. Die liegen hier ja rum wie Sand am Strand.«

»Es ist kein Witz. Der Bunker wurde während des Kriegs gebaut. Vermieterin ist die Marine, Bernard war fast zehn Jahre Admiral, bevor er sich zurückzog. Der Vertrag blieb bestehen, ging vergessen, er war nirgends dokumentiert, es gibt keine Akten. Bis auf dieses eine lose Blatt in einem Ordner. Als Bernard vor vier Tagen starb, hat Luc den Spind geräumt und Bernards alte Sachen gefunden.«

»Das ist nie jemandem aufgefallen? Obwohl er vor so langer Zeit zum letzten Mal für die Marine tätig war?«

»Da gibt's viele leer stehende Keller.« Mahon hob Merguez' Augenlider und besah sich die Pupillen.

»Genau wie Kirchen werden auch Bunker umgenutzt. Manchmal werden Museen daraus. Oder Restaurants. Das hier lief heimlich, es ist mit Sicherheit illegal. Sehen Sie den Mietpreis? Er kann nur symbolisch sein.«

Zwanzig Francs. Pro Jahr.

»Für einen Bunker von hundertfünfzig Quadratmetern, mit Toilette und allem Drum und Dran zum Überleben.«

»Aber wozu hat Bernard den gemietet? Sie sollten seine Villa sehen, die ist riesig.«

»Das ist die Frage.« Mahon war nun ganz aufs Streicheln von Merguez' Fellwirbel konzentriert, der Hund verfiel in Trance. »Sehen Sie, Camaret war immer wieder ein Ausgangspunkt für Schmuggeleien über eine Route nach England. So ein Bunker am Meer wäre ein perfektes Versteck.«

»Wieso wissen Sie, dass er am Meer liegt?«

»Das steht im Mietvertrag. Zeigen Sie mir noch mal das Foto.«

Wir lasen den Text zusammen, und was soll ich sagen, er hatte recht.

»Bizarr, ein Kloster als Adresse.«

»Nominoë muss davon wissen«, sagte er. »Die kleine Klosterbucht ist ideal zum Schmuggeln, ohne verdeckte Felserhebungen im Wasser und geschützt vor neugierigen Blicken. Da können die Schiffe gut anlegen. Und mit wenigen Schritten ist man am Ufer.«

»Und was wird geschmuggelt? Frischkäse? Weißer Sand? Oder vielleicht Hanf aus Basiles Plantage?«

»Hören Sie endlich mit Ihren blöden Sprüchen auf.«

»Wieso? Ich stelle mir nur den alten Bernard vor, ein magerer Greis, wie er Cidre da runterschleppt und dann auf einem Bötchen nach England schippert. Es tut mir leid, aber das klingt mir zu seeräuberhaft.«

»Er war ja nicht allein. Ich glaube, dass Lucs Vater an den Schmuggeleien beteiligt war, und nach seinem Tod Luc selbst. Georges war dabei, als Luc den Vertrag entdeckt hat. Er wollte unter allen Umständen vermeiden, dass das Dokument in falsche Hände geriet. Er war panisch. Nachdem Georges von Lucs Unfall gehört hat, hat er sich sofort bei mir gemeldet.«

Ich überlegte. »Mit anderen Worten, die Leute, die bei Ihrer Suspendierung mitmischten, könnten aus dem Umfeld der Marine sein? Weil es ein schlechtes Licht auf die Institution werfen könnte, wenn herauskommt, dass ein Bunker illegal vermietet wurde? Mit Verlaub, aber das klingt absurd. Da haben die Atom-U-Boote und machen ein Theater wegen ein paar Schmuggeleien.«

»Und was ist, wenn ein Ehrenritter der Bretagne in einem Marinebunker in der Nähe der Grotte von Gouin jahrelang gestohlene Kriegsschätze gelagert und die nach und nach verkauft hat? Mit Hilfe einer Nonne?«

Die Bombe war geplatzt. Mahon hatte mit dem Streicheln aufgehört, wir starrten uns an.

»Verstehen Sie jetzt? Es könnte ein Grund sein, warum höhere Stellen Druck auf den Präfekten ausüben, die Geschichte zu vertuschen«, flüsterte er nach einer Weile. »Mit dem alten Mietvertrag habe ich zum ersten Mal etwas in der Hand.«

»Sie wollen Bernard Sonnett drankriegen? Und die Marine? Nominoë?«

»Alle Personen, die daran beteiligt sind.«

»Dann war unser Ausflug eben eine Inszenierung, inklusive Mietmotorrad, damit niemand Ihre Nummer erkennt?«

»Aimon hat's mir zur Verfügung gestellt.«

»Er ist auch involviert?«

»Er hat dafür gesorgt, dass Sie einen Abend freihaben. Sylvie hat mitgemacht.«

Meine Freundin hatte mich hintergangen. »Sie hätte mich doch fragen können«, stammelte ich, schwer getroffen.

»Ich habe es ihr verboten, ich wollte nicht, dass Sie lügen müssen. Sie haben Ihren Part wunderbar gespielt.«

»Wieso hat Aimon Ihnen nicht geholfen?«

»Ihn kennt man, Sie nicht.«

»Georges hätte das Foto selbst machen können. Wozu der Aufwand?«

»Die Handys der Angestellten werden überwacht. Es ist absolut untersagt, irgendwelche Unterlagen zu kopieren, zu fotografieren oder mitzunehmen.«

»Georges hat also den Vertrag rausgeschmuggelt, so getan, als ob er uns einen Verweis geben würde, uns dabei heimlich Einblick gewährt und danach den Zettel wieder reingenommen?«

Mahon stand auf. »Das Papier ist schon längst wieder in dem

alten Ordner, wo es immer war. Niemand kann Georges etwas nachweisen. Ich wollte ihn schützen.«

»Und wieso ausgerechnet jetzt? Weil ich Emil den Hinweis über die Île Longue gegeben habe?«

»Sie meinen gestern? Nachdem Sie Luc gefunden hatten? Tut mir leid, Tereza, aber das war nichts Neues für mich.«

Eine bittere Pille. Nichts hatte ich zur Aufklärung beigetragen, absolut nichts.

Auf der Straße draußen schepperte es. In der Stille des Abends war es deutlich zu hören.

»Fuck«, sagte Mahon und lief nach vorn. Merguez hob den Kopf, wollte aufstehen.

»Bleib, mein Lieber.« Vergeblich versuchte ich, ihn zu beruhigen, Mahon war Merguez' neuer Herr. Und für den mobilisierte er all seine Kräfte. Er rappelte sich hoch und tappte zur Straße, wo Mahon leise fluchend mein Schaufenster inspizierte. Diesmal war es ein Smiley. Eine lachende Fratze, die gelbe Farbe war noch feucht.

»Er *muss* einfach im Haus gegenüber sein«, flüsterte ich.

Mahon überlegte keine Sekunde. »Ich verwirre ihn. Sollte er mir folgen, hänge ich ihn ab, dann geh ich von hinten ins Haus. Ich will den Typen endlich erwischen.«

Er sprintete voraus, Merguez folgte ihm wie ein Pfeil, ich kam den beiden kaum nach. Der Lauf ging durch das Gewirr der Gassen, immer schneller, bis wir schließlich durch einen Garten im Hinterhof von Magalies Haus landeten, keine zehn Meter von unserem Ausgangspunkt entfernt, aber von der Straße aus nicht zu sehen.

»Warten Sie draußen.« Mahon keuchte ein wenig.

»Sie sind suspendiert, Sie haben mir nichts zu sagen.«

Vorsichtig traten wir ein, auf der Hut, jederzeit auf einen Angriff gefasst. Merguez interpretierte es als Spiel und war schon wieder fast der Alte.

Aber die Zimmer waren leer, sogar der Keller. Ich schwankte zwischen Erleichterung und Enttäuschung. Was hatte ich erwartet? Magalie kam alle paar Wochen, um zu putzen. Alles uralt und blitzblank, keine Spur, kein Hinweis.

Vom mittleren Raum des ersten Stockes aus hatte man einen guten Ausblick in die »Villa Wunderblau«. Sœur Jeanne war als Einzige noch auf. Bei Kerzenlicht kniete sie neben dem Bett und betete.

»Ich beobachte von hier aus die Straße«, schlug Mahon vor. »Vielleicht wähnt er sich in Sicherheit und kommt zurück. Sie können ins Bett gehen.«

»Den Teufel werd ich tun.« Dass ich seinen Ausdruck verwendet hatte, machte ihn mundtot. Ich stellte mich neben ihn. »Seit wann, Mahon? Seit wann haben Sie diese Geschichte im Auge?«

Er sah ein, dass er mich nicht loswerden würde. »Seit letztem Winter. Luc hatte eine Andeutung gemacht. Aus Verzweiflung. Jeden Freitag trinken wir im ›Relais des Pêcheurs‹ ein Bier. Auch Isidore kommt manchmal und Aimon. Wir mögen Motorräder.«

Vier Männer in den besten Jahren am Ende der Welt. Blieben hier, weil sie die Landschaft liebten, das Dorf, das Leben an der Küste. Trotz der langen, einsamen Winter. Ich war geflohen, hatte es nicht mehr ausgehalten, als sogar Sylvie für ein paar Monate nach Deutschland gefahren war und Catherine den Campingplatz zugesperrt hatte.

»Können Sie Lucs Aussagen trauen?«

»Der ehrlichste Mensch, den ich kenne. Aber das Leben ist nicht gerecht, der liebe Gott scheißt manchmal zweimal hin. Oder dreimal. Lucs Unternehmergeist ist ungebrochen, obwohl er schon so viele Niederlagen erlitten hat, das bewundere ich. Nur wenn's um Geld ging … Er war erpressbar. Genau wie sein Vater.«

Mahon klang emotional. In seinen Worten schwangen der Wunsch zu helfen und die Angst davor, den Moment zu verpassen, in dem man sich selbst schützen musste. Auf diese Weise hatte ich einen Job und einen Mann verloren.

»Sie haben von Kriegsschätzen gesprochen, die Bernard in

dem Bunker gelagert hat. Könnte es sich um Bilder handeln?« Ich nahm mein Handy und wischte auf das Foto an der Wand in Sonnetts Salon. »Sehen Sie sich die beiden Gemälde an.« Ich vergrößerte das Foto, bis die Signatur erkennbar war. »Monet. Alain sagte mir, es seien Kopien, die sein Vater gemalt habe. Was, wenn es Originale sind? Er stammte aus einer armen Familie, das würde seinen plötzlichen Reichtum nach dem Krieg erklären.«

Mahon war sichtlich überrascht. »Die Familie der Sonnetts besitzt altes Geld. Es gibt eine Biografie über ihn.«

»Die habe ich auch gelesen. Die ist verlogen.«

»Wie kommen Sie darauf?«

»Sœur Ernestine hat es mir erzählt. Sie weiß es von einer Sendung Nominoës. Bei ›Radio Espérance‹.« Ich beschrieb die klösterliche Radiosendung.

»Sie waren in Kergonan?«

»Sie doch auch.«

»Ernestine hat mir gegenüber geschwiegen, keine Silbe habe ich aus ihr rausbekommen.«

»Frauensolidarität. So alt wie die Menschheit. Schwer, dagegen anzukommen.« Plötzlich erkannte ich eine Verbindung, die ich bisher übersehen hatte. »Könnte es sein, dass in dem Bunker manchmal auch Menschen wohnen?«

»Wieso?«

»Alain Sonnett beschäftigt ein Heer von Putzfrauen. Vielleicht sind das illegale Flüchtlinge, wir sollten sie fragen.«

Mahon schüttelte den Kopf. »Alain Sonnett ist ein korrekter Arbeitgeber, er bezahlt die Sozialkosten und anständige Löhne.«

»Also haben Sie ihn überprüft?«

Er bejahte. »Er ist sauber.«

»Und intelligent. Auch Sie kann man täuschen, Mahon. Er könnte die Geschichte herausgefunden, seinen Vater ins Altersheim abgeschoben und dann den Hang hinuntergestoßen haben. Um die Schmuggeleien nun selbst zu übernehmen, die Bilder zu verkaufen.«

»Viel naheliegender ist, dass Nominoë involviert ist, sie hat Bernard regelmäßig getroffen. Ihr Verschwinden ist höchst verdächtig.«

»Sie hat es mir angekündigt. ›Machen Sie sich keine Sorgen, ich komme wieder‹, hat sie gesagt.«

Mahon zuckte so heftig zusammen, dass Merguez winselte. »Wieso erzählen Sie mir das erst jetzt?«

»Haben Sie gefragt?«

»Verdammt.« Er ballte eine Faust. »Wenn ich nur wüsste, wo sie ist.«

»Soll ich die Nonnen ausquetschen?« Ich deutete auf mein Haus. Bei Jeanne war das Licht nun erloschen, alles lag im Dunkeln. »Die wissen mehr, als sie zugeben.«

»Ich komme in der Früh, um sie zu befragen.«

»Sie können auch hier übernachten.«

Hatte ich das gesagt?

Er starrte mich an, machte einen Schritt auf mich zu. Da klingelte sein Handy. In dem leeren Haus dröhnte es überlaut.

Während er sich zum Telefonieren in eine Ecke zurückzog, beobachtete ich einen Schatten vor der Eingangstür des »DEJALU«. Sofort rannte ich los, die Treppe hinunter, ein Stockwerk, zwei, dann riss ich die Tür auf, trat hinaus. Ein zweites Gesicht prangte nun neben dem Smiley auf der Scheibe, es war ein Totenkopf. *Merde.* Wo war der Typ hin?

Und warum hatte Merguez nicht gebellt? Er musste die Person kennen, sonst würde er sich anders verhalten.

In dem Moment stürmte Mahon auf die Straße, war in zwei Schritten bei mir und packte mich an den Schultern. »Sie haben mich angelogen. Sie waren in Paris bei der Produzentin der Ginsberg. Was haben Sie herausgefunden?«

Woher wusste er das? »Nichts Besonderes.«

»Sagen Sie es mir, auf der Stelle. Wir haben die Fingerabdrücke der Ginsberg auf Lucs Revolver nachgewiesen.«

Keine Neuigkeit für mich. Aber das Gespräch von Alain und Nicolette, das ich belauscht hatte, bekam in dem Moment einen neuen Sinn. Hatte Alain ihr bei der Klosterbesichtigung absichtlich den Revolver in die Hand gegeben, um den Verdacht auf sie zu lenken?

»Verstehe ich das richtig? Sie verdächtigen nicht mehr Nominoë, sondern Nicolette?«

Mahon verstärkte den Griff um meine Schultern, wurde mit jeder Sekunde wütender. »Die TV-Reportage über die Bergamotten ist nur ein Vorwand. Nicolette Ginsberg dreht einen Aufklärungsfilm. Sie will einen Skandal lancieren, einen fucking César für den besten Dok-Film aller Zeiten bekommen und ist bereit, dafür sehr weit zu gehen. Sie haben mich darauf gebracht. Mit Nicolettes Ausspruch in der Youtube-Reportage, dass Sonnett kein Kriegsheld sei. Ich wollte sie darauf ansprechen, aber sie entzieht sich mir. Dreimal waren wir verabredet, und sie ist nie gekommen. Verdammt noch mal, Tereza, sag mir endlich, was du in Paris herausgefunden hast!«

Er schüttelte mich, bis ich aufschrie. »Seit wann duzt du mich? In dem Dokumentarfilm geht es um ihre Großmutter. Um Nicolettes Oma. Es ist eine Familiengeschichte. Und das kann ich dir sagen: Wenn der Familie im Krieg Unrecht geschehen ist, wenn Bernard Sonnett sich an ihren Artefakten bereichert haben sollte, wenn sich herausstellt, dass er als ›Gefährte der Bretagne‹ eine dreckige Vergangenheit hat, dann ist Nicolette ein Opfer und keine Täterin.« Ich biss mir auf die Lippen. Genau das hätte ich nicht sagen sollen. Aber nun war es zu spät.

Mahon ließ mich los, ich taumelte. *»Bonne nuit.«* Seine Stimme klang kalt. »Und halte dich aus allem raus.«

Ich sah ihn an. »Das Ganze war nur das Vorspiel, nicht wahr? Du denkst tatsächlich, dass Nicolette aus Rachsucht und Geldgier den alten Sonnett umgebracht hat und auch für die anderen Ereignisse verantwortlich ist.«

»Ich denke das nicht. Ich weiß es.«

»Hast du je überlegt, dass man dich deswegen suspendiert

hat? Weil du deine Schlüsse zu früh und zu falsch ziehst, du Arschloch?«

Merguez winselte und kuschelte sich an Mahon.

»Du hast mir sehr geholfen, Tereza. Aber ab jetzt muss ich allein weitermachen.«

»Ich werde dich beim Präfekten anzeigen.«

»Der ist im Wochenende. Vor Montag sieht er sich keine Meldung an.«

17

Ich zitterte unkontrolliert, jedes Molekül meines Körpers war in Aufruhr. Wie konnte er es wagen? Erst gaukelte er mir Gemeinsamkeit vor, dann benutzte er mich, um mich schließlich zu entsorgen. Und der Hund, dieser opportunistische Haufen Fell, hatte beide Füße in den Boden gestemmt, als ich ihn von Mahon wegziehen wollte.

Was war nur los mit mir? Warum schaffte ich es nicht, irgendeinen normalen Typen an mich zu binden? Einen soliden, charmanten Menschen wie Isidore. Aber nein, Tereza Manon Elektra Berger fuhr abwärts im Fahrstuhl zum schottischen Schafott.

Ich holte mein Handy raus und googelte die Nummer des Hotels »Thalassa«, drückte auf »Verbinden«. Nach etlichem Hin und Her war die Concierge bereit, mir Nicolettes Handynummer zu geben. Ich versuchte es vergeblich.

»*Merde*, geh ran«, murmelte ich.

Als ich sie bei meinen Kontakten einspeicherte, sah ich ihr Profilbild, es war ihr Tattoo, die beiden Blumen, wie zwei verschlungene Enziane.

Beim nächsten Versuch klappte es, sie ging ran, ihre Stimme klang heiser und besorgt. Genau wie in der Youtube-Reportage. Zu spät fiel mir ein, was ich Mahon hätte sagen müssen: Nicht misstrauisch hatte sie geklungen, sondern besorgt.

Ich erklärte ihr knapp, worum es ging, schlug vor, dass wir uns duzten, und ging gleich in medias res. »Wieso hast du Bernard Sonnett gefragt, ob er wirklich ein Kriegsheld sei?«

»Ich weiß nicht, wovon du sprichst.«

»Hör mal, Nicolette, wir können gern um den heißen Brei reden. Oder wir entscheiden uns für Klartext. Ist Bernard Sonnett das Schwein gewesen, für das du ihn hältst? Hat er sich an den Kunstschätzen deiner Familie bereichert und wurde nie dafür zur Rechenschaft gezogen? Sollte sogar zum Ritter geschlagen werden? Und willst du das alles in einem Film aufdecken? Es ist so, dass die Polizei dahintergekommen ist, und nun glauben sie, dass du ihn ermordet hast.«

»Und mit der Polizei meinst du den Commissaire mit dem Ledermantel, der in diesem Moment an die Rezeption geht?«

Er war schon da. *Merde.* »Wo bist du?«

»Ich stehe draußen am Pool, wollte ein paar Längen schwimmen.«

»Verschwinde ganz schnell.«

»Ich bin im Bikini.«

Ich überlegte kurz. »Lauf hoch bis zur Plage du Veryac'h. In der Nähe des Zeltplatzes steht ein neu gebautes Holzhaus, nicht zu übersehen. Man wird dich da erwarten.«

Meine Hände zitterten, als ich auflegte und einen neuen Kontakt anklickte. Ich machte mich gerade sehr strafbar.

»Ayala?«

»Hi, Tereza, warum ich …«

Ich unterbrach sie und schilderte ihr die Situation. Ließ das winzige Detail, dass Mahon den Verdacht hegte, Nicolette stecke hinter den Verbrechen, aus. »Kannst du sie bei dir unterbringen?«

»Kein Problem. Kai holt übrigens Mathilde doch schon heute Abend ab. Kommst du vorbei?«

Mein Sohn in der Paparolle? An den Gedanken würde ich mich gewöhnen müssen. »Erst muss ich ins Altersheim.«

***

In Camaret-sur-Mer war es ruhig, die Luft mild, eine fast tropische Nacht.

Die Rückseite des Altersheims war weniger glorios als der Eingang durch den verwunschenen Park. Die Hauswand war mit Zement verputzt, es gab Löcher in der Fassade, zwei überquellende Mülleimer, zerbrochene Flaschen. Eine Kühlung brummte überlaut, bestimmt nicht angenehm für die Bewohner. Ich schickte Claudine eine SMS, dass ich da sei.

»Wenn alle schlafen, kann ich kommen«, schrieb sie zurück.

Merde. Warten war das Letzte, das ich wollte.

Fahrig scrollte ich durch all meine Fotos, blieb erneut an den Monet-Bildern hängen. Die Steilküste mit Kliff und das Haus mit Strohdach. Beides Motive aus der Gegend.

Ich googelte mögliche Titel, gab sie vergeblich ein, versuchte es erneut, spielte mit Worten, bis ich ans Ziel kam. »La falaise à Dieppe« und »La Chaumière« waren das Resultat meiner Recherche, so hießen in der Tat zwei Monet-Bilder. Sie hingen angeblich im Zürcher Kunsthaus.

Ich rief Brigitte an. Sie genoss die Mittsommernacht auf dem Dach meines ehemaligen Hauses in der Zürcher Altstadt.

»Alle feiern. Es ist so laut, du kannst es dir nicht vorstellen.«

»Ich habe zwanzig Jahre da gelebt.«

Brigitte lachte. »Schieß los. Was willst du?«

Sie kannte mich gut, meine älteste Jugendfreundin. »Auskunft über zwei Gemälde von Monet.«

Ich gab ihr die Eckdaten durch. Spürte, dass ich Hunger bekam, fand eine Tafel halb geschmolzene Grain-de-Sail-Schokolade. Als Brigitte zurückrief, hatte ich sie aufgefuttert.

»Beide Bilder thronen unversehrt in der Sammlung des Zürcher Kunsthauses. Es gibt keinerlei Kriegsraub-Historie. Alain Sonnett hat nicht gelogen, was bei ihm in der Villa hängt, sind Kopien. Das einzig Illegale daran ist, dass der Vater Monets Unterschrift draufgesetzt hat. Was die Bilder streng genommen zu Fälschungen macht.«

Ich fühlte mich auf fiebrige Weise zufrieden. Alain Sonnett war mir trotz allem sympathisch. Genau wie Nicolette. Beide kämpften, um ihr Trauma zu verarbeiten, sie als Enkelin, er als Sohn von Menschen, die am Krieg gelitten hatten.

»Hast du was von Martinez gehört?«

»Ja, es gibt was Neues. Das ist ziemlich brisant. Es macht die ganze Ermittlerei bei euch oben obsolet. Sonnett ist eines natürlichen Todes gestorben, er hatte einen Herzinfarkt. Der Sturz war nicht die Todesursache. Man hat Erbrochenes gefunden und eine massive Schädigung des Herzens.«

Ich war konsterniert. Warum hatte mir Mahon nichts davon erzählt? Was bliebe dann an Tatbeständen noch übrig? Nicolettes Fingerabdrücke auf dem Revolver, die erklärt werden konnten, sobald Nominoë auftauchte. Plötzlich wurde mir etwas klar: Das Ganze lag tiefer, es ging um viel, viel mehr. Das wusste auch Mahon.

»Tust du mir einen Gefallen? Bitte Martinez, im Archiv nachzuschauen. Es ist dringend. Vor zwei Jahren starb in Crozon eine Frau, Ruth Sarasin, auch an einem Herzinfarkt. Es gab keine polizeiliche Untersuchung, aber es existiert ein ärztlicher Bericht. Ich frage mich, ob es da eine Gemeinsamkeit gibt. Das Erbrochene zum Beispiel.«

In dem Moment ging die Hintertür auf, und Claudine winkte mir, ihr zu folgen. Ich verabschiedete mich von Brigitte und bat sie, mir Martinez' Antwort sofort durchzugeben.

»Claudine, können wir uns beeilen? Ich habe nicht viel Zeit.«

Sie führte mich durch die Flure nach oben. Es stank noch mehr nach Kohl als beim ersten Mal. Wie hatte Alain Sonnett seinen Papa hier parken können?

Meine Gummisohlen quietschten.

»Vorsicht. Ich riskiere eine Entlassung«, sagte Claudine.

Ich nahm sie bei der Hand. »Wieso hilfst du mir?«

»Weil ich an die Liebe glaube. Die Geschichte dreht sich um Liebe, Tereza.«

Liebe? Ich unterdrückte ein hysterisches Kichern. Bis jetzt standen Geld und Rache als Motiv zur Verfügung. Aber Liebe?

Durch den dunklen Gang huschten wir zu Bernard Sonnetts Zimmer. Diesmal war es leer, alle persönlichen Gegenstände waren weg, bis auf ein Bündel Briefe und eine prall gefüllte Mappe, wie Maler sie benutzen.

»Bernards Werk. Alain wollte es nicht. Morgen entsorgen wir es.«

»Das soll ich mir ansehen?«

Claudine lächelte. »Lass dir Zeit.«

Ich blätterte die Zeichnungen durch und erkannte Kopien von weiteren bekannten Gemälden, mit Aquarellfarben oder Wasserfarben gemalt, direkt auf dem Papier gemischt. Es gab Sonnenblumen in der Stricheltechnik, mit Licht hatte Bernard experimentiert, mit dem Fokus auf das Wesentliche.

Ich staunte. »Er war gut. Das ist der Fels von Dieppe. Es sieht dem Original sehr ähnlich. Eine weitere Kopie hängt in seiner Villa. Er hat es mehrmals gemalt.«

»Er hat das Motiv geliebt. Genau wie dieses auch. Ich mag es am liebsten.«

Sie zeigte mir das Bild einer wackligen Holzhütte zwischen Bäumen. Davor eine Strandlandschaft mit Steinen, abgeschliffen von der weißgelblich schäumenden Gischt, die Algen und Moos mit sich riss, warm und kalt zugleich.

»Es muss eine *cabane* sein, irgendwo in der Nähe des Klosters«, sagte Claudine. »Er hat immer von der Tour de Gouin gesprochen, dass er da seine Liebste getroffen hat. Solche Steine gibt es aber kaum auf Crozon, ich denke, er hat zwei Dinge vermischt. Er war als Jugendlicher eine Zeit lang in einem Kloster untergebracht.«

»Zusammen mit Nominoë. Sie könnte uns sofort sagen, wo dieses Häuschen liegt.«

Claudine schraubte den Deckel einer länglichen Rolle auf. »All diese Bilder hat Bernard übrigens von zu Hause mitgebracht und ab und zu betrachtet. Hier gemalt hat er nur an einem einzigen, selbst am Abend vor seinem Tod, vermutlich direkt vor seinem verhängnisvollen Nachtspaziergang. Die Farbe war am nächsten Morgen noch feucht.«

Sie zog eine Leinwand aus dem Behälter und rollte sie auf. In dem Moment ertönte ein Klingelton.

»Eine Patientin, ich muss zu ihr. Bin gleich wieder da.« Sie zeigte auf die Staffelei vor dem Fenster. »Da kannst du es besser betrachten.«

Nachdem sie hinausgegangen war, befestigte ich die Leinwand mit zwei Haarnadeln an der Staffelei. Es war ein Gemälde mit drei Menschen. Ein junger Mann in panzerartiger Kriegsmontur, mit rotem Wams, das Blut vorwegnehmend, das er vergießen würde. Auf eine Hand gestützt, sitzend, die Knie angezogen, suchte er den Blick einer jungen Frau im silbernen Kleid, mit Haaren in rostigem Orange. Daneben eine dritte Person, eine Art Engel. Die Frau sah in die Ferne und spielte auf einer Harfe, während der Engel mit geschlossenen Augen lauschte. Warmes Licht vergoldete die spürbare Melancholie.

»Zwei Liebende, die sich verpassen«, erklärte Claudine bei ihrer Rückkehr. »Bernard hat mir die Geschichte immer und immer wieder erzählt. Sie beruht auf einem alten bretonischen Lied. Es heißt ›Chanson pour Marie‹.« Sie begann zu summen.

Die Melodie klang schön, leicht und schwer zugleich, wie so oft bei den bretonischen Liedern.

»Wird es auf den Festoù-noz gespielt? Ich habe es noch nie gehört.«

»Kaum, es ist in Vergessenheit geraten. Bernard kannte es von seiner Mutter.«

»Wer war sie?«

Claudine schüttelte den Kopf. »Er hat oft von ihr gesprochen. Eine tüchtige Frau, die ganz allein drei Kinder durch den Krieg geschleppt hat. Sie kam aus einer armen Familie, während Bernards Vater, der früh gefallen ist, reich war.«

»Reich? Bist du sicher?«

»Davon bin ich ausgegangen.« Claudine sah mich verständnislos an. »Woher sollte die Familie ansonsten das Geld haben?«

Das war die Frage. Die Tonaufnahme der Produzentin! Vielleicht würde mir die Aufschluss geben.

»Kann ich dir etwas vorspielen, Claudine? Eine Frau, die sehr schnell spricht.« Da klingelte es erneut.

»Pardon. Frag jemand anderen, Tereza. Und nimm die Bilder mit. Und die Briefe.« Sie deutete auf das Bündel. »Die lagen unter seiner schmutzigen Unterwäsche. Auch die wollte der Sohn nicht, mir scheint, er ist ein Reinlichkeitsfanatiker.«

***

Auf der Place Saint-Thomas waren Stühle und Tische leer, hinter der Scheibe des »Café des Beaux Arts« rauchte Basile ein Tütchen und spülte Geschirr. Erfrischend.

Ich trat ein und begrüßte ihn. »Machst du das von Hand?«

»Es beruhigt mich«, sagte er und brühte mir einen Nescafé *avec énormément de lait*, weil die Kaffeemaschine schon geputzt war.

Ich setzte mich und holte mein Handy hervor. Wischte zu der Tonaufnahme vom Gespräch mit Chloe.

»Kannst du das mit mir anhören und es übersetzen?«

Schon erfüllte Chloes nervöse Stimme den Raum.

»Eine Pariserin«, sagte Basile trocken.

Als Chloe den Namen von Nicolettes Oma nannte, japste ich auf.

»Hab ich richtig gehört? Marie? Marie Ginsberg?«

»Genau. Marie Ginsberg. Reist mit ihrer Familie 1940 als Dreizehnjährige nach Morgat, in die Sommerresidenz, eine Villa am Strand.«

»Stopp! Hat sie eine Villa in Morgat erwähnt?«

Basile bejahte. »Und jetzt hör auf zu unterbrechen, Tereza. Ich dachte, du hast es eilig.«

Er ließ weiterlaufen und übersetzte dazu.

»Früher haben sie hier Urlaub gemacht, nun soll es zu ihrem Fluchtort werden. Denn in Paris gibt es viele Gerüchte: dass Juden gefangen, Eltern und Kinder getrennt werden. Die Ginsbergs fahren mit dem Auto, Marie sitzt mit Bruder und Schwester im Fond. Beide Eltern sind im Kunstbereich tätig, die großen Möbel lassen sie in Paris. Nur den Schmuck nehmen sie mit, das Gold und mehrere Gemälde, keine wirklich wertvollen, bis auf das Bild eines britischen Malers.«

Ich konnte nicht anders und drückte wieder auf Pause. »Hast du den Namen verstanden?«

»Irgendein Dude.«

Auf meinen Blick hin wischte Basile zurück.

»Das Bild heißt ›Ein Liebeslied‹, der Maler ist Edward Burne-Jones. Es ist ein Vermögen wert, über zwei Millionen würde man heute dafür bekommen. Bei ihrer Ankunft sind sie happy. Bis die Wehrmachtssoldaten nach Camaret kommen und die Stimmung kippt. Das Dorf spaltet sich. Es gibt die Résistance und Kollaborateure. Die Ginsbergs werden verraten, die Eltern kommen in Gefangenschaft, später ins Lager, das Haus wird geplündert und verkauft, die Kunstschätze geklaut. Marie überlebt. Flüchtet nach UK. Als elternloses Kofferkind kommt sie zu einer Pflegefamilie in Brighton, frühe Schwangerschaft, problematische Tochter. Arbeitet sich von der Tippse zur Archivverwalterin der BBC hoch. Dann die Enkelin Nicolette, Jahrgang 1990. Marie zieht sie nach dem frühen Tod der Mutter allein groß. Das Geheimnis um den Verbleib der Kunstschätze der Familie wird nie gelöst, ein Verfahren niedergeschlagen. Insbesondere das Verschwinden des Bildes wirft Fragen auf. Wenn es irgendwo in der Kunstwelt aufgetaucht wäre, würde es Hinweise geben. Gibt es aber nicht. Das Bild ist weg. Trotz Kompensationszahlungen vom französischen Staat hat Mary, wie sie sich später nannte, ihre Wut an ihre Enkelin weitergegeben. Nicolette Ginsberg.«

Ich hielt den Atem an. War das der Schlüssel? War es so einfach? Mahon hatte recht gehabt. Mahon hatte immer recht.

»Basile, sag mir, was von alledem ist dir geblieben?«

Basile inhalierte. »Drei Dinge. Wem gehört jetzt die geile Villa am Strand? Was macht die rasende Nicolette? Und wer ist der Bösewicht?«

»Das sehe ich genauso. Nur eine Frage hast du vergessen. Die wichtigste. Wo ist das Bild?«

***

Begleitet von Merguez kam ich gleichzeitig mit Kai vor dem Holzhaus an, er hatte Mathilde in Quibéron abgeholt.

Die Kleine hüpfte strahlend aus dem Surfvan. »Omi Tereza!«

Und, was soll ich sagen, es machte mir nichts aus. Im Gegenteil, mein Herz flog ihr zu. Kai konnte es in meinem Gesicht lesen.

»Tut mir leid, mein Sohn.«

»Easy, Mam. Kann passieren.«

Auf der Terrasse tauschten wir kurz die Familienneuigkeiten aus. Die Nachricht, dass seine Schwester ein Kind bekam, war längst bei ihm angekommen. Da hatten meine Kids hinter meinem Rücken das Wesentliche besprochen und gehofft, ich würde vernünftig werden.

»Es ist doch logisch, Mam, der Generationensprung. Freiheit und Unabhängigkeit haben wir mit der Muttermilch eingesogen. Nun brauchen wir Nestwärme.«

Als hätte ich keine Nestwärme verströmt. Gerade als ich das klarstellen wollte, kamen Ayala und Nicolette auf die Terrasse. Nicolette im ausgeliehenen Trainingsanzug.

Im Eilverfahren fasste ich meine Erkenntnisse zusammen, und sie bestätigte alles. Marie war ihre Oma. Ihr Haus war die heutige Villa Sonnett gewesen. Bernards Mutter hatte bei ihnen den Haushalt gemacht, manchmal hatte sie ihren Sohn mitgebracht. So hatten Bernard und Marie sich kennengelernt. Als Nicolette an dieser Stelle angelangt war, griff ich zum Handy und scrollte auf das Foto mit dem lachenden jungen Paar, das mir als einzig Lebendiges an Sonnetts Wand aufgefallen war.

»Ist das Marie?«

Nicolettes Augen wurden groß und rund. »Woher hast du es? Es gibt kaum Fotos von meiner Oma. Wunderschön.« Ihre Augen glänzten.

Dann erzählte sie den bitteren Rest. Marie war einige Jahre nach dem Krieg nach Morgat gekommen, aber alles war weg gewesen, die Kunstschätze verschwunden, das Haus offiziell vom Staat übernommen und an die Sonnetts verkauft.

»Der Erlös lag auf einem Sperrkonto und wurde ihr ausbezahlt, aber er war nicht hoch, entsprach nicht dem Wert. Außerdem wollte meine Oma kein Geld, sie wollte das Haus. Es hat ihr den Boden unter den Füßen weggezogen. Sie hatte nur für diesen einen Moment gelebt, und dann war da einfach nichts.«

Nicolette entwich ein Schluchzen.

Ich fasste ihre Hand. »Es tut mir so leid. Ich kann gut verstehen, dass du darüber einen Film machen musst. Nur so kannst du es verarbeiten.«

»Vergiss es«, sagte sie abwehrend. »Es wird ein ganz und gar politischer Film. Anhand der Familie Sonnett will ich über die Résistance und die Kollaborateure in Camaret berichten.«

»Und Bernard Sonnett als Kriegsgewinnler entlarven«, ergänzte Ayala. Sie und Kai hatten Mathilde ins Bett gebracht, Kaffee gemacht, ein Windlicht angezündet und sich zu uns gesetzt.

»Bernard hat sich an meiner Familie bereichert.«

»Hast du dafür einen Beweis?«

Nicolette wirkte stolz. »Ich habe in dem Haus eine Monet-Skizze gefunden.«

»Du warst drin?«

»Die sind so fahrlässig mit dem Schlüssel, selbst schuld. Unerträglich arrogant, denken, nichts und niemand könne ihnen etwas anhaben. Die Zeichnung ist ein Original. Sie hat meiner Oma gehört. Ich habe eine Besitzurkunde.«

»Wo ist sie?«

»Versteckt.«

»Im Hotel?«

»Beides ist im Safe. Zum Glück. Alain hat vorgestern mein Zimmer durchsucht.«

»Bist du sicher?«

»Er streitet es ab. Schiebt es auf die Paparazzi. Aber wer sollte es sonst gewesen sein?«

Gute Frage, dachte ich. Wer, wenn nicht Alain?

»Ich habe auch die Galerie in Brighton gefunden, die die Bilder jeweils weiterverkauft hat, und verschiedene Käufer. Im Film werden Interviews mit allen vorkommen. Sie sind schockiert darüber, dass sie versehentlich Raubkunst gekauft haben.«

»Versehentlich?«

»Keine Ahnung, ob sie lügen. Das kann ja dann die Polizei aufdecken, etwas müssen die auch zu tun haben.«

»Und wann sollte das alles auffliegen?«

»Morgen, während der Ordensverleihung. Größtmöglicher Effekt. Darum habe ich sofort zugestimmt, als Alain Armelle dazuholen wollte. Das generiert gigantische Presse, viel mehr, als für den lahmen Ritterschlag gekommen wären. Über einen Ritter der Bretagne berichten die Lokalen, über Armelle die ganze Welt.«

»Sie ist abgereist.«

»Die Journalisten wissen das nicht.«

»Hast du Bernard umgebracht?«

Sie wurde bleich. »Ich wollte ihn konfrontieren, wollte seine Augen sehen, wenn er mir die Wahrheit sagen muss. Alain hat mir den Moment geklaut.«

Ich sollte ihr sagen, dass Bernard nicht gestoßen wurde. »Aber …«

»Bernard war der einzige Zeuge, der noch aussagen konnte, der wusste, was damals passiert ist.« Sie war sehr wütend. »Mir fehlen nur noch wenige Teile, dann habe ich das Ding zusammen. Alain wird zur Rechenschaft gezogen.«

»Was ist mit Luc, wie passt der in die Geschichte?«

»Der Typ mit dem Revolver? Er muss ein Komplize sein.«

»Deine Fingerabdrücke sind da drauf.«

»Nominoë hat ihn mir gezeigt, ich hatte ihn kurz in der Hand, mehr war da nicht.«

»Du bist naiv, drehst Aufklärungsfilme, und dann glaubst du an Zufälle.«

Ihre Augen wurden ganz groß, so weit war nicht mal sie

gegangen bei ihren Verdächtigungen. »Du denkst, Alain hätte das angezettelt, um den Verdacht auf mich zu lenken?«

»Hat er gemerkt, was du wolltest?«

»Er ist ja nicht blöd. Aber er kann es nicht verhindern.«

»Wenn er alles gegen dich dreht, schon.«

Sie war verunsichert, das sah ich ihr an. Sie wirkte plötzlich so jung, wie sie war. Und dann stellte ich die wichtigste Frage. »Wo ist das Bild?«

Eine Mücke verschmorte in der Kerze, es stank.

»Wo ist dieses Bild? Das Bild der Marie? Das Original?«

Nicolette schüttelte den Kopf, in ihren Augen glitzerte es. »Alain hat abgestritten, dass es im Besitz seines Vaters war. Er streitet überhaupt alles ab. Er findet mich eine emotionale Idiotin, die die Rolle ihrer Familie in der Vergangenheit verklärt. Er hat mich gefragt, ob ich je überlegt habe, wie meine Urgroßeltern zu ihrem Vermögen gekommen sind.«

»Das kann man jeden reichen Menschen fragen.«

Sie schluckte. »Ich dachte immer, sie hätten es erarbeitet. Noch so gern würde ich nachfragen, aber …«

»Gibt's keine Aufzeichnungen von deiner Oma?«

»Sie spricht nicht mehr mit mir.«

Ich war erstaunt. »Wieso, lebt sie noch?«

»Natürlich, sie ist zäh. Ich liebe sie heiß, aber zurzeit könnte ich sie auf den Mond schießen.«

Als sie meinen fragenden Blick sah, holte sie ein wenig aus. »Sie ist gegen das Filmprojekt. Als sie davon hörte, wurde sie extrem wütend, so wie ich sie nie erlebt habe.«

»Eigenartig. Ich hätte gedacht, sie würde dir helfen.«

»Hat sie auch. Bis sie gemerkt hat, dass sich die ganze Story um Bernard Sonnett dreht.«

»Will sie ihn schützen?«, fragte Ayala.

»Wieso?« Nicolette ereiferte sich, wurde laut. »Wieso sollte meine Oma, eine Überlebende, deren Familie nur Not und Schmerz erlebt hat, ihren Feind schützen wollen?«

Da ging die Tür auf. »Wenn ihr so laut sprecht, kann ich

nicht schlafen«, sagte Mathilde. »Omi Tereza, erzählst du mir eine Gutenachtgeschichte?«

***

Wir waren auf dem Weg zum Leuchtturm. Ayala, Nicolette und ich. Kai und Merguez waren bei Mathilde geblieben. Als ich Nicolette vom Bunker erzählt hatte, war sie nicht mehr zu halten gewesen.

»Das Bild. Es muss einfach da sein. Es ist der Beweis.«

Sie hatte ihr Handy vorgezogen und uns das Foto eines Dokuments gezeigt, Besitzurkunde und Echtheitszeugnis in einem. Das Gemälde »Ein Liebeslied« von Edward Burne-Jones befand sich im Besitz der Mutter Maries. Es war das Bild, das Bernard Sonnett an seinem letzten Tag gemalt hatte. Ich beschloss, dies noch für mich zu behalten, Nicolette war rabiat drauf.

Ayala fuhr den Van durch das verlassene Camaret-sur-Mer. Nicht über die Molenstraße, wir nahmen die Abkürzung oben rum. Der Himmel war im Osten dunkel, im Westen licht, das übliche abendliche Schauspiel. Niemand sprach ein Wort.

Ayala und ich hatten Nicolette den Alleingang ausreden wollen, aber sie war wild entschlossen gewesen. In stummer Übereinkunft waren Ayala und ich mitgefahren. Eine Nanosekunde lang hatte ich überlegt, Mahon zu verständigen. Ich ließ es bleiben. Sollte er doch vor dem »Thalassa« verschmoren wie die Mücke in der Kerze.

»Achtung, es wird holprig.«

Ayala schoss den Schotterweg hoch, und das Kloster kam in Sicht. Es war bald Mitternacht, im Leuchtturm brannte Licht. Wir parkten. Stiegen aus.

»Wo könnte dieser Bunker liegen?«, fragte ich Nicolette. »Du hast dich am meisten mit dem Thema befasst.«

»Da er zum Atlantikwall gehörte, irgendwo im Wald. Vielleicht ist er in den Hügel hineingebaut und überwachsen. Ist euch nie so was begegnet?«

Ayala verneinte. »Allerdings kenne ich das Gebiet nicht sehr gut.«

Mir fiel etwas ein. Als ich mit Magalie aus dem Leuchtturm geflüchtet war, war mir eine Hütte aufgefallen. Hing die mit dem Bunker zusammen? Bloß, wo genau war das gewesen?

Wir beschlossen, dass jede von uns einen Teil des Waldgebiets zwischen Kloster und Leuchtturm durchkämmen sollte. Der Wald war dicht, mit Eiben, Eichen, Kiefern und Pinien, es war stockdunkel. Einmal stolperte ich, verfing mich im Farn, Brombeer zerriss meinen Rock. Eine Betonmauer oder Tür fand ich nicht, auch keine Hütte.

Auf meinem Handy summte Ayalas Nachricht. »Ich bin jetzt zweimal durch, da ist nichts. Wir sollten im Kloster nachschauen.«

Den Schlüssel fanden wir unter der Hortensie.

Eigenartig, wieder in der Halle zu stehen. Hintereinander gingen wir die Treppe hinunter in den Keller. Ich hatte ein Durcheinander erwartet, Artefakte, Vorräte aus dem Zweiten Weltkrieg und Gebeine. Es war jedoch alles aufgeräumt. Der Boden wirkte gewischt, die Räume waren größtenteils leer, bis auf einige Werkzeuge, Kerzenhalter, einen Schrank mit altem Leinen.

Einen Zugang zu einem Bunker fanden wir nicht.

»Gehen wir hinauf zum Leuchtturm. Von da oben können wir die Umgebung sichten. Zum Glück ist die Nacht so hell.«

Dennoch fühlte ich meine Hoffnung schwinden. Mahons Stellvertreter sollte einen Suchtrupp organisieren, die würden den Bunker aufspüren. Und sollte da ein Bild sein, konnte Nicolette ja ihren Anspruch belegen. Bernard war an einem Herzinfarkt gestorben, der verdorbene Hummer war ein unglücklicher Zufall gewesen und Luc ein Dilettant, der für Nominoë die alten Waffen instand setzen wollte und bereits an der ersten scheiterte. Für alles gab es eine natürliche Erklärung, das Rätsel war gelöst. Was also taten wir hier?

Als wir oben ankamen, holte ich auch da den Schlüssel unter der Hortensie hervor. Er drehte sich im Schloss, wir traten ein.

Plötzlich blieb ich stehen. »Wartet. Es ist etwas mit der Tür.«
»Was?«
»Sie hat nicht gequietscht.«
»Ja und?«
»Am Dienstag hat sie das noch gemacht.«
»Dann hat sie jemand geölt.«
»Ich war es«, ertönte eine Stimme. *»Bonsoir, mes chères.«*

18

»Herzlich willkommen in meiner Klause.«

Sprachlos setzten wir uns auf den rohen Holzboden in der kleinen Hütte, zu der uns Nominoë geführt hatte. Sie lag ganz am Rand des Geländes, gut versteckt, nicht sichtbar für das bloße Auge, nah bei der Klippe, getarnt von Gebüsch und hochstämmigen, einander zugeneigten Kiefern, deren Nadeln ein natürliches Dach bildeten und zusätzlichen Schutz boten.

Nominoë trug ihre übliche Tracht, sie war lediglich ein wenig schmutziger als sonst, das Haar aufgesteckt, die grauen Strähnen verweht. Ich nestelte in meiner Boule-rouge, fand unter Bernards Briefen die Haube in einem Seitenfach.

»Da, die habe ich für Sie aufbewahrt. Und *das* werden Sie auch brauchen. Claudine hat mir die Packung für Sie mitgegeben.«

Nominoë nahm Haube und Ampullen entgegen. »Merci, Tereza. Kaffee?«

Eigentlich brauchte ich Erklärungen, wie sie ohne Insulin über die Runden gekommen war, warum sie nie etwas von der Krankheit erzählt hatte. Aber … Kaffee war auch gut. *Avec énormément de lait.* Es hatte heute Abend erst einen gegeben.

»Waren Sie die ganze Zeit hier?«, fragte ich, nur um gleich selbst die Antwort zu geben. »Natürlich nicht. Die Polizei hätte Sie gefunden, auch wenn die Hütte gut getarnt ist. Aber wo dann? Nicht im Kloster Kergonan, soweit ich weiß.«

»Ah ja, Ernestine hat mir von Ihrem Besuch berichtet. Was sagen Sie zu ›Radio Espérance‹?«

»Sie sind eine Pionierin.«

»›Presqu'île Sophie‹ hat da viel gelernt.«

War das ein Geständnis? Sie lächelte mich an. »So viel, dass sie alte Sendungen neu machen kann.«

»Sie haben die Ausstrahlung gehört? Es war Magalies

Stimme, die Sie um ein Treffen gebeten hat. Warum sind Sie nicht gekommen?«

»Ich habe Ihnen eine Textnachricht geschickt.«

»Der Triskel? Heute Mittag um zwölf?«

Sie machte ihre Geste. Das Schweigegelübde.

»Wo waren Sie dann?« Nicolette sah Nominoë kritisch an. »Ich will nicht unhöflich sein, aber hier ist die Kacke am Dampfen. Die Polizei verdächtigt mich.«

»Sie haben vieles angezettelt für ein paar spektakuläre Szenen in Ihrem Film, nicht wahr?«

Dass Nicolette nickte, haute mich um. »Was soll das heißen?«

»Ich habe mich an dem Nonnenmusical orientiert. Da sterben siebenundfünfzig Nonnen an einer vergifteten Fischsuppe. Das schien mir eine Steilvorlage.«

»*Du* warst das? *Du* hast alle vergiftet?«

»Übertreib nicht. Es war der Hummer. Ich habe ihn einfach einige Stunden lang draußen stehen lassen, kann jedem passieren. Als Luc die ganzen Zutaten brachte, habe ich ihn mit aufs Brett gelegt. Ich kannte Nominoës Rezept.«

Die Schritte, die ich gehört hatte. Ich hatte mich also nicht getäuscht.

»Das hätte ins Auge gehen können.«

»Es waren nur zwei kleine Stücke. Ich hab's doch angekündigt: Ich will keinen Schmus, ich will Ecken und Kanten.« Nicolette verzog den Mund zu einem schiefen Grinsen. »Ich wollte eigentlich nur Alain und seinen Superstar provozieren. Er sollte wissen, dass ich gefährlich bin, dass er mit mir rechnen muss. Seit Monaten streitet er alles ab, behauptet, von nichts gewusst zu haben. Er ist feige, Gesichtsverlust ist für ihn der Super-GAU.«

Wir sahen sie streng an.

»Also gut. Es tut mir leid, vermutlich stand der Hummer doch etwas zu lang draußen. Könnt ihr es für euch behalten, bitte? Niemand hat Schaden genommen.«

»Es war kein guter Streich«, sagte Nominoë. »Vor allem,

weil Luc noch mehr Probleme bekommen hat. Dabei hatte er gerade erst herausgefunden, dass sein Vater ihm nicht nur keinen Cent hinterlassen, sondern jahrelang für Bernard Sonnett mit seinem Fischerboot geschmuggelt hat. Außerdem liefen seine Geschäfte schlecht, da konnte er nicht noch einen Verdacht als Giftmischer am Hals haben. Er war ziemlich verzweifelt.«

»So verzweifelt, dass er zur Pistole griff?«, fragte ich.

»Er sollte sie für mich putzen, ich habe ihn dafür engagiert.«

Wie ich es mir gedacht hatte. »Ihm ist ein Fehler passiert.«

»Auch das glaube ich nur schwer. Er war es gewohnt.«

»Dann hat ihn jemand angeschossen.«

Nicolette fluchte. »Die verdächtigen mich, weil meine Fingerabdrücke darauf waren.«

»Hätte ich das geahnt …«, sagte Nominoë. »Es ist schier unglaublich, was in den wenigen Tagen alles passiert ist.«

Ich hob die Hand. »Hört mal. Mahon ist nicht dumm. Ich rechne damit, dass er bald hier auftaucht. Sœur Nominoë, können Sie mir sagen, wo der Casemate ist, der Bunker?«

Wir hielten den Atem an.

Sie lächelte. *»Naturellement.«*

Ich hatte es in dem Moment geahnt, als sie uns mit sicherem Schritt über den zugewachsenen Pfad vom Leuchtturm aus durch den Wald geführt hatte.

Sie zündete eine Laterne an und winkte uns, ihr in den kleinen Garten zu folgen, begrenzt von einer runden Natursteinmauer und den Ruinenresten eines Gebäudes.

»Darf ich vorstellen? Der Turm von Gouin«, erklärte sie.

Als Nicolette ein Laut entwischte, wandte sich Nominoë zu ihr. »Genau. Da haben sich deine Großmutter und Bernard getroffen. Du kennst die Geschichte?«

Nicolettes Gesicht verzerrte sich. »Nein. Marie hat sie erfunden, keine Sekunde habe ich irgendetwas davon geglaubt. Vergangenheitsromantik, Nostalgiegewäsch.«

»Das ist es nicht«, ertönte eine Stimme, eine andere diesmal.

Wir schossen herum. Vor uns stand eine Frau. Sehr alt. Mit

runzligem Gesicht, winzig, schlank, grauschwarzes Haar, eine goldene Kette mit einem Triskel am Hals und ein Lachen, wie ich es nie im Leben gesehen hatte.

»Mary?« Nicolettes Stimme klang ungläubig.

»Komm her, *ma puce*.«

Nicolette kämpfte mit sich. Widersprüchlichste Gefühle – Ablehnung, Wut, Erleichterung – spiegelten sich in ihren Zügen. Schließlich ging sie zu der alten Frau und ließ sich in eine Umarmung ziehen, was einigermaßen komisch aussah, da sie viel größer war. Die Szene war zart.

Bis Nominoë das Wort ergriff.

»Darf ich vorstellen? Mary, ehemals Marie Ginsberg, meine Freundin. Ich habe sie in London besucht. Wir haben die Fähre von Portsmouth nach Saint-Malo genommen, wo Luc uns abgeholt hat. Gestern sind wir angekommen.«

Das Bild wurde immer klarer. »Und danach ist er in sein Häuschen gefahren?«

Nominoë wirkte plötzlich sehr besorgt. »Ich bete, dass er überlebt. Aber jetzt solltet ihr drei in den Bunker hinunter und das Bild holen.«

»Sie wissen, wo man runtersteigt, Sœur Nominoë?«, fragte ich.

»Bernard hat es mir beschrieben.«

»Und das Bild ist hier?«

»Ich glaube. Er hat es nie verkauft. Er hat es im Bunker versteckt, um es Marie irgendwann zurückzugeben. Leider ist er zu früh gestorben. Er hat mich zu seiner Testamentsvollstreckerin ernannt.«

»Wieso wollte er es zurückgeben?«, fragte ich und gab gleich darauf selbst die Antwort. »Claudine hatte recht, es ist eine Liebesgeschichte.«

»Die mir Nicolette nie geglaubt hat.« Mary richtete ihre unglaublichen Augen auf mich.

Ich kramte in der Tasche nach Bernards Briefen. Bevor ich sie ihr geben konnte, sprach sie weiter.

»Bernard und ich, wir waren ein Ganzes. Ich konnte nicht sein ohne ihn, er nicht ohne mich. Er hat mich nicht verraten. Es war ein unglücklicher Zufall, dass wir an diesen Wehrmachtssoldaten geraten sind. Dass der nachher vermutlich Saint-Pol-Roux, den Surrealisten, angegriffen hat, war nicht Bernards Schuld. Obwohl er es zeitlebens geglaubt hat.«

»Er hat dir das Bild gestohlen!«, schrie Nicolette auf. »Dafür habe ich Beweise.«

»Nein, Nico«, sagte Mary sanft. »Ich war ja dabei. Ich habe es ihm zugeworfen, er hat es aufgefangen. Danach bin ich geflüchtet. Ich habe mich nicht mehr ins Dorf zurückgetraut. Und als ich es tat, war meine Mutter weg. Meine Geschwister auch, mein Vater ebenso, die ganze Familie. Bernards Mutter hat mir von der Barkasse erzählt.«

»Bernards Mutter?«, fragte ich.

»Sie war in der Résistance und hat Menschen wie mir zur Flucht verholfen.«

»Wusste das Bernard?«

»Nein. Sie musste es ihren Kindern verheimlichen, aus Schutz. Kurze Zeit später wurde sie selbst verhaftet. Das haben Bernard und ich rausgefunden. Als unten am Klosterstrand eine Barkasse in Richtung England losfuhr, bin ich mitgefahren. Lucs Großvater war der Kapitän.«

Nicolette nickte. »Siehst du! Er hat deinen ganzen Besitz nach England verfrachtet und verkauft.«

»Es war Krieg, Nicolette, da haben alle gekämpft.«

»Aber meine Urgroßeltern ...«

»Sie wurden verraten. Nicht von den Sonnetts. Bernards Mutter ebenso, seine Geschwister auch. Er war so allein wie ich.«

»Und wieso hat Bernard euer Haus als Wohnsitz gewählt? Ausgerechnet euer Haus?«

»Er wollte es unbedingt haben. Vielleicht hat er gehofft, dass wir uns da eines Tages wiederfinden. Nach dem Krieg konnte er es vom Staat kaufen. Zu einem üblichen Preis.«

»Ein lächerlicher Preis. Aus dem Erlös der Kunstschätze …«

»Die hätte er deklarieren müssen, das stimmt. Aber zu Beginn war er neunzehn. Ohne Eltern. Überfordert und todtraurig.«

»Und wieso weißt du diesen ganzen Müll? Wieso glaubst du es?«

Ich hob die Hand. »Er hat es aufgeschrieben.«

Mary nickte. »Wenige der Briefe sind sogar zu mir gelangt.«

»Briefe? Ich hasse das. Da kann jeder schreiben, was ihm grad einfällt.« Nicolette riss mir den Packen aus der Hand und warf ihn zu Boden.

Nominoë mischte sich wieder ein. »Ich hab sie gelesen. Sie sind sehr berührend.«

»Wie kommen Sie an die Briefe?«, fragte Nicolette.

»Weil ich damals Bernard geraten habe, alles schriftlich festzuhalten. Wir waren im letzten Kriegsjahr eine kurze Zeit gemeinsam in einem Fluchtkloster. Er hat mir die Geschichte mit Marie erzählt.«

Das machte Nicolette sprachlos.

»Er war ein Guter, Nicolette. Der sich verloren hat.«

»Die ganzen Bilder hat er verkauft, das Klavier, den Schmuck …«

»Damit hat er sich in der Nachkriegszeit über Wasser gehalten«, erklärte Mary.

»Als du hierher zurückgekommen bist, warst du entsetzt, dass nichts mehr da war. Das hast du mir selbst erzählt.«

»Damals war ich jung und stürmisch. Verletzt, weil er eine andere hatte. Ich bin wieder weggefahren und habe meinen Namen gewechselt.«

»Wie heißen Sie?«, fragte ich dazwischen.

»Mary Miller ist mein gewählter Name. Einfach und simpel und sehr gewöhnlich. Bernard hat mich gesucht und nie gefunden. Ich habe ihn kontaktiert. Als Nicolette ihren Film plante, wurde auch Alain aktiv.«

»Moment«, sagte ich. »Hat er von deinem Projekt gewusst?«

Nicolette bejahte. »Leider. Seine Musikagentur ist in Paris, und das ist ein Dorf, wenn es um so was geht.«

»Und danach hat er es Bernard erzählt?«

»Nein, er hat mich konfrontiert. Und ich habe den Spieß umgedreht und das Bild von ihm verlangt.«

Nun kapierte ich langsam. »Das er dir nicht geben konnte, weil er es nicht hatte.«

»Er wusste nichts von dem Bunker, niemand wusste es«, sagte Nominoë. »Außer Lucs Vater und Bernard. Es war ihr Geheimnis. Das während vieler Jahre ruhte. Seit Lucs Vater gestorben ist, gab es keine Fuhren mehr.«

Mein Kopf fühlte sich müde und hellwach zugleich an. »Kann es sein, dass Bernard ins Altersheim gegangen ist, nachdem er von dem Filmprojekt erfahren hat? Freiwillig? Und nicht weil er von Alain gezwungen wurde?«

Nominoë lächelte mir zu. »Kluge Tereza. Bernard hat die Schuld nicht mehr ertragen, er wollte beichten und alles zugeben. Die Sache in Ordnung bringen. Das Buch, diese Schönfärber-Biografie, einstampfen lassen. Leider war Alain absolut dagegen.«

»Logisch«, sagte Nicolette. »Er wäre arm geworden. Der Staat hätte ihm alles weggenommen, weil es rechtmäßig uns gehört. Er hat Bernard umgebracht.«

Das leuchtete mir nicht ein. »Alain hat genug. Soweit ich weiß, hat er sich seine Häuser selbst gekauft. Die kann ihm niemand nehmen. Und außerdem ist Bernard an einem Herzinfarkt gestorben.«

»Wer sagt das?«, fragte Mary erstaunt.

Dies schien mir der Moment, mein frisch erworbenes Wissen weiterzugeben. »Das ist das Ergebnis des Instituts für Rechtsmedizin in Brest.«

»Das glaube ich nicht«, sagte Mary. »Er hatte ein sehr starkes Herz. Davon hat er mir berichtet, er war sehr stolz nach seiner letzten Untersuchung.«

»Was?« Das kam von Nicolette. »Ihr hattet Kontakt, Bernard und du?«

Marys Augen strahlten. »Natürlich.«

»Aber wie?«

»Über ein Tablet.«

»Du kannst ein Tablet bedienen?«

»Natürlich. Nur weil ich alt bin, bin ich doch nicht rückständig. Die Untersuchungsresultate müssten bei seinem Hausarzt sein«, sagte Mary an Nominoë gewandt. »Er war kerngesund.«

Nicolette schrie auf. »Vergesst den Scheißherzinfarkt! Es war Alain, Alain hat ihn gestoßen!«

»Mahon sagt, er hat ein Alibi. Außerdem hat er seinen Vater geliebt, das habe ich auch so wahrgenommen«, sagte ich.

»Glaubt mir, Alain wollte das Bild um jeden Preis.«

»Bernard hat es ihm nie gegeben«, sagte Mary.

Nominoë sah das genauso. »Er hat es für Marie aufbewahrt. Obwohl sie es ihm geschenkt hatte.«

Hier kamen Geschichten zusammen. Mary, Nominoë, Bernard. Alain und Luc, aus dieser verlorenen Generation, die den Wiederaufbau übernahm und deren Seelen nie geheilt wurden, weil niemand wahrnahm, wie verletzt sie waren. Auch Mahon zählte dazu. Und ich, ob ich wollte oder nicht.

Unvermittelt griff ich nach Ayalas Hand. »Hast du was von zu Hause gehört? Geht's Kai und Mathilde gut?«

Ihr Strahlen war Balsam. Sie zeigte mir ein Foto auf dem Handy. Die schlafende Mathilde, an Merguez gekuschelt. Und ein Teller Spaghetti al pomodoro. »Zu müde, um zu essen. Sie will es zum Frühstück«, schrieb Kai.

Mary riss mich aus meiner eigenen kleinen Geschichte. Sie hielt das Originalzertifikat für das Bild in der Hand und bewegte sich auf Nicolette zu, es wurde offensichtlich, dass sie kaum mehr gehen konnte.

»Da, mein Kind, das trage ich immer bei mir. Ich werde es auf dich umschreiben lassen.« Eine Umarmung. Mir kamen die Tränen.

»Steigt in den Bunker und holt es herauf.« Nominoë übergab Nicolette einen Gegenstand, eine Art Triskel. »Den braucht ihr, um die Falltür zu öffnen. Und nicht vergessen: Ebene eins mit gut getarnter Falltür, dann zu Ebene zwei. Da ist das Bild.« Sie machte ein Kreuzzeichen. »Nun geht. Wir beiden alten Damen warten auf euch.«

In dem Moment erhielt ich eine Textnachricht von Brigitte. News wegen des Arztberichts von Ruth Sarasin. Ich zögerte. Nein, erst das Bild, dann würden wir weitersehen.

Ich hob die Briefe vom Boden auf und verstaute sie zusammen mit dem Handy in der Boule-rouge.

***

Die Treppe war steil, der gegossene Beton hart und stellenweise brüchig, an den verputzten Wänden entlang liefen zwei Leitungsstränge.

Ayala ging voraus, sie hatte ihre Stirnlampe in den hochgesteckten Zöpfen montiert. Ich war in der Mitte, meine Boule-rouge hatte ich umgehängt und den Riemen angezogen. Nicolette bildete den Schluss. Keine von uns sprach ein Wort. Mit jedem Schritt in die Tiefe wuchs meine Beklommenheit.

»Weiß wirklich niemand von diesem Bunker?«, fragte ich.

Nicolette verneinte. »Unmöglich. Dann wäre das Bild längst weg.«

Der vage Gedanke in meinem Kopf manifestierte sich erneut, nicht fassbar und dennoch vorhanden.

»Kommt, Mädels, Beeilung, ich will bald wieder hoch.«

Ayalas Stimme merkte ich an, dass sie sich auch nicht wohlfühlte.

Plötzlich hörte die Treppe auf. Ayala leuchtete den Raum ab, in den wir gelangten. Es musste Ebene eins sein. Sie war groß und niedrig, an der einen Wand standen eiserne Schränke, eine Art Spinde. Bei einem war die Tür offen. Ganz in der Ecke fand Ayala die versteckte Falltür, die Nominoë beschrieben hatte. »Hier geht's weiter. Gib mir den Schlüssel.«

Als sie eine Klappe hob, wurde eine Vertiefung sichtbar, in

die der Triskel-Schlüssel perfekt reinpasste. Wir hielten den Atem an. Einmal drehen und sie konnte den Deckel mit unserer Hilfe heben.

»Niemals kann Bernard das allein geschafft haben. Hier war seit Jahren keiner mehr«, murmelte sie, bevor sie sich an den Abstieg machte, der über eiserne, in die Wand geschlagene Tritte erfolgte. Der Tunnel war schmal, und ich bekam Angst.

»Wartet noch, bis ich euch ein Zeichen gebe!«, rief Ayala von unten.

Im Dunkeln lehnten Nicolette und ich an der Wand.

»Okay, ich habe Ebene zwei erreicht. Das Bild ist hier.« Ayalas Stimme klang dumpf. »Es sind vielleicht zehn Meter.«

Wieder kletterte ich voraus, Nicolette kam dicht hinter mir. Zu dicht. Als ich unvermittelt ausrutschte, verlor sie fast den Halt. Ihr Fuß traf meinen Kopf.

»Mann, Tereza, echt.«

Ich entschuldigte mich und stieß ein Stoßgebet aus, als ich sicher unten ankam. Gleich darauf landete Nicolette neben mir.

Ayalas Lampe erhellte die Betonwände. Der Raum war oval und größer als der andere, es herrschte eine trockene Kälte. Nach Ayalas Betätigung eines Kippschalters flackerte Neonlicht auf, nur um gleich wieder zu erlöschen. Doch es hatte gereicht, um zu sehen, dass wir uns in einem Bunker befanden, leer bis auf ein Bild, weniger als einen Meter hoch, doppelt so breit. Es lehnte mit der Vorderseite gegen die Wand.

Nicolette stürzte darauf zu. Es war das »Liebeslied«.

»Das Original, ich fass es nicht«, sagte sie ehrfürchtig. »Seht nur.«

Ich kannte das Bild von Bernards Staffelei, dieses hier war ungleich viel schöner, so voller Licht, dass es selbst die Düsterkeit um uns zu erhellen schien.

»Kriegen wir das unversehrt nach oben?«, fragte Nicolette und brachte das Gemälde vorsichtig zur Treppe. »Wir bräuchten ein Tuch, um es zu schützen.«

»Es muss einen zweiten Zugang geben«, flüsterte ich. Damit

sprach ich aus, was ich schon lange vermutete, und tastete in meiner Boule-rouge nach einem Schal und Ruths Plan. In dem Moment spürte ich eine Vibration.

Auch Ayala hatte es bemerkt. »Ich befürchte, jemand klettert hinter uns her.« Ihre Stimme war rau.

Was hatte Mahon gesagt, als er den Bunker erwähnte? »Niemand wusste davon, nicht mal Alain.« Also hatte er mit ihm darüber gesprochen.

»Könnte sein, dass Alain Bescheid weiß.«

»Dass er alle getäuscht hat und uns folgt?«

»Kommt.« Ayala wich in die Tiefe des Raumes aus, zog mich mit. Nicolette jedoch blieb stehen. Die Klettergeräusche waren nun deutlich zu hören.

»Nicolette, beeil dich.« Ayala machte die Stirnlampe aus. »Wir verstecken uns und überwältigen ihn. Wir sind zu dritt.«

Gleich darauf landete jemand am Fuß der Treppe, der Aufprall war deutlich zu hören. Nicolette schrie auf, es gab ein Handgemenge. Ich wollte ihr helfen, im Dunkeln war es schwierig.

Plötzlich erneut ein Geräusch. Oh Gott, die sind zu zweit. *Merde.* Ich fasste nach Ayalas Hand, aber sie war weg.

Dann passierte alles gleichzeitig. Ein Schuss dröhnte, ein Schrei, jemand strauchelte. Ich spürte Splitter im Gesicht. Hörte Nicolettes Stöhnen. Schritte. An mir vorbei. Hastiges Atmen.

»Verdammt.«

Erneute Schritte, das Zittern der Leiter. Stille. Dröhnende Stille.

»Ayala?«, flüsterte ich.

Sie machte die Lampe an. Wir sahen Nicolette am Boden liegen, sie hielt sich das rechte Bein.

»Das Bild«, stöhnte sie. »Alain wollte es sich holen. Aber ich habe es festgehalten, ich hoffe, es ist heil geblieben.«

Ich rannte zu ihr. Blut quoll aus einer Wunde am Unterschenkel auf ihre Cargohose.

»Es tut nicht weh.«

»Dieses Schwein, ich krieg ihn.« Ayala wollte sich mit einem Klimmzug nach oben hangeln, wurde jedoch von einem Donnern erschreckt. Gleich darauf ertönte eine gewaltige Detonation. Instinktiv warf ich mich zu Boden, die Arme über dem Kopf. Über uns bebte der Stein, ein Röhren und Grollen.

Erst als es wieder ruhig war, wagte ich, den Kopf zu heben. Ayala starrte mich an. Im Licht der Stirnlampe sah sie unheimlich aus. »Eine Explosion. Er hat den Tunnel gesprengt.«

»Will er uns alle umbringen?«

»Kannst du sehen, ob es noch ganz ist?« Nicolette hatte das Bild nah zu sich herangezogen.

»Erst mal schaue ich nach dir.« Ich untersuchte die Wunde. »Ich glaube, es ist nur ein Streifschuss.« Aus der Boule-rouge holte ich Wundverband und Desinfektionsmittel, ein Überbleibsel aus der Zeit, als meine Kinder klein gewesen waren.

»Du machst das gut«, sagte Nicolette, als ich den Verband anlegte.

»Trotzdem musst du so schnell wie möglich zu einem Arzt.«

Ayala leuchtete auf den Schutthaufen beim Treppenaufgang. Die Luft war voller Staub, das Atmen wurde mühsam.

»Hier kommen wir nicht raus.« Sie griff nach ihrem Handy. Natürlich gab es keinen Empfang.

»Macht euch keine Sorgen«, sagte Nicolette. »Nominoë und Mary werden bemerken, dass der Gang zusammengebrochen ist. Sie schicken einen Suchtrupp.«

Wenn sie noch leben …, dachte ich. Und laut sagte ich: »Ayala, kannst du mal herkommen und leuchten?«

Ich zog Ruths Plan heraus und erklärte den anderen, was es damit auf sich hatte. »Ich denke, dass es einen zweiten Zugang zu dem Bunker gibt. Und zwar von der dritten Ebene aus, die weiter unten liegt, direkt beim Meer. Seht mal, das ist die Grotte, das der See, von hier aus führt ein Weg zum Klosterstrand, und dieser Gang führt zu der ›Kartoffel‹. Damit müsste der Bunker gemeint sein. Dieselbe ovale Form.«

Ich erzählte von der Sage der Rhiannon und dem spiegelnden See.

Nicolette war skeptisch. »Sagen, Tereza, sind ungenau. Die Grotte kann irgendwo liegen, der Gang ganz woanders, der See wiederum kann reine Erfindung sein.«

»Aber es ist unsere einzige Chance. Keine Ahnung, wie lange diese Decke noch hält.«

Wir sahen uns an. Nicolette stemmte sich hoch und stöhnte. »Gibt's kein Morphium in deiner Wundertasche?«

»Schokolade. Die hat eine ähnliche Wirkung.« Ich holte meinen Notnotvorrat aus dem Geheimfach, bot jeder ein Stück Orange Noir an, bevor ich den Plan erneut studierte. »Eigentlich müsste es auch auf dieser Ebene eine Falltür geben.«

Der hintere Teil des Bunkers lag im Dunkeln, das beim Näherkommen von Ayalas Lampe erhellt wurde. Plötzlich war mir, als sähe ich eine Gestalt. Einen Mann mit Kapuze. Alain Sonnett. Er war die ganze Zeit hier gewesen und hatte uns belauscht.

Wir schrien unisono gellend und lang gezogen und so laut, dass Betonstaub von der Decke rieselte. In einer Geste, die wie ein Friedenszeichen wirkte, hob Alain die Hände.

»Hört sofort auf. Über uns ist alles zusammengebrochen. Dass der Bunker standgehalten hat, ist ein Wunder. Jemand hat den Schacht gesprengt, vielleicht ist er noch oben. Also HÖRT AUF!«

Ayala funkelte ihn an. »Ich habe eine Tochter, lass mich raus, Alain.«

»Würde ich gern, kann ich aber nicht.«

Im üblichen Küstenlook mit Kapuzenpulli stand Alain vor uns. Ich schloss die Augen und zählte bis drei. Nichts passierte.

»Ich bin so gefangen wie ihr«, sagte er.

Log er, sagte er die Wahrheit? Aber uns blieb keine Wahl, wir mussten ihm einfach trauen.

»Was soll die Nummer?« Nicolette biss die Zähne zusammen.

Hoffentlich wird sie nicht ohnmächtig, dachte ich.

»Nominoë hat mich geschickt.«

Typisch, da hetzt sie uns den Feind auf den Hals, weil sie denkt, er ist ein Freund.

»Ich wollte euch helfen.«

»Du? Helfen?« Nicolette humpelte auf Alain zu.

»Dabei hat mich jemand angegriffen.«

»Du lügst die ganze Zeit. Wer denn? Gibt es in dem Spiel tatsächlich jemand, den wir nicht kennen?«

»Er muss vor uns da gewesen sein. Er hat in der ersten Ebene auf mich gelauert.«

»Die Büroschränke.« Die offenen Türen waren mir eingefallen. »Hat er sich da versteckt?«

Alain sah grimmig aus. »Er muss mir bis in den Bunker gefolgt sein, es ging alles sehr schnell. Er hat Nicolette angeschossen und in dem Chaos die Sprengung ausgelöst.«

»Wozu?«, fragte Ayala.

»Wer?«, fragte ich.

»Fuck. Verpiss dich«, sagte Nicolette.

»Ich vermute, er wollte das Bild. Ich habe ihn nicht erkannt.«

»Luc? Kann es Luc gewesen sein?«

»Der ist im Krankenhaus. Alain lügt.«

Aus der Ecke ertönte ein Schrei. »Ich hab die Falltür! Los geht's. Hinunter zur dritten Ebene.«

***

Wieder kletterte Ayala voraus. Dann folgten Alain, der das in meinen Schal eingewickelte Bild mitschleppte, und ich, Nicolette bildete das Schlusslicht. Die Wände waren nun aus Fels, die Stufen reingehauen. Geräusche ertönten, erst ein entferntes Rauschen, dann eine Art Glucksen. Es roch nach Tang und Salz, nach Fisch.

»Das Meer ist da unten, vielleicht noch drei, vier Meter«, sagte Ayala. »Ich gebe euch gleich Bescheid.«

Bevor ich protestieren konnte, war sie weg. Die nächsten Minuten gehörten zu den schlimmsten in meinem Leben. Im Dunkeln an die Stufe geklammert, über uns Tonnen und Tonnen von Gestein. Unter uns das Meer. Und Alain Sonnett, ein potenzieller Mörder.

»Alles wird gut«, flüsterte ich.

Nicolette gab keine Antwort. Plötzlich fühlte ich ihren Körper an mir vorbeigleiten.

»Nimm dich zusammen, du kannst jetzt nicht ohnmächtig werden«, zischte ich.

Ohne Alain wäre sie abgestürzt. Ihren Protest ignorierend, lud er sie auf seine Schultern.

Klettergeräusche von unten übertönten das Meer. Eine flackernde Lampe, gleich darauf war Ayala wieder bei uns und übernahm die Aufgabe des Bildtragens.

»Es braucht einen Sprung, aber er ist zu schaffen. Da unten ist tatsächlich ein See – und ein Durchgang. Gemäß deiner Karte führt er zur Grotte. Von da aus sollten wir rauskommen. Aber die Flut hat eingesetzt, wir müssen uns beeilen.«

Zuerst sprang Ayala, dann Alain mit Nicolette.

»Jetzt du, Tereza!« Mein Sprung war unsicher, der Aufprall hart.

»Seht nur«, flüsterte Nicolette plötzlich. Sie stand an Alain gelehnt, der sie stützte.

Mich erwartete ein phantastischer Anblick. Die Erfüllung eines Traums, den ich hegte, seit ich die Sage Rhiannons gehört hatte.

Wir befanden uns auf einer kleinen Plattform am Grottenrand, der See, der vor uns lag, war von außerirdischer Schönheit, in eine ovale Kuhle gegossen, umrahmt von Steinen, rotgrüngelbblau schillernd, geheimnisvoll, magisch und tröstend.

»Die phosphoreszierenden Steine von Gouin«, erklärte ich den anderen. »Ruth Sarasins Forschungsthema.« Plötzlich wurde ich noch aufgeregter. »Und mit ein bisschen Glück … Ayala? Leuchtest du mir mal? Irgendwo da vorn muss der Weg sein, der in den anderen Teil der Grotte und nach draußen führt.«

Ayalas Stirnlampe war schwächer geworden, der Lichtkegel reichte kaum, um die kleine Öffnung in der Wand zu erleuchten, die sie nach einigem Suchen fand.

Den Mann, der dort stand, hielt ich erst für ein Stück Fels. Bis sich – es dürften Bruchteile von Sekunden gewesen sein – die schlaksige Gestalt herauskristallisierte. Lorenz Sarasin. Der Basler. Neben ihm der Hund, der dritte der drei Straßenhunde, mit geöffneten Lefzen, knurrend. Unberechenbar.

»Ihr wollt flüchten?«, sagte Lorenz. »Das dürfte schwierig werden. Wenn ich wieder weg bin, werde ich hinter mir eine Ladung Dynamit zünden. Dass ihr sterben müsst, tut mir leid. Aber was bleibt mir übrig?«

Ich verstand gar nichts mehr. »Lorenz? Bist du verrückt geworden? Was machst du hier?«

»Tereza? Wie schade. Nun werden wir nie zusammen ausgehen. Wobei es kein großer Verlust ist. Du bist von diesem Mahon besessen. Wo ist das Bild?«

Ich sah zu Ayala.

»Nein, nicht, Tereza«, stöhnte Nicolette.

Lorenz hob den Arm, wir zuckten zusammen, noch bevor der Schuss ertönte. Stein rieselte, schon wieder spürte ich Splitter. Meine Wange muss perforiert sein, dachte ich absurderweise.

»Keine Spielchen, bitte. Sonst hetze ich den Hund auf euch.«

Auf gar keinen Fall wollte ich das riskieren. Ich hatte das Tier im Auto gesehen, den toten Blick. Es würde uns alle zerfetzen.

»Ist schon gut, ich bring es dir.«

Ich nahm Ayala das Bild aus den Händen und trug es vorsichtig vor mir her. Es war schwer und leicht zugleich. Lorenz, die Pistole in der Hand, beobachtete jede meiner Bewegungen.

»Danke, Tereza. Und ihr drei rührt euch nicht, klar?«

Ich ahnte das Nicken der anderen.

»Warum?«, fragte ich.

»Sie haben mich immer übersehen. Die Frauen, du. Ruth. Sie am allerschlimmsten. Sie hatte ihre eigene Welt, ihre Forschungen, konnte tagelang darin abtauchen. Wochen um Wochen hielt sie sich in ihrem Büro im Mineralmuseum auf, blind für die Schönheit der Welt.«

Halte ihn am Reden, solange er spricht, tötet er uns nicht. »Du warst eifersüchtig? Kann ich verstehen. Aber was hatte Ruth mit Bernard Sonnett zu tun?«

»Sie hat seinen Bunker entdeckt, über den Grottenzugang. Er war voll mit wertvollem Zeug. Ruth hat das nicht kapiert, sie dachte, es sei alter Krempel. Ich habe sie überredet, ab und zu etwas rauszuschmuggeln. Dass ich es verhökerte, hat uns das Haus finanziert. Aber ich hätte mehr gebraucht. Das Bild. Sie hat sich geweigert, die dumme Kuh. Ihr müsst wissen, ich habe keine Rente. Da ist vieles schiefgelaufen in meinem Leben. Sogar beim Militär haben sie mich rausgeschmissen. Das Einzige, das funktioniert, ist die Hundezucht. Wirft leider zu wenig ab. Ruth hat mir den Zugang nicht verraten, obwohl ich sie bekniet habe. Das habe ich ihr nie verziehen.«

»Darum musste sie sterben? Wie hast du das geschafft?«

Er lachte. »Rizin. Ein altes Gift, stammt aus dem Kalten Krieg, ist im Blut nicht nachweisbar. Passt irgendwie in diese Gegend, wo der Krieg noch so präsent ist. Eine runde Sache. Nebenwirkungen: Herzinfarkt.«

Ich atmete scharf ein. »Und Bernard?«

»So ein Idiot. Rennt im Nachthemd an den Strand, ich verfolge ihn, bin kurz vor meinem Ziel, und dann hindert er mich daran, den Bunkerzugang zu betreten. Mann, war der wütend. Ich hab mich gewehrt und ihm dafür eine Spritze verpasst. Mit den Nonnen hatte ich nichts zu tun, falls du das fragen willst.«

Ich spürte jemanden an meiner Seite. Ayala. »Das Wasser steigt, Tereza. Und Nicolette wird schwächer, sie verliert Blut«, flüsterte sie mir zu.

»Pech für euch«, sagte Lorenz. »Niemand wird sich wundern, wenn der Berg zusammenfällt. Die Natur hier ist wild, Touristen wie ihr unterschätzen sie gern. Wir sind in der Bretagne. Und jetzt will ich endlich meinen Lohn.«

Mit einer groben Bewegung riss er mir das Bild aus den Händen, die Pistole immer auf uns gerichtet. »Zwei Millionen, so viel krieg ich dafür. Das Gemälde reist in seine Heimat zurück, da, wo es hingehört. Der Kontakt ist hergestellt, der Kunde wartet in Brighton. Ich muss nur noch liefern.«

Damit ging er zurück zum Höhlengang, wo er verschwand, der Hund trottete hinter ihm her.

Kaum war er weg, rannten Ayala und ich zu Nicolette und Alain. Er zog sein Handy heraus. Das Signal war jedoch nicht ausreichend, viel zu schwach.

»Folgen wir ihm«, sagte er. »Hier drin sterben wir.« Er ging zu der Öffnung.

»Nein, Alain …«

Die Detonation knallte heftiger als die vorherige. Ein tiefes Grollen, ein Krachen und Splittern, der Fels bebte. Die Öffnung war nicht mehr sichtbar, lauter Steine türmten sich da. Auf unserer Seite jedoch war alles intakt geblieben. Ein Wunder.

»Tausende von Jahren stecken in diesen Steinen. Die kann man nicht einfach mit einer Ladung wegsprengen«, sagte Ayala.

»Oder er war zu hastig, hat sich zu wenig Zeit gelassen, was auch immer, wir hatten Glück.«

»Glück nennst du das, Tereza? Wir kommen weder nach oben noch da raus«, sagte Nicolette mit erstickter Stimme. »Und gleich steigt die Flut.«

»Folgt mir«, sagte Ayala. »Hier geht's lang. Wenn ich Terezas Plan richtig im Kopf habe, führt uns der Weg zur Grotte.«

Hintereinander betraten wir den Gang, der immer mehr abflachte, sodass wir uns bücken und kriechen mussten.

»Ich ziehe Nicolette«, sagte Alain zu mir. »Mach du das Schlusslicht.«

Nicolette wurde immer wieder kurz bewusstlos, ihre Schultern und ihr Rücken hingen durch, Alain zog, ich schob. Bis wir endlich in der Grotte ankamen. Sie erschien mir fast schon vertraut, wenn auch die Steine diesmal nicht leuchteten und es düster und kalt war.

»Da ist der Ausgang.« Ich zeigte nach vorn, wo ein winziger Streifen Licht etwas Hoffnung versprach.

»Ayala, schwimmst du hinaus und holst Hilfe? Du bist trainierter als ich.«

Sie schüttelte den Kopf. »Ich kann nicht. Mathilde …«

Schon klar. Bevor sich die anderen rührten, deponierte ich die Boule-rouge auf dem Boden, schlüpfte aus dem Rock und sprang ins Wasser. Ich hielt mich in der Mitte des Kanals, durchschwamm die leichten Wellen problemlos, kam dem Lichtstreifen immer näher und schoss schließlich mit einem Schrei zum Ausgang hinaus.

Ich war frei. Aber die heranrollenden Wellen gewannen an Kraft, ich wurde in die Grotte zurückgedrängt. Niemals würde ich es schaffen, ans Ufer zu schwimmen, nach Camaret zu laufen und Hilfe zu holen.

»Ihr müsst auch kommen!«, rief ich in die Höhle hinein.

»Es geht nicht!«, schrie Ayala zurück. »Nicolette schafft es nicht. Das Boot von Luc. Es ist in der Klosterbucht vertaut. Kannst du es holen, Tereza?«

Ich hatte noch nie einen Bootsmotor gestartet. Aber ich hatte gut aufgepasst, als Isidore Lorenz bei unserem abendlichen Bootstrip den Motor erklärt hatte.

»Gebt mir eine Viertelstunde!«

Das Schwimmen war der einfachste Teil, ich bewegte mich mit der Flut, Welle für Welle brachte mich vorwärts. Schon sah ich den Strand im Mondlicht aufschimmern, sah das Boot auf den Wellen schaukeln. Von Lorenz keine Spur mehr, er musste den geheimen Pfad genommen haben, den laut Magalie niemand außer ihr kannte

Wie ein Delphin schwamm ich durch Kämme, wurde noch schneller, meisterte die nächste Welle, benutzte die Kraft des Wassers, ließ mich zum Boot tragen, suchte mit den Händen nach der Treppe, zog mich hoch und landete auf den trockenen Holzplanken.

Euphorisch erreichte ich die Schiffskabine, sah die Reißleine vor mir, wie ich sie ziehen würde, wie ich den Motor anwerfen und zurück in die Grotte fahren würde, um die anderen zu retten und danach in den Hafen von Camaret einzufahren.

Leider war das Schiff viel größer als Isidores. Der Motor befand sich nicht außen, sondern innen, und ich hatte keine Ahnung, wie ich ihn bedienen sollte. Dafür lag da ein Handy. Lucs Handy. Und es hatte noch Akku.

***

Das Warten glich einer Zerreißprobe. Irgendwann sah ich in der Ferne das Polizeiboot vorbeifahren, ich hörte Stimmen und Rufe.

»Hier bin ich, holt mich!«, hätte ich am liebsten geschrien, aber ich hielt mich zurück. Mahon musste das Boot in die Grotte navigieren und Nicolette, Alain und Ayala herausholen, bevor die Flut es unmöglich machte. Und so wartete ich weiter, in eine Decke gehüllt.

Nach Stunden, so kam es mir vor, sah ich endlich die Lichter eines Bootes auf mich zukommen. Den flatternden Motorradmantel erkannte ich sofort.

Er steht da wie ein Sieger, dachte ich.

»Wie geht es Nicolette?«, schrie ich ihm zu.

Er machte das Daumen-hoch-Zeichen. »Sie ist bereits auf dem Weg ins Krankenhaus, Alain begleitet sie. Ayala lässt dich grüßen, sie fährt nach Hause zu ihrer Tochter.«

»›Dich‹?«, fragte ich, als er seitlich heranfuhr. »Bleiben wir beim Du?«

Er grinste tatsächlich. »Entschuldigung, ist mir so rausgerutscht.«

»Wo sind Nominoë und Mary?«

»Die haben mich angerufen, kaum dass ihr da runtergestiegen seid. Darum waren wir so schnell. Nominoë hat den Hund bellen gehört, das war ihr nicht geheuer. Entspann dich, Tereza, alles ist gut.«

Ich hatte nicht gemerkt, dass ich zu weinen begonnen hatte. »Er wollte uns in die Luft sprengen«, sagte ich. »Das Bild hat er mitgenommen.«

»Keine Angst. Wir werden ihn erwischen.«

19

Camaret-sur-Mer, 23. Juni

Das Fest war auf dem Höhepunkt.

»Mesdames et Messieurs: Les Bergamottes de Camaret.« Die Stimme tönte über die Lautsprecher, der Platz war voller Menschen.

»Wir sind restlos ausverkauft«, hatte mir Sylvie eben durchgesagt. »Aileen hat keine Crêpes mehr, der Klosterstand ist leer, alle Marmeladen und der Honig sind weg ... Die Party ist ein Erfolg.«

Ich schaute nach vorn, nun fing es an.

»Allez, les femmes de Camaret. Allez, les Bergamottes.«

Hintereinander betraten sie die Bühne über die Seitentreppe, an den beiden Kameraleuten vorbei, die sich links und rechts aufgestellt hatten. Die Frauen von Camaret im kleinen Schwarzen, mit hellen Strümpfen und hohen Sandalen, herausragend dabei Ayala, ihre Zöpfe aufgetürmt, und Vivienne im Schlauchkleid, dazu die Nonnen im schwarzen Habit mit weißen Hauben. Und alle trugen das Kruzifix in Form des Triskels.

»Mama, wie läuft's?« Kai hatte mich gefunden und drückte mir einen Kuss auf die Wange. Ganz wie früher, vor unserer großen Auseinandersetzung. »Ich stell mich dann mal zu den Jungs«, sagte er und grinste.

Damit meinte er Aimon, Erwan, Basile, Isidore – der mir ein »Saludo« zurief. Ein echter Gendergraben hier in Camaret, aber für einmal hatten die Frauen das Sagen.

Nominoë trat zu einem der Mikrofone und hob ihre Hand an die Lippen. Das Schweigegelübde. Und, was soll ich sagen, es funktionierte. Ein ganzer Platz verstummte.

Bis Marie Claude zum Banjo griff, die Seiten klimpern ließ und nach und nach die Stimmen einsetzten. »Five Hundred

Miles«, der Klassiker. Als die Leute es erkannten, begannen sie mitzusummen, bewegten sich im Einklang mit den Sängerinnen, nur die kleinen Finger berührten sich.

Der Applaus war schön, das Publikum freute sich auf mehr. Einige »Armelle«-Rufe ertönten, jetzt wäre ein perfekter Moment für ihren Auftritt gewesen.

Alain, diesmal formell in Anzug und Krawatte, tigerte auf der Seite nervös hin und her. Als eine Limousine parkte, ging er erwartungsvoll darauf zu. Aber es entstiegen nur der Bürgermeister von Crozon und die Bankerin der »Banque Finisterra«.

Im Publikum entstand Unruhe, die Bergamotten, so souverän sie eben den Anfang hingelegt hatten, wirkten verunsichert. Die Presse wurde aufmerksam, sie belegte die ganze erste Reihe.

»Wo bleibt Armelle? Wir wollen Armelle!«

Noch mehr Unruhe auf der Bühne, die Frauen wussten nicht, wie weiter. Alain sah völlig fertig aus, der Anzug wirkte zerknittert, der Küstenlook stand ihm viel besser. Es tat mir in der Seele weh.

Ein Pfiff von weit hinten. Ich kannte ihn gut. Nicolettes Beinverletzung hatte ihre Stimmlippen nicht tangiert.

Sofort kehrte Ruhe ein, die Bergamotten gruppierten sich, begannen zu summen. Jetzt, jetzt müsste es beginnen.

Da löste sich eine runde Kugel aus dem Pulk. Marie Claude. Vor dem mittleren Mikrofon stimmte sie die bretonische Nationalhymne an, aus voller Seele und mit Kraft, bis sie mittendrin abbrach und herausfordernd in die Menge blickte.

»*Bro gozh ma zadoù?* Was ist, könnt ihr nicht singen?«

Eine Sekunde verging, zwei.

»Ihr seid doch Bretonen, die Musik steckt euch im Blut.«

Als Marie Claude weitersang, setzte Isidore ein, gefolgt von Kai und Aimon und den Bergamotten. Immer mehr Menschen stimmten ein, und der Chor der Stimmen schwang sich mitten in den bretonischen Abendhimmel hinauf. Am Schluss verbeugte sich Marie Claude und glühte im Applaus, bevor sie das Mikrofon an Vivienne übergab, die mit Ayala zusammen das

»Halleluja« anstimmte. Die Menge war angetan, sie kannten es, sie mochten es. Aber es war nicht bretonisch, sie hatten einen bretonischen Liederabend mit Armelle erwartet und keinen völkerverbindenden Gemischtwarenladen. Als die versammelten Presseleute einen Abgang machten, folgte ihnen ein großer Teil des Publikums.

Plötzlich dann von weit hinten ein Ton. Ein tiefes Brummen, das immer weiter wurde und in ein Lied überging.

»Hélas! Je sais un chant d'amour, triste et gai, tour à tour.« Ich kannte den Text. Ich kannte die Melodie. Das bretonische Liebeslied. Ein Schauder jagte mir über den Rücken.

Nun setzten die Bergamotten ein, bildeten den Hintergrundchor, und Armelle trat auf, ganz bescheiden, in Rock und T-Shirt. Auf ihrer Brust prangte in blauen Lettern »DEJALU«. Nach der ersten Strophe hielt sie inne.

»Dies ist für Marie und Bernard.«

Die Stille zog sich. Bis der Applaus einsetzte, die Leute näher kamen, sich einhakten und gemeinsam diesem bretonischen Lied lauschten, das einen britischen Maler zu einem melancholischen Gemälde bewegt hatte. »Ein Liebeslied.«

Tränen flossen, bei den anderen, bei mir. Ich spürte, wie sich an meiner verschorften Wange das Pflaster löste. Als ich in der Boule-rouge nach einem Taschentuch suchte, fiel mir das Bündel Briefe in die Hände. Ach du je, die hatte ich vergessen. Sie gehörten Mary. Der alten Dame war es zu viel gewesen, sie saß im Hotel »Thalassa« und sah sich das Konzert vom Balkon aus an.

Ich kämpfte mich auf die Seite und setzte mich auf die Hafenmauer. Nahm den obersten Brief aus dem Bündel.

»Camaret-sur-Mer«, stand da, »23. Juni 1940«.

***

DD ächzte. Das Tempo war sie nicht gewohnt. Mit kreischenden Bremsen kam ich vor dem Kreisel in Richtung Morgat zum Stehen.

»Idiotin!«, schrie ein Tourist in astreinem Deutsch.

Ich fuhr weiter, fand die kleine Straße so ruhig vor wie beim letzten Mal, parkte an derselben Stelle im Gras. Da erreichte mich die Textnachricht.

»Das Bild ›Die Liebenden‹ hat gemäß Lucs Aussage keine Delle, keinen Riss, keine Beschädigung. Es war makellos. Zumindest als er es zuletzt gesehen hat. Wohin zielt die Frage?«

Yes. Was für ein Glück, dass Luc endlich sein volles Bewusstsein wiedererlangt hatte und Auskunft geben konnte.

»Merci«, schrieb ich zurück. Dann schaltete ich mein Gerät auf stumm, die Frage Mahons, wieso das relevant war, würde ich später beantworten.

Ich stieg aus, eilte über den Weg, suchte den Schlüssel, betrat das Haus. Die Stille war noch dunkelgrüner als beim letzten Mal. Von der Fotowand lächelten mir Bernard und Marie zu.

Ich setzte mich auf die Bank in der Mitte des riesigen Saals. Welches Bild war das richtige? »La falaise à Dieppe« oder »La Chaumière«?

Das Haus mit dem Reetdach und dem Ausblick auf den See, in dem sich der bretonische Himmel spiegelte, blauer, als der See es je sein konnte, dachte ich, das musste es sein.

Ich griff in meine Boule-rouge, holte das Schweizer Taschenmesser hervor und klappte es auf. Sanft strich ich über das Bild. Etwas Farbe löste sich. Ich machte weiter, bis ich ein großes Stück Leinwand freigelegt hatte. Ganz vorsichtig setzte ich zu einem Schnitt an. Millimeter um Millimeter öffnete sich ein Schlitz, der es mir ermöglichte, die Klinge darunterzuführen. Ratsch. Ein weiteres Bild erschien. Das blutige Orange erkannte ich. Es gehörte zum Gemälde »Die Liebenden«. Die Leinwand war nur lose festgemacht, einmal angefangen, ließ sie sich lösen, und bald hatte ich das ursprüngliche Bild vor mir.

Ich sah es mir sehr genau an, musste suchen, bis ich fündig wurde. Das gemalte Mädchen blickte an mir vorbei auf einen Punkt am Horizont. Daneben befand sich ein winziger Riss. So klein, dass man ihn kaum bemerkte. Ich atmete auf und holte das Telefon heraus.

»Mahon. Lorenz Sarasin denkt, er hat das Original.«

»Ist es nicht so?«

Ich lächelte. »Marie hat es Bernard damals zugeworfen, und er hat es nicht fangen können, es fiel zu Boden, was eine Beschädigung zur Folge hatte. Das weiß nur, wer seine Briefe gelesen hat. Es ist hier. Wo es hingehört. In der Villa von Marie Ginsberg.«

20

Camaret-sur-Mer, 8. Juli

Die Hitzewelle hielt an. Träge saß ich im Dach, das Bullauge war geöffnet, vor mir auf dem Tisch waren alle familiären Zertifikate ausgebreitet, die Lovis brauchte. Ich würde sie einscannen und mailen. Daneben der Brief von Tante Annie. Ob ich ihn endlich öffnen sollte?

Vom Meer her ertönten gedämpfte Geräusche, die Wellen, das ständige Rauschen, irgendwoher eine Handharmonika, ein sehnsüchtiger Ton, der verschmolz mit dem freudigen Kreischen eines Kindes, dem Rauschen, der Hitze. Ein Seufzen, nicht leicht, nicht schwer, nachmittagswarm, der Himmel wölbte sich königsblau, das Flattern eines Sonnenschirms, der Duft der Orangenblüten, wieder eine Woge, kollektives Kreischen, die Lust, dorthin zu gehen, an den Strand, sich treiben zu lassen, und der Wille, all dies festzuhalten, der nachmittäglichen Sommerhitze eine Form zu geben.

»Mama, wo bist du? Wir wollen los.«

Es war Sonntag. Gleich würde die Feier zu Ehren Bernard Sonnetts anfangen. Sie fand im ganz kleinen Rahmen statt, auf der Terrasse seiner Villa, eingeladen waren Familie und Freunde. Mary hatte darauf bestanden, und Nicolette hatte nachgegeben. Ihre TV-Reportage über die Bergamotten war ein Quotenknüller gewesen. Seither wurden die einzelnen Songs auf Youtube angeklickt. Armelles Liebeslied schwang obenauf, aber auch Marie Claude mit der bretonischen Hymne hatte eine Million Klicks, dicht gefolgt von Vivienne, Ayala und dem »Halleluja«. Den Film über Mary würde es nie geben. Nicolette und ihre Produzentin hatten beschlossen, das Projekt fallen zu lassen.

»Daran klebt zu viel Dreck.« Chloe und Nicolette waren sich einig gewesen, nachdem sich herausgestellt hatte, dass die

Finanzierung tatsächlich an einer Einsprache von Maître Rebetez gescheitert war. Und dies, obwohl er die Produktionsfirma in Fragen zum Zweiten Weltkrieg beraten hatte. Seine Doppelzüngigkeit war aufgeflogen, er hatte nun ein Verfahren wegen Interessenskollision am Hals.

Lorenz Sarasin war flüchtig. Beim in Brighton von der Polizei überwachten Übergabetermin an den Käufer des Bildes, der bereit gewesen war, es für Jahre unter Verschluss zu halten, hatte er plötzlich Verdacht geschöpft. Als die Met Police ihn festnehmen wollte, war nur noch das Bild im Auto gewesen, nicht aber Lorenz selbst. Wie viel von dem, was er in der Grotte gesagt hatte, stimmte, musste die Polizei herausfinden. Ob Ruth Sarasins Tod wirklich eine Rizin-Vergiftung zugrunde lag, war auf jeden Fall Gegenstand einer Untersuchung. Das hatte in der SMS gestanden, die mir Brigitte geschickt hatte, bevor wir in den Bunker gestiegen waren. Der Bunker wiederum war nicht zerstört, lediglich der Gang war zusammengefallen. Der Fels musste dennoch gesichert werden, und dafür war der Staat verantwortlich. So lange durfte niemand das Gelände betreten.

Armelle ging es gut, das Baby in ihrem Bauch bewegte sich munter. Sie hatte sich von ihrem greisen Ehemann getrennt und war in die Bretagne zurückgekommen. Vorerst heimlich.

Ich sah hinüber zur Nachbarsvilla. Die Fenster waren geöffnet, es sah freundlich aus. Magalie hatte sie Armelle zur Verfügung gestellt. Bis jetzt wusste nur Alain davon. Er galt als Vater des Kindes. Ab und zu besuchte er sie. Wenn er nicht bei Nicolette war. Die beiden hatten viel zu verarbeiten.

Armelle war es recht, sie brauchte Ruhe und Frieden. Das bekam sie hier am ruhigen Ende der Rue des Beaux Arts, außer meinen Kunden kam niemand vorbei. Die dafür in großer Zahl. Die Verkäufe der letzten Woche ließen sich sehen.

Ich stand auf und griff nach dem Bildband. Darin waren sämtliche Fotos abgedruckt, die ich im Verlauf der letzten Woche geknipst und zu einer Geschichte zusammengefügt hatte, so wie ich es Claudine vom Altersheim versprochen hatte.

Sie selbst, Nominoë, Ernestine und die anderen würden sich darüber freuen, ein Stück Geschichte wurde für sie lebendig. Bernard wurde darin teilweise rehabilitiert. Ein zweifelnder Mensch war zum Vorschein gekommen, der vor seinem eigenen Sohn ins Altersheim flüchtete und versuchte, seine Jugendsünden, geboren aus Not und Verzweiflung, wiedergutzumachen. Indem er den »Gefährten der Bretagne« vorstand und im hohen Alter bei der Verleihung des Granit-Ritter-Ordens sein Unrecht beichten und sühnen wollte. Dass Alain dies vor einigen Monaten herausfand und mit aller Macht verhindern wollte, hatte die Ereignisse in Gang gesetzt.

Ein Hupen ertönte. Unten fuhren zwei Motorräder vor. Das Haus vibrierte. Bevor ich hinausging, musste ich eine Lösung für das blutige Tuch von Luc Meunier finden, das sich immer noch in meinem Besitz befand, ordentlich in einen Plastikbeutel gesteckt. Als Beweisstück war es überflüssig geworden. Die offizielle Erklärung lautete »Unfall beim Reinigen der Pistole«. Ich stopfte es in die Boule-rouge, ich würde es irgendwo entsorgen.

Als ich die Treppe hinunterging, traf ich auf Marie Claude und Marthe.

»Komm, Tereza, das musst du gesehen haben.«

Auf dem Platz vor dem Haus war Gabriel Mahon angekommen. An ihn geklammert saß mit strahlendem Gesicht unter dem Helm, die Tracht verweht, Sœur Ernestine. Neben ihr, auf Aimons Motorrad, Sœur Nominoë.

»Wir müssen uns beeilen, gleich geht's los.«

In Ayalas Van fanden alle Platz. Bis auf Mathilde, die mich in DD begleitete und mir die Zeit mit ihrem Geplauder über die neue Ferienkolonie in Nominoës Kloster vertrieb.

»Sie hat ganz viel Geld gesammelt. Und Papie Bernard hat ihr in seinem Testament noch was obendrauf geschenkt. Das reicht für eine Schaukel und für Surfbretter. Ich werde Surflehrerin für die Kleinen.« Sie war ganz aufgeregt, und ihre Zöpfchen flogen durch die Luft. »Was meinst du, Omi Tereza, ob ich nächstes Jahr eine beste Freundin finde?«

Ach. Ich strich der Kleinen über die Wange und parkte vor Bernards Haus. Nur noch ein ganz kleiner Platz war frei. Die Dinge hatten sich geändert. Mit Mary und Nicolette war das Leben eingezogen.

»Sieh mal, Omi Tereza, wie schön.« Auf dem gekiesten Boden lag ein versteinerter Fischkopf. Er war winzig. Mathilde steckte ihn ein und hüpfte voraus, sie hatte meine Leidenschaft für Strandgut geerbt.

Lächelnd wollte ich ihr folgen, als mich Mahon packte und zur Seite zog.

»Haben Sie einen Moment?«

Immer. Das sagte ich nicht laut, das dachte ich nur.

»Nicht mehr suspendiert?«, fragte ich.

»Wurde aufgehoben. Es gibt jetzt eine Überprüfung sämtlicher Mietverträge, die die Marine ausgestellt hat, alles soll bereinigt werden.«

»Wird es eine Untersuchung geben, gegen Bernard?«

Mahon sah grimmig aus. »Die ist eingeleitet. Allerdings erstattet Mary Ginsberg-Miller keine Anzeige. Sie fordert lediglich, dass ein Teil von Bernards erwirtschaftetem Gewinn in eine frisch gegründete Stiftung einbezahlt wird.«

»Lassen Sie mich raten: Sie wird unterprivilegierten Kindern einen Sommerurlaub ermöglichen.«

»Viel mehr. Eine ganze Ausbildung.«

Mary und Nominoë. Die beiden Richtigen hatten sich gefunden.

»Wollten Sie mich deswegen sprechen?«

Mahon schüttelte den Kopf. »Wir haben Sarasin gefasst. Als er in Paris aus dem Eurostar stieg. Er hatte ein einfaches Ticket nach Basel gelöst.«

Für einmal fehlten mir die Worte.

»Ohne Sie hätten wir das Originalbild nicht erwischt«, fuhr Mahon fort. »Die Nachricht von dem Fund in Sonnetts Villa lief in den Medien und hat Sarasin aufgescheucht, danach ist er unvorsichtig geworden.«

»Und? Hat er Bernard und Ruth mit Rizin vergiftet oder nicht?«

Mahon zuckte die Achseln. »Ruths Leiche wurde verbrannt und die Asche im Meer verstreut, da war nichts mehr zu holen. Bernards Körper jedoch wurde erneut untersucht. Rizin konnte nicht nachgewiesen werden, es gab keine Injektionsstellen. Wir vermuten, dass Sarasin die Vergiftungen erfunden hat, um sich interessant zu machen. Der Mann ist eine tragische Figur.«

»Was auch immer, die Hauptsache ist, Bernard hat seinen Frieden. Woran ist er denn nun gestorben?«

»An einem Herzinfarkt, wie in der ersten Untersuchung festgestellt.«

»Und was geschah wirklich an dem Abend?«

»Wir müssen die Verhöre abwarten. Ich habe eine Theorie.«

»Oh.«

»Hör ich da Ironie?«

»Es liegt mir fern. Erzählen Sie.«

»Sarasin hat Luc erpresst. Er hat ihn vermutlich zu einer Bootsfahrt mit den ›Méduses‹ gezwungen, um den Standort des Bunkers herauszufinden, nachdem seine Frau es ihm nie verraten hat und ihm auch sonst niemand Auskunft geben konnte. Sarasin hat Bernard dazu eingeladen und ihm am Klosterstrand eine Überraschung versprochen. Dieser Ablauf würde den Fußabdrücken entsprechen, die wir da gefunden haben. Als Luc mit dem Boot davonfuhr und Bernard gemerkt hat, dass er nur zum Bunker gelockt werden sollte, wollte er verschwinden und ist den Pfad hochgeklettert. Sarasin hat ihn eingeholt. An den Ästen haben wir nicht nur Ihre Kleiderpartikel, sondern auch einen Faden seines Poloshirts gefunden. Dass Bernard starb, hat ihn aus dem Konzept gebracht. In der Folge war er außer sich. So viel Stress und kein Resultat. Ich vermute, dass er Luc so lange bedrängt hat, bis der ihm den Standort der *cabane* verraten hat.«

»Also doch kein Unfall?«

»Luc kann sich nicht erinnern. Danach hat sich Sarasin im

Wald herumgetrieben, bis er Nominoë und Marie entdeckte und damit den Zugang zum Bunker. Von der ersten Ebene kam er nicht weiter. Er musste abwarten, bis jemand mit dem Schlüssel vorbeikam.«

Ich war beeindruckt und erleichtert. »Also ist Alain komplett entlastet. Dann ist der Fall ja gelöst.«

»Dank Ihnen«, sagte Mahon. *»Merci.«*

»*De rien*. Sehr gern.«

Das meinte ich wirklich. Es hatte mir Spaß gemacht. Die Ermittlungen. Vielleicht sollte ich mich umschulen lassen.

»Gibt es das offiziell in Frankreich? Den Detektivinnenstatus?«

Er machte sein Pokerface. »Dafür braucht es eine Bewilligung. Apropos, wie steht es eigentlich ums ›DEJALU‹? Die müssten Sie auch noch beibringen.«

»Ich schreib's mir auf.«

Als ich nach meinem Notizbuch suchte, fiel mir das blutige Tuch in die Hand. *Merde.* Es blieb mir nichts anderes übrig, ich übergab es Mahon. Er starrte darauf.

»Ist das von Luc?«

Ich nickte. Er fixierte mich, ich erwiderte den Blick, gab nicht nach. Was hatte Sarasin gesagt? Ich sei besessen von Mahon?

»Ich konfiziere das. Es könnte ein Beweisstück sein. Falls Sarasins Spuren dran sind. So ein Schwein.«

Wir schwiegen.

»Geht's Luc besser?«, fragte ich schließlich.

»Bald wieder der Alte. Nein, es braucht Zeit. Der Gedächtnisverlust macht ihm zu schaffen. Aber die Bewilligung für die Bootstouren hat er bekommen.«

»Das freut mich. Die Grotte von Gouin ist es wert.«

»Die hat er für den Moment gestrichen. Dafür fährt er zur Île Vierge.«

Auch gut. Die wilde Joséphine kam mir in den Sinn, und Mahons Kuss.

Er schien meine Gedanken zu lesen. Machte einen Schritt

auf mich zu. Seine Augen schillerten so grün wie das Meer vor einem Sturm. Ob ich ihn für nach der Feier auf einen Kir im »Café des Beaux Arts« einladen sollte?

Sein Handy klingelte.

»Es ist Emil«, sagte er schließlich. »Ich habe ihn zur Beobachtung vor Ihrem Haus abgestellt. Der Schmierant hat wieder zugeschlagen. Auf dem Schaufenster steht: »*Casse-toi*, Tereza Berger.«

Epilog

Camaret-sur-Mer, 23. Juni 1946

Bernard Sonnett stieg an der Mole aus dem Bus. Seine Hände waren schmutzig, als er sich ans Kruzifix fasste. Es hatte die Form eines Triskels und war ein Abschiedsgeschenk. Er hatte es am Morgen ausgepackt, es war sein Geburtstag.

Die Reise hatte drei Tage gedauert. Er war froh, dass er das Kloster in Coëtcandec verlassen konnte. Nominoë würde ihm fehlen. Auf den Rest konnte er verzichten. Zu viel Fischsuppe, zu viele Kartoffeln, zu enge Platzverhältnisse. Er wusste nicht, wann er zum letzten Mal allein in einem Zimmer geschlafen hatte.

»Salut«, rief ihm ein Junge zu. Er kannte ihn. Es war Henri Meunier, sein alter Klassenkamerad.

»Kommst du auch?«

Erst jetzt bemerkte Bernard die vielen Menschen, die den Hügel hinaufpilgerten. »Was ist da los?«

»Das Kriegerdenkmal wird eingeweiht. Auf dem Friedhof, für alle Toten aus beiden Kriegen.«

Bernard zögerte.

»Vielleicht schmeißen manche Münzen in den Brunnen, die könnten wir nachher rausholen.«

»Ich muss zuerst nach Hause. Es liegt fast auf dem Weg.«

»À tout à l'heure.« Henri hob grüßend die Hand. »Treffen wir uns nachher im ›La Coquille‹, ich gebe einen Cidre aus.«

»MaMère?«, rief Bernard, als er die Holztür öffnete, nachdem er den Schlüssel unter der Hortensie hervorgezogen hatte.

Wie winzig ihm das kleine Steinhaus vorkam, er stieß mit dem Kopf an der Decke an.

»MaMère?«

Die beiden Kammern waren leer. Die Bettstatt ohne Matratze,

die Möbel weg. Auf dem Boden lag ein versteinerter Kiesel in Form eines Fischkopfs, daneben eine abgebrannte Kerze.

»Bernard?« Fast hätte er die Nachbarin nicht mehr erkannt, die den Kopf hereinstreckte. Sie sah aus wie seine Urgroßmutter. »Sie haben deine Mutter mitgenommen. Zu viel Widerstand ist nicht gut, ich hab's ihr immer gesagt.«

Bernard lehnte sich an die Wand, fühlte einen Stein, glatt, rund, der Mörtel dazwischen bröcklig. Kalt.

»Und meine Geschwister?«

»Beide weg.« Die Nachbarin seufzte. »*Désolée.* Immerhin hast du das Haus. Kommst du auch, mein Lieber, zur Feier auf dem Friedhof? Sie wollen auch Saint-Pol-Roux erwähnen, den Literaten. Unser Dorf ist berühmt.«

Bernard blieb stehen, selbst als die Nachbarin längst weg war. Dann hob er den Fischkopf auf und steckte ihn ein. Ging in sein altes Schlafzimmer, schob den schweren Schrank beiseite, für den es vier Männer brauchte, um ihn hochzuheben, und holte das Bild hervor. Er klemmte es sich unter den Arm und rannte los. Am Friedhof und an den Trompetenklängen vorbei, nach oben über den Hügel, vorbei an den Weilern, über den nächsten Hügel, hinunter nach Morgat, direkt aufs Meer zu. Erst vor Maries Villa hielt er inne. Sie sah so verlassen aus wie sein Elternhaus. Nur viel größer und eleganter. Mit der besseren Aussicht.

Auch hier lag der Schlüssel unter der Hortensie. Er betrat das Haus.

»Marie?« Seine Stimme hallte. Der große Salon war leer, die Küche, die anderen Zimmer. Marie war nicht da. Hier war seit Jahren niemand mehr gewesen.

Bernard zündete eine Kerze an und ging in den Keller. Der Schlüssel ächzte ihm Schloss, er musste kräftig rütteln, damit er weiterdrehte.

Als er die Tür öffnete, verschlug es ihm den Atem. Alles war vollgestopft. Mit Möbeln, Geschirr, Tüchern, Bildern. So viele Bilder hatte er noch nie auf einem Haufen gesehen.

»Monet«. So hieß die Signatur auf einer Skizze. Er kannte Claude Monet. Wenn das echt war … Hier lagerte ein Vermögen. Und niemand hatte es bemerkt.

Bernard ging hinauf. Erneut betrat er den großen Salon und riss die dunklen Vorhänge auf. Die Sonne brach in dem Moment durch die Wolken und erfüllte den ganzen Raum mit Licht.

Er lehnte das Bild an die Wand. Seine stümperhafte Interpretation von Monets »La Chaumière«, vier Jahre lang hatte er daran gemalt. Nur er wusste, dass sich darunter ein anderes Bild befand. Das Bild von Marie.

Godaille bretonne

Rezept für eine südbretonische Fischsuppe, mit freundlicher Genehmigung von Murielle Rousseau, »Bretagne – das Kochbuch«, erschienen beim Christian Verlag.

Zutaten:
5 vorwiegend festkochende Kartoffeln
2 Stangen Lauch
2 Schalotten
30 g Butter
2 EL Sonnenblumenöl
1 EL fein gehackter Thymian
1 Lorbeerblatt
2 EL Kari-Gosse-Gewürz (bretonische Gewürzmischung)
Feines Salz aus Guérande
Frisch gemahlener schwarzer Pfeffer
Je 200 g Filets von Scholle, Lippfisch, Seelachs, Holzmakrele und grätenfreies Flügelfleisch vom Rochen

Zubereitung:
Kartoffeln schälen und in etwa 1 cm dicke Scheiben schneiden. Den Lauch putzen und ebenfalls in dicke Scheiben schneiden. Die Schalotten abziehen und fein hacken.
Butter und Öl in einer großen Kasserolle bei mittlerer Temperatur erhitzen. Kartoffeln, Lauch und Schalotten darin schwenken. Mit Wasser bedecken, Kräuter sowie Gewürze dazugeben.
15 Minuten köcheln lassen.
Fischfilets und Rochenfleisch in mundgerechte Stücke schneiden. Makrele und Rochen in den Topf geben und Wasser nachfüllen, es sollten etwa 2 Liter in der Kasserolle sein. Aufkochen und bei reduzierter Temperatur weitere 5 Minuten köcheln lassen.

Scholle, Lippfisch und Seelachs hinzufügen und nochmals 10 Minuten köcheln lassen.
Die Fischsuppe mit Salz und Pfeffer abschmecken, heiß in einer Suppenterrine servieren. Dazu passen Croûtons.

»Godaille« ist umgangssprachlich und bedeutet so viel wie »wilde Tafel«. Unter den Fischern ist sie ein wichtiger Teil des Fangs, den der Chef früher seinen Matrosen als Teil des Lohns abgab. Mitnichten ist dies der schlechtere Teil des Fangs, sondern manchmal sogar der wertvollere, nur aus verschiedenen Gründen schlecht zu verkaufende Teil. Eine Godaille als Mahlzeit ist immer eine Mischung aus Fisch, Meeresfrüchten und Gemüse. Sie können je nach Marktangebot und Geschmacksvorlieben sowohl die Fisch- als auch die Gemüsesorten variieren. Beachten Sie nur die richtige Garzeit beim Fisch und geben Sie die Filets in der richtigen Reihenfolge hinein, damit das eine nicht zu weich wird und das andere nicht roh bleibt.

Dank der Autorin

Es hat mir enorme Freude gemacht, »Bretonisch mit Aussicht« zu schreiben. Das Mineralmuseum gibt es wirklich, auch den Raum mit den phosphoreszierenden Steinen, und ein Besuch lohnt sich. Wie alles auf der Presqu'île de Crozon ist es sympathisch und bescheiden. Die Grotte von Gouin und den Granit-Ritter-Orden jedoch habe ich erfunden, eine Wissenschaftlerin Ruth Sarasin hat es nie gegeben.

Danke an Martin Schultze, der mir die Geschichte von Saint-Pol-Roux nähergebracht hat. Was wirklich in der Nacht zum 24. Juni 1940 passiert und wer der deutsche Wehrmachtssoldat gewesen ist, wird man vielleicht nie herausfinden. Das Gemälde von Sir Edward Burne-Jones hängt so sicher im New Yorker Metropolitan Museum wie die beiden Monets in der Zürcher Kunstsammlung.

Danke an Beni, Flo, Sylvia und Magdalena fürs Gegenlesen und für die vielen guten Fragen und Hinweise.

Danke an Franz und Samira.

Danke an Nadine, Gilles, Ueli und Nicole für die Informationen, ein besonderer Dank an Jasmine und Les Bergamottes de Limours, danke, dass ich mir den Namen ausleihen durfte.

Un grand merci an Murielle Rousseau, die mir das Rezept für eine bretonische Fischsuppe zur Verfügung gestellt hat.

Und ein ebensolcher Dank an Beatrice Graf, die Schöpferin der Boule-rouge-Tasche, die Tereza aus so manch misslicher Lage weiterhilft.

Danke an das Team von Buchcontact. Auf ein neues bretonisches Abenteuer!

Danke Nina Schäfer für das Cover und dem gesamten Emons-Team: Ingeborg, Christel, Stefanie, Sophie, Daria, Hannah, Mike, Dominic, Diane, Inka, Gudrun, Angela, Daniele und allen anderen.

Danke meiner Lektorin Susann Säuberlich für die erneut fruchtbare Zusammenarbeit und das große Engagement.

Danke dem Korrektorats-Team fürs Mitdenken.

Nun hoffe ich, dass euch »Bretonisch mit Aussicht« Spaß gemacht hat und ihr Tereza auch für die Nummer drei treu bleibt. Schließlich soll das Rätsel um Tante Annies Vermächtnis und die Schmierereien auf dem Schaufenster des »DEJALU« gelöst werden.

Gabriela Kasperski, im Januar 2021

Gabriela Kasperski
BRETONISCH MIT MEERBLICK
Broschur, 256 Seiten
ISBN 978-3-7408-0796-2

»Kasperski serviert mit leichter Hand eine liebenswert-chaotische Detektivin und flicht geschickt eine beeindruckende Landschaft, eigenwillige Persönlichkeiten und eine keltische Sage in die Handlung mit ein. Der Start in die neue Krimireihe macht Lust auf ein Wiedersehen mit Tereza.« Wochenblatt-Reporter.de

Gabriela Kasperski
ZÜRCHER FILZ
Broschur, 320 Seiten
ISBN 978-3-7408-0930-0

»Kasperski erzählt spannend, mit Augenzwinkern und viel Sinn für Atmosphäre.« Radio SRF 1